アメリカ古典大衆小説コレクション 12

女水兵ルーシー・ブルーアの冒険

The Female Marine, or the Adventures of Miss Lucy Brewer

亀井俊介／巽 孝之 監修

★★★★★

ナサニエル・カヴァリー

Nathaniel Coverly

栩木玲子 訳

巽 孝之 解説

松柏社

もくじ

女水兵ルーシー・ブルーアの冒険

はじめに

　文学批評、文化史、フェミニズム理論、そして進歩主義的社会批評の諸要素を混ぜ合わせた、ホットな学問分野「カルチュラル・スタディーズ」。とりわけここ数年「異装」は人々の注目を集めるきわめてアツイ主題《トピック》である。だが、カルチュラル・スタディーズの実践者たちが指摘するとおり、異装が英国ならびにアングロ・アメリカのポピュラー・カルチャーにおいて「アツイ」話題であったのは、実は百年も前からの話だ。本書は、もっとも早い時期に書かれ、絶大な人気を博したアメリカの異装ナラティヴを、現代の学者、学生、そして一般読者にも手軽に読んでいただけるよう企画された。

　ボストンで印刷屋兼書店を営むナサニエル・カヴァリー・ジュニアなるうさん臭い男が、『ルイザ・ベイカーの冒険』を出版したのは米英戦争が終結した直後のこと。この奇妙な、しかし時宜を得た小冊子はニューイングランドの読者の琴線に触れたのだろう。売り上げに気をよくしたカヴァリーは続篇と、さらにその続篇をもすかさず出版。続いて最初の二篇を合本にして三篇目からの抜粋を加えた、『女水兵』というタイトルの混成版連続シリーズを作り上げた。カヴァリーのこの短命なベストセラー、それはマサチューセッツの田舎から出てきた若い女性の荒唐無稽な冒険物語である。ルイザ・ベイカーは不誠実な恋人に誘惑されて妊娠し、その事実を隠すためボストンへ逃げ、不本意ながら娼館の住人となる。数年間娼婦として勤めたある日、彼女は男装して逃げ出し、折しも米英戦争の最中《さなか》、アメリカ軍のフリゲート艦コンスティトゥーション号に乗船して勇敢に活躍、やがてニューヨーク・シティの若き金持ち紳士と結婚する、というあらすじだ。一八一五年から一八年のあいだにカヴァリーとその仲間が発行したそれらの双書や合本は、十九刷あるいは十九版を下らないが、それ以降ぷつりと途絶える。そしてダ・カーポ・プレスが現代版の『女水兵』を出版したのは一九六六年のことであった。

残念ながらダ・カーポ版は最後の幸せな結末を描くシリーズ第三部を含まない、合本版のリプリントである。一方、本書が用いたのは十九世紀に出版された合本の中でもっともページ数が多く、短縮版ながら第三部もおさめている。しかしこれも省略が多いので、早い時期に単発で発行された双書からそれらを補い、結果として新たな合本ができあがった。これにはオリジナルの三つのパートすべての文章が含まれていると言ってよいだろう。また『女水兵』のめざましい成功からさらなる実入りを目論んで、カヴァリーは二つの関連書を出版した。それらのテクストも本書につけ加えてある。一篇はレイチェル・スパーリーが書いたという『ルイザ・ベイカー（本名ルーシー・ブルーア）の最新書に寄せる短い応答』で、強制的に働かされたと主張する女水兵嬢に対して、ボストンの娼館マダムが応えるという趣向だ。次の『アルマイラ・ポールの驚異の冒険』は一八一六年、ボストンの牢獄に収容されたと言われる、同じく娼婦にして異装女水兵の物語。そして本書の最後におさめられた十九世紀のテクストは、『伝道を目的とするボストン女性協会の設立と発展に関する短い報告』(一八一八年)の縮約再版である。これは『女水兵』の舞台となったウェスト・ボストンの悪徳地区において国内布教を早くから行なった二人の伝道師たちによる報告書という想定になっている。

厳密な学問的観点からも、本書はさまざまな知的探究に貢献すると思われる。初期アメリカ文学やポピュラー・カルチャーの研究者は、『女水兵』が十八、十九世紀のアングロ・アメリカにおいて非常に重要だったジャンルの、見事な混交であることに気づくだろう。そう、『女水兵』は女戦士物語、感傷小説、そしてアメリカ都市部についてのもっとも早い時期の暴露本である。また、南北戦争以前のある時期からアメリカにおいては「真実の女性性」なるジェンダー・イデオロギーが主流を占めるようになるが、女性史に興味を持つ者にとってカヴァリーの小冊子は、それ以前のジェンダー間の関係性や、セクシュアリティに対する一般的な態度を知る恰好の素材となるはずだ。逸脱をテーマとする社会学者や売買春を研究する歴史家であれば、この女水兵の物語と、「伝道を目的とするボストン女性協会」による敬虔な報告が、十九世紀初頭の娼館とその居住者の貴重な活写となっていることに価値を見いだすに違いない。都市地勢学やアフリカ系アメリカ人の歴史を専門分野とする者には、悪名高いボストンの悪徳地区であり、最大の黒人居住区でもある「ニグロ・ヒル」に関する最初期の描写が提供されよう。ニューイングランドの政治を研究する者にとってこれらの女水兵物語は、米英の戦争が終結に向かおうとしていた時期の、この地域における愛国主義の不穏な盛り上がりを知る貴重な機会となるはずだ。これらのシリアスなトピックは、より学術的な本書の序文のなかで探究されている。

だが幸いなことに学術的であろうとなかろうと、健全な世界にのみ『女水兵』を閉じこめておくことはできない。たとえば物語の最後のパートは「恐ろしいノロシ」と題され、若い読者を対象にして注意を呼びかけ、道徳心が強調されているが、それは見かけだけのお話。むしろカヴァリーの異装冊子は十九世紀初頭のモラリストや二十世紀後半の教条主義者をものともしない、陽気な活力とユーモアにあふれている。もともとの出版者であるナサニエル・カヴァリーがこの新たな学術版『女水兵』を手にしたら、最初は首を傾げて困惑するだろう。だがすぐに膝を打って大笑いし始めるに違いない。本書によって新しい世代の読者もまた、その楽しさを味わっていただけるものと思う。

謝辞

本書の序へと発展したエッセイの初稿は、故スティーヴン・ボテインを会長とするアメリカ稀覯本協会の主催により、一九八六年に開かれたサマー・セミナー「アメリカ文化における書籍史」の最中に書かれた。そのエッセイを改訂したものは、一九九二年七月、アメリカ稀覯本協会の夏季ランチタイム・セミナー、さらにペンシルヴァニア州ゲティスバーグで開かれた初期共和制アメリカを専門とする歴史研究者協会第十四回年次大会の二カ所において発表された。さらに加筆したエッセイは『アメリカ稀覯本協会会報』第一〇三巻、第二部（一九九三年十月発行）に掲載された。アメリカ稀覯本協会には本書執筆にあたりさまざまな支援をいただいた。まず同協会は一九九二年の夏、スティーヴン・ボテイン奨励金を私に給付してくれた。また図版の掲載や十九世紀の小冊子のテクスト再掲記、そして『会報』にかつて掲載された題材の利用を快く承諾してくれた。ここに改めて感謝を述べたい。マサチューセッツ大学出版局のポール・ライト、パム・ウィルキンソン、カトリン・マーフィーにはたいへんお世話になった。さらに編集部のデイヴィッド・ホプキンズには本書の編集、製作段階でいささか複雑な原稿を丁寧に整理・管理してもらった。最後に感謝したいのは、リチャード・D・ブラウン、エリザベス・ブッシエール、ショーン・コーフィールド、モリス・L・コーエン、パトリシア・クライン・コーエン、ロバート・A・グロス、ジョン・ヘンチ、スーザン・E・クレップ、ロザリンド・レマー、ルイ・ラドニック、カロライン・スロート、エリザベス・ヤング、メアリー・S・ズボレイ、そしてロナルド・J・ズボレイ。彼らには多くの援助と励ましをいただいた。

序

歴史の教科書にも書いてあるとおり、一八一二年から始まった米英戦争はニューイングランド、とくにボストンのようにフェデラリストが多い港町では不評だった。英国に対する敵愾心は彼らがアメリカの商船に攻撃をしかけたことに根ざしているが、実のところイギリス軍による港の封鎖、物品の強奪や収用よりも、米議会のリパブリカンたちによる報復措置としての貨物留め置きの方が、ニューイングランドの商人にとっては経済的な打撃が大きかった。外交上の緊張が高まるにつれて議会は戦闘準備を整えつつあったが、ニューイングランドの多くの住人がこれには警戒心を抱いていた。一八一二年四月末、正式な宣戦布告を約二ヶ月後に控えた時期に、四五五名をくだらないボストン商人が開戦の延期を求めて熱烈な嘆願を行なった。彼らの嘆願の正当性は、その後続いた悲惨な戦況によって証明されることになる。アメリカ側は敗戦に次ぐ敗戦を喫し、ついには首都炎上にまで至ってしまう。

だがボストンの企業家は国の屈辱よりも経済的な被害の方に心を痛めていた。一八一三年の秋、ボストン港で出航の目処も立たないまま停泊していた船舶数は二五〇隻にのぼり、仕事を求めて街を離れる人々が後を絶たなかった。以下は一八一四年十月、マサチューセッツ州のとあるフェデラリストの嘆きである。「私たちが置かれている状況は惨めな限りです。通商は途絶え、収入もなく、船は港で腐り始め(中略)資金も底をついた今、私たちは破産状態にあります」。同年十二月と翌年一月、状況が好転する兆しを見せないのをうけ、ニューイングランドの各州代表がハートフォードに集まった。政府の政策に対し、地域をあげて失望を表明したのである。だが一八一五年二月、ニューオーリンズにおけるアンドリュー・ジャクソンの大勝利と和平条約のニュースが届くと、不機嫌だったニューイングランドの人々も安堵し、歓喜の声をあげた。

もちろん長年市民に愛されてきたコンスティトゥーションが危機にさらされているうちは、ボストンの人々も本当の意味で安心するわけにはいかなかった。コンスティトゥーション、それは彼らの多くがいまだに複雑な思いを抱える憲法のことではなく、フリゲート艦コンスティトゥーション号のことである。この船は戦いが終わってもなおイギリス軍の攻撃対象とされた。ボストンで造船され、同港を基地とし、親しみをこめてオールド・アイアンサイズと呼ばれることもあるこの船は、一八一二年八月には米英戦争初とも言える海洋上の勝利を米軍にもたらし、以後は軍勇の国家的なシンボルとなり、ポピュラー・バラッドでも幾度となく謳われている。戦争に激しく反対しその損害をまともにかぶったニューイングランドの人々も、コンスティトゥーション号の勝利には愛国的な誇りを感じ、臆することなくそれを表明した。一八一五年四月中旬、ボストンでもっとも読まれていたフェデラリスト系新聞の編集者が以下のように書いている。「これほど活躍に見合った人気を誇る船を持つ国家が他にあるだろうか。コンスティトゥーション号の安全を願う人々の思いは深く、愛情にあふれ、広く共有されている」

公式に戦争が終結していたにもかかわらず、海上では敵対心が消えず、ボストンの新聞読者は日々届けられるコンスティトゥーション号の最新情報を不安な気持ちで追い続けていた。たとえば四月十九日、『コロンビアン・センティネル』はコンスティトゥーション号が拿捕《だほ》されたと報じたが、一週間後にはオールド・アイアンサイドが英国の小艦隊をかわして逃げ延びたと書いている。五月末、コンスティトゥーション号が無事にボストン港に入港するやボストンの街は祝賀ムード一色。船が錨《いかり》を降ろし、航海士や機関士などの士官たちが陸に上がるや小旗が振られ、大砲が鳴り、楽団が愛国的な曲を奏でた。男女を問わず市民が通りや波止場、停泊中の他の船に押し寄せ、家の窓枠から身を乗り出しては心からの叫び声や歓声をあげて、街全体のお祭り騒ぎに参加した。賛成しかねる戦争のあとに訪れた平和は誰の心をも弾ませた。それになんといってもコンスティトゥーション号が華々しい戦績をあげて帰還したのである。

I

このコンスティトゥーション号の凱旋と喜ばしい戦争の終結を、ナサニエル・カヴァリー・ジュニアなる名前の、抜け目のないボストン企業家は愛国心の発揚のみならず、ひと儲けのチャンスと見なした。そもそもカヴァリーは巡回印刷業、出版業、そして本の販売をする父親の後を継ぎ、犯罪や戦争をテーマにした安い小冊子やブロードサイド［珍しい事件、通俗的な歌や小説を印刷した「瓦版」のような片面刷りの一枚紙］を大衆のために印刷しながら、経済的には不安定な生活を送っていた。一八一四年、アメリカの偉大な印刷業者イザイヤ・トーマスは、三百あまりのブロードサイド・バラッドを購入し、大衆の――あるいはトーマスの言葉を用いれば俗悪な――趣味の永遠の記録としてそれらをアメリカ稀覯本協会に寄付した。そのバラッドの大半を出版したのがカヴァリー・ジュニアであり、このことから彼の名を記憶している方も多いだろう。バラッドは当時イギリスとのあいだに起こっていた戦争やアメリカ軍の勝利を謳ったものが多く、オールド・アイアンサイドの有名な戦績の数々を扱ったバラッドもある。フェデラリストが多いボストンでさえ、そうしたバラッドを市場として受け入れる素地はあったようだ。結局のところ戦争中も住民の三分の一近くはリパブリカンの候補者に投票したわけだし、先述のとおりリパブリカンの戦争を支持しなかった人々でも、アメリカ兵やアメリカの軍艦、とくに地元の軍艦による海上の功績には鼻高々だった。ある筋によるとカヴァリーの主要な読者層はボストンの水夫たちが占めていたという話もある。読者がどんな構成であったにせよ、カヴァリーは愛国心を金儲けに利用することに長けていたし、彼の出版物を見れば分かるとおり、好色な情熱にもアピールする術を持っていたらしい。コンスティトゥーション号の凱旋帰還の後、カヴァリーはどちらにも訴えるフォーミュラを編み出した。

一八一五年八月中旬、カヴァリーは『ルイザ・ベイカーの感動的な物語』と題された小冊子の広告を、ボストンのリパブリカン系新聞二紙に掲載する。この小冊子の第一版のタイトル・ページによると、印刷したのはニューヨークのルーサー・ウェールズということになっている。だがこれは間違いなくカヴァリーがでっち上げたものだろう。ボストン当局がこのきわどい作品に立腹したときのためのカモフラージュである。物語は典型的なカヴァリー作品で、後に続く三つの版には彼の名前が誇らしげに記載された。数ヶ月後の一八一五年十一月、カヴァリーはベイカーの物語の姉妹編『女水兵、またはミス・ルーシー・ブルーアの冒険』の広告を出し、一八一六年五月にはシリーズ三篇目の『新しい世代の男女のための恐ろしいノロシ』と題された小冊子を世に送り出した。一八一六年にはこれらの三編を合わせた版がいくつか出版され、最後に出たのが『女水兵』と題された合本である。一八一五年から一八一八年のあいだに『女水兵』とその短縮版は少なくとも十九刷または十九版まで印刷されたらしい。ほんの数年という期間を考えれば、それらの物語はボストンでもっとも多く出回った小冊子の一つと言えるだろう。

タイトル・ページには印刷所や出版社が明記されていないが、女水兵を物語る小冊子のほとんどがナサニエル・カヴァリー・ジュニアによる発行であることは間違いない。物語も彼自身が書いたのかもしれないが、編纂したのは彼に雇われた三流作家だったと考えられる。アメリカ稀覯本協会のコレクションにおさめられている新聞の切り抜きによると、カヴァリーは「言われるがままに筆を運ぶ詩人作家を雇っており、必要に応じて彼を呼びつけては散文や韻文の記事を書かせていた」らしい。切り抜きによると、そのうちの一人――うってつけなことに彼はミスター執筆《ライト》と呼ばれていた――は「必要とあらば自分の筆致を易々と、重厚にも軽やかにも変えることができる、滑稽なる天才」であった。そんな陽気で多芸な「天才」でなければ、茶目っ気たっぷりで折衷的な女水兵の物語を織り合わせることなどできなかっただろう。

切り抜きで言及されている作家とはおそらくナサニエル・ヒル・ライトのことと思われる。はっきりしたことは不明だが、彼は印刷、出版、編集を手がけながら十九世紀の最初の数十年には何冊かの自作詩集を出版している。ライトは一七八七年、マサチューセッツ州コンコードで、十二人兄弟の末っ子として生まれた。父親のアモス・ライトは居酒屋兼宿屋を経営していたが、一七九二年に流行した天然痘にかかって死去。その後、末っ子のナサニエルがカヴァリー家の誰かのもとへ奉公に出された可能性が高い。実際、ナサニエル・カヴァリー・シニアは一七九四年、短い期間ながらコンコードで印刷所を開いていたことがあるので、ライト家の人々がそこでカヴァリー一家と知り合ったとしても何ら不思議はない。どんな教育を受けたかはともかく、ナサニエル・ライトが七月四日を記念する共和党の式典のために『オード』という愛国的なブロードサイドを執筆し、文学シーンに初登場したのは一八〇五年、彼が十八歳の頃である。一八〇九年にはニューベリーポートで結婚し、六ヶ月後に妻が長男を出産。それから数年後、明らかにヴァーモントに住んでいるあいだに、米英戦争中の海上

▲愛国心あふれる1816年版『女水兵』の表紙。アメリカ合衆国の国璽が使われている。アメリカ稀覯本協会提供。

における功績を描いた愛国的な詩を含む二冊の詩集を出版した。その中にはフリゲート艦コンスティトゥーション号に関する作品も何編か含まれている。一八一九年にマサチューセッツに戻ると、今度は『ボストン――時代に触れて』と題した小冊子を出す。「描写が豊か、シリアス、そして風刺的」な記述に満ちた、詩で描くボストンのツアー詩集であった。小冊子の終わり近くにおさめられた、明らかに自伝的な何編かの詩からは、より高尚な文学的野心を捨てて「好奇心旺盛な大衆」に訴えるような「若い女性や殺人など」について描かなければならない、落胆した詩人の心情がうかがえる。

『女水兵』が出版された当初、ナサニエル・ヒル・ライトは二十代後半、妻と少なくとも一人の幼子をかかえ、明らかに家計を支えるのに苦労していたらしい。もちろん、だからと言ってライトが女水兵物語の著者であるとは言いきれないが、政治的立場、性遍歴、文学偏愛、自己描写、家計状況――そしてもちろん「ミスター・ライト」がカヴァリーの雇われ三文ライターであったという新聞記事をも考慮に入れれば、彼が非常に有力な候補であることは間違いないだろう。表面的には自伝の体裁をとっている物語の作者がライト（あるいは他の男性ライター）であるとすれば、男性に変装した女性の茶目っ気のたっぷりの話を、読者には女性と思われようとしている男性が書いたことになる。それはそれで実にぴったりの皮肉ではないか。

アメリカ稀覯本協会の切り抜きによると、カヴァリーのブロードサイドの読者は「水夫」「当時アン・ストリートに住んでいた人々」（つまりは娼婦やそのお仲間）そして「若者」が多かった。カヴァリーは女水兵物語にも同様の読者がつくと目論んだろうが、とりわけ彼が狙っていたのは「若者」層であったらしい。第三部のタイトルページには「本書は階級、男女を問わず若者が精読するに値する」と記述されている。第一部、第二部はそれぞれ十二・五セントという安値だった（ちなみにこれは二十世紀後半の、非熟練労働者を対象にしたペーパーバック版大衆小説の値段にほぼ相当する）。最貧困層以外は十分手に入る値段である。現存する小冊子のうち四冊に所有者のサインが入っており、その中の三冊が若い女性のものだった、ということも重要かもしれない。その一冊の表紙の裏には丁寧な文字で『女水兵』は「ほんとうにとても面白かった」とわざわざ強調して書かれている。他の読者もこれに同意するのではないだろうか。出版されたと思われる版の半分相当は、一冊現存しているのみだが、すり切れて相当ひどい状態であることからも分かるように、多くの小冊子はそれを買った熱心な読者によって文字どおりぼろぼろになるまで読み込まれたのである。

手短にプロットを要約すれば、その理由は明らかになるはずだ。第一部はマサチューセッツ州の片田舎に住む十代のルイザ・ベイカーが繰り広げる冒険物語で、彼女は不誠実な男に誘惑されて妊娠し、ボストンへ移る。娼館にかくまわれて子供を出産するもその子は死んでしまい、やがて無理矢理客を取らされるようになって三年。この時点、つまり一八一二年または一三年にルイザは男装して娼館を逃げ出し、合衆国海軍に志願する。コンスティトゥーション号で二年、ないし三年は勇敢に水夫としての役目を果たし、一八一五年には女性であることを告白、「真の悔悛者」として両親のもとへ帰る。

第二部では若き復員水夫ルーシー・ブルーアなる女性（別名ルイザ・ベイカー）が両親との穏やかな暮らしに飽きたらず、旅に出る。またしても男装した彼女は南へ向かう駅馬車に乗り込むのだが、同乗者の一人、ニューヨーク出身でミス・ウェストと名乗る裕福なうら若き女性が、旅の途中で無礼な海軍将校候補生に侮辱を受ける。そこへルーシーがあいだに入って彼女をかばい、男と決闘する羽目になるが、鮮やかなハッタリで男を完全に縮み上がらせ、流血の惨事はなんとか避ける。ニューヨークに着いたルーシーはミス・ウェストやその兄と時間を過ごした後、男装したままボストンへ足をのばし、かつて身を寄せた娼館を再訪。同じ船に乗った乗組員仲間にも会った後、再び両親のもとへ帰る。

第三部、駅馬車で助けた女性の兄であるミスター・ウェストが、良きサマリア人として妹を助けたのが実は女性であったことを知り、彼女に求愛するためマサチューセッツへ赴く。愛国心あふれるミスター・ウェストはピルグリム・ファーザーズに敬意を表するためにそのまま二人でプリマス・ロックへ。やがてウェストはルーシーにプロポーズし、ルーシーもそれに応える。彼女の父もこの結婚を承諾し(父親がかなり安心したであろうことは想像に難くない)、かつてのボストンの娼婦は、裕福なニューヨーカーとめでたく結婚。こうした大きな話の流れに加えて、第二部、第三部には性的堕落が招く破滅的な結末を描いたいくつかの補足的な警告や道徳的な逸話が含まれている。

女水兵の物語と二つの続編はニューイングランドの読者のあいだできわめて人気が高かったので、カヴァリーは少なくとも二篇の関連書を出版した。一八一六年六月末、カヴァリーはレイチェル・スパーリー著『ルイザ・ベイカー(別名ルーシー・ブルーア)の最新書に寄せる短い応答』と題されたパンフレットの広告を出す。著者であるスパーリーはベイカーが無理矢理働かされたと言う娼館のマダムで、ベイカーの本当の名前がエリザ・ボウエンであり、ボウエンが自らの意志で娼婦となったことを憤然と主張。さらにスパーリーは自分がセックス関連の商売に従事するようになったのは、夫の突然の死後、家族を「悲惨さと貧困」から守るため仕方のないことだった、と自己弁護する。

一八一六年九月初旬、カヴァリーはもう一冊、『アルマイラ・ポールの驚異の冒険』と題されたパンフレットの広告を出す。この新しいヒロインは我らが女水兵以上に多彩で意外なキャリアをたどる。というのも彼女は男装してイギリス、アメリカ、そしてアルジェリアの船艦に乗り込んだ後、イギリスはポーツマスの戦争未亡人と婚約までしてしまう。ポールは「女性の能力」が「男性の」それに「等しい」ことを「世界に知らしめよう」とするのだが、やがて男装をやめてボルティモア、ニューヨーク、そしてボストンの悪徳地区で客を取る身となってしまう。このように女性のセクシュアリティ、自立、そして冒険という大胆なテーマからカヴァリーがようやく手を引くのは一八一六年の十月になってから。ここで彼はこれまでよりずっと保守的なヒロインを描いた『マリー・アン・クラークの幸せな死に関する短い物語』を広告。直系の先達たちの解毒作用を期待してか、ミス・クラークの物語は「従順さとおとなしさの一例」「早期の敬虔さのもっとも明瞭なる証」となるべく書かれたようである。

Ⅱ

『女水兵』とそれを構成する各部のすべての版は実際に起こった事柄として紹介されており、出版以来純朴な読者もそう信じ込んできた。だがそれらがフィクションであることはまず間違いないだろう。少なくとも、これらの物語を初めて研究対象とした歴史研究家アレクサンダー・メドリコット・ジュニアは、調査の結果そのような結論に達した。メドリコットは女水兵が生まれたとされる初期のプリマス郡二十六の町すべての出生記録を調べたが、カヴァリーの小冊子に登場する女水兵のルイザ・ベイカー、ルーシー・ブルーア、ルーシー・ウェスト、またはエリザ・ボウエンが実在したことを示す証拠は何も得られなかった。フリゲート艦コンスティトゥーション号の隊員名簿も調べたが、女水兵が使ったと言われているジョージという名前、または名字の者は見つからなかった。私も最近、このとらえどころのない女水兵に関して同様の調査を試みたが、結果はメドリコットと変わらなかった。

もちろん一般的な慣例に従ってこの物語がフィクションであることを認めたとしても――それは当時の読者にとって難しかっただろうが――『女水兵』が分類し難い作品であることに変わりはない。メドリコットは以下のように説明する。「十九世紀初頭の多くのアメリカ小説がそうであるように『女水兵』も合本であり、ロマンス、回顧録、疑似歴史書、冒険物語、ピカレスク物語、自叙伝、説教など、当時流行していたスタイル、テーマ、テクニックをさまざまに駆使している」。そんなジャンル的曖昧さと呼応するように、プロットそのものの展開においても主人公たちはいくつもの不確定性や誤解を経験する。男か女か、悪か美徳か、勇敢か臆病か、喜びか悲しみか、若さか老齢か、夢か現実か――伝統的には明らかでありがちな対比が、このナラティヴの中では、さまざまな登場人物によっていずれかの時点で混乱させられたり、曖昧にさせられたりする。

文学研究者トーマス・ケントはある種のナラティヴを「認識論的テクスト」と呼ぶが、プロット内の役者たちと同時に「外側の」読者にも認識の問題化を迫る『女水兵』は、まさにそうしたテクストの一つだろう。ケントによると、テクストにおいて「認識論的不確定性は二つのレベルで機能する。一つは登場人物や出来事が織り合わされるテクスト内のナラティヴ・レベルにおいて。もう一つは読者によってテクストの意味が判断されなければならない外＝テクスト・レベル、あるいは読者レベルにおいて、である」。『女水兵』では、テクストと読者のもっとも基本的な区別すら転覆されてしまう。というのも第三部の登場人物の一人は第一部を読んだことになっており、かくして断片化されたテクストそのものがプロット内で活発なエージェントとなり、皮肉にも主要登場人物の一人による大きな誤解を解く働きをする。ケントは複雑な「認識論的テクスト」を、比較的単純で非常に定式化され、彼が「自動化されたテクスト」と呼ぶ十九世紀末のダイム・ノヴェルと比較する。『女水兵』によって引き起こされた認識論的大混乱の一部は、十九世紀初期の読者にはおなじみの、フォーミュラ化されたポピュラー・ジャンル――あるいは「自動化されたテクスト」――からのモチーフを選び抜き、援用した結果である。

カヴァリーが発行した小冊子への一般的な影響として、近代初期以来の女性戦士バラッドやナラティヴの長い伝統があげられるだろう。ダイアン・ドゥゴウはその著書『女性戦士とポピュラー・バラッド』の中で、十七世紀から十九世紀にかけて主に英国で印刷されたアングロ・アメリカ系の女性戦士のバラッドは、散文も含めて百二十篇以上あったと言う。彼女の主張によれば「女性戦士や変装したヒロインたちは近代初期には人々の想像力を大いに刺激し、街頭で売られるポピュラー・バラッドばかりでなく、叙事詩、ロマンス、伝記、コメディ、悲劇、オペラ、そしてバラッド・オペラなど、他の多くのジャンルに登場した」。さらにドゥゴウは、近代初期の女性戦士の伝統は十七世紀初頭に形成されて、一七〇〇年代に人気の絶頂期を迎え、十九世紀初頭には衰退した、と言う。ドゥゴウがあげる女性戦士バラッドのうち少なくとも何篇かは、愛国心にわいたボストンに住むカヴァリー親子によって印刷され売られたものと思われる。加えて男装する女性兵士を描くアメリカの散文ナラティヴは独立戦争、米英戦争、メキシコ戦争、そして南北戦争と連動するように出版された。『女水兵』のヒロインが何度も言及するのは、独立戦争で活躍したデボラ・サンプソン・ガネットの物語で、これは年代的にかなり早い時期の作品である。ヒロインはデボラに鼓舞されて手柄をあげると同時に、活字になったデボラの物語を前例とすることで自分自身の物語の信憑性も高める仕組みになっている。

女戦士のポピュラー・イメージは文学の伝統だけではなく、社会的な伝統にも由来する。戦闘を繰り返す陸軍や海軍の士官たちは、兵士や乗組員をかき集めるのにしばしば苦労しており、したがって新兵の質に関してはそれほど頓着しなかった。そんな時代、つまり十六世紀から十九世紀にかけては何千とは言わないまでも何百という異装の女性たちが(幼い少年たちとともに)、ヨーロッパや北米の陸軍や海軍の軍務についた。たとえばルドルフ・M・デッカーとロッテ・C・ヴァン・デ・ポルは十七世紀から十八世紀にかけて兵士や水兵となった異装のオランダ女性を八十人以上確認している。しかもそれは「氷山の一角にすぎない」。現代の研究者や学者によると、アメリカの南北戦争においても、南軍、北軍、どちらにも異装の女性たちが（何百、何千は多すぎるとしても）何十人と存在していたらしい。

実際、アメリカの女性戦士物語の中でもっともよく知られた作品は、実際に軍役についたことのある女性たちの話に基づいている。連邦政府から恩給までもらったデボラ・サンプソン・ガネットや、南北戦争中の武勲を称えられたサラ・エマ・エドモンズやロレータ・ジャネタ・ベラスケスがその好例だろう。とくに最後の二人は、女性戦士をめぐる社会的・文学的伝統の複雑な相互関係を考える上でとても興味深い。エドモンズやベラスケスの物語はたいへんな人気を博したが、それは戦場における彼女たちの実際の活躍にある程度基づいていたことが最近の研究で明らかになっている。ルーシー・ブルーアがデボラ・サンプソン・ガネットの「回顧録」に言及して、それを自分の模範としたのと同じように、南北戦争で戦った実在の女性たちも勲功をあげるべく、初期の女性戦士物語を自らのインスピレーションの源としたに違いない。ロレータ・ジャネタ・ベラスケスは若い頃、「ジャンヌ・ダルクの華々しい活躍」に想像力をかき立てられたと回想している。サラ・エマ・エドモンズはカナダの片田舎に住んでいた子供の頃、一八四〇年代当時流行していたチープなアメリカ製のフィクション（マチューリン・マレイ・バイヨウの『女海賊船長ファニー・キャンベル』）を親切な行商人からもらい受け、自ら軍で活躍する夢をふくらませたと言う。出版された彼女たちの回顧録が完全に信用できるとは限らないが、女性戦士の社会的・文学的伝統が、登場人物と読者双方の人生や想像力の中で複雑にからみ合っていたことに疑いの余地はない。

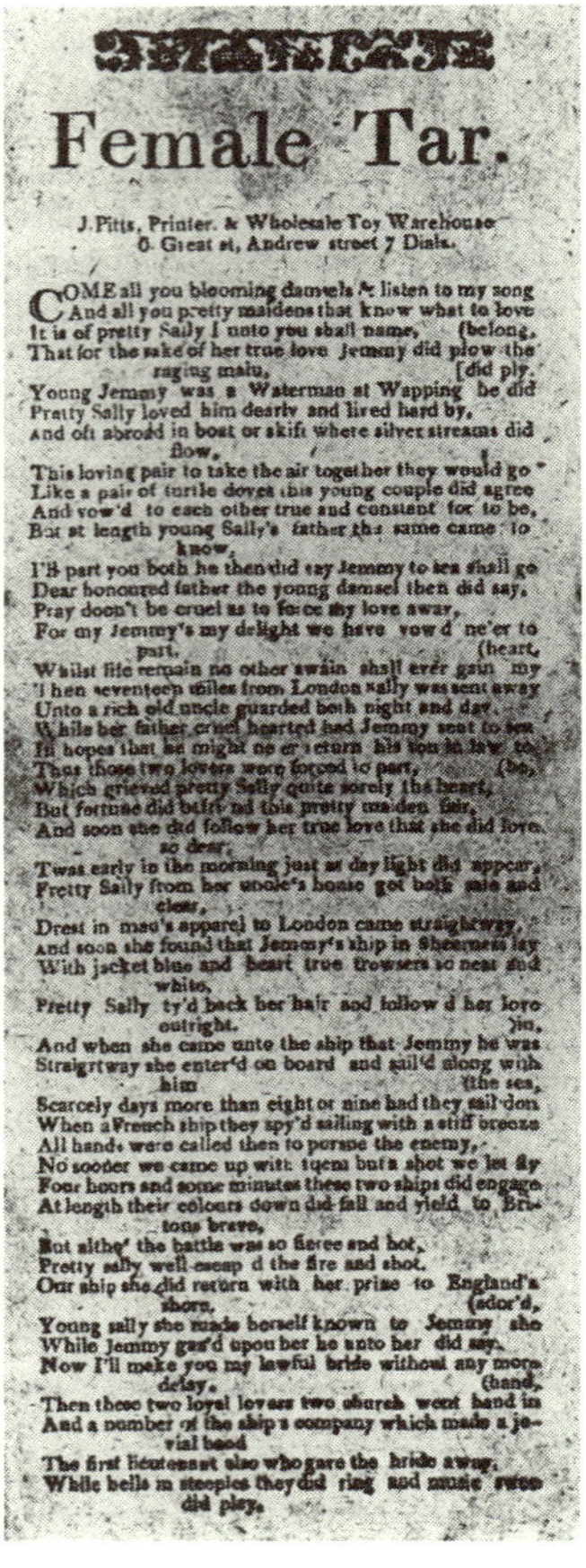

Female Tar.

J. Pitts, Printer. & Wholesale Toy Warehouse
6 Great st, Andrew street 7 Dials.

COME all you blooming damsels & listen to my song
And all you pretty maidens that know what to love
It is of pretty Sally I unto you shall name, (belong,
That for the sake of her true love Jemmy did plow the
raging main, [did ply,
Young Jemmy was a Waterman at Wapping he did
Pretty Sally loved him dearly and lived hard by,
And oft abroad in boat or skiff where silver streams did
flow,
This loving pair to take the air together they would go
Like a pair of turtle doves this young couple did agree
And vow'd to each other true and constant for to be,
But at length young Sally's father the same came to
know,
I'll part you both he then did say Jemmy to sea shall go
Dear honoured father the young damsel then did say,
Pray don't be cruel as to force my love away,
For my Jemmy's my delight we have vow'd ne'er to
part, (heart,
Whilst life remain no other swain shall ever gain my
Then seventeen miles from London Sally was sent away
Unto a rich old uncle guarded both night and day,
While her father cruel hearted had Jemmy sent to sea
In hopes that he might ne'er return his son in law to
Thus those two lovers were forced to part, (be,
Which grieved pretty Sally quite sorely the heart,
But fortune did befriend this pretty maiden fair,
And soon she did follow her true love that she did love
so dear,
Twas early in the morning just as day light did appear,
Pretty Sally from her uncle's house got both safe and
clear,
Drest in men's apparel to London came straightway,
And soon she found that Jemmy's ship in Sheerness lay
With jacket blue and heart true trowsers so neat and
white,
Pretty Sally ty'd back her hair and follow'd her love
outright. (in,
And when she came unto the ship that Jemmy he was
Straigrtway she enter'd on board and sail'd along with
him (the sea,
Scarcely days more than eight or nine had they sail'd on
When a French ship they spy'd sailing with a stiff breeze
All hands were called then to pursue the enemy,
No sooner we came up with them but a shot we let fly
Four hours and some minutes these two ships did engage
At length their colours down did fall and yield to Bri-
tons brave,
But altho' the battle was so fierce and hot,
Pretty sally well escap'd the fire and shot.
Our ship she did return with her prize to England's
shore, (ador'd,
Young sally she made herself known to Jemmy she
While Jemmy gaz'd upon her he unto her did say.
Now I'll make you my lawful bride without any more
delay. (hand,
Then these two loyal lovers two church went hand in
And a number of the ship's company which made a jo-
vial band
The first lieutenant also who gave the bride away,
While bells in steeples they did ring and music sweet
did play.

▲19世紀初頭、ロンドンで印刷された
英国女性戦士のバラッド

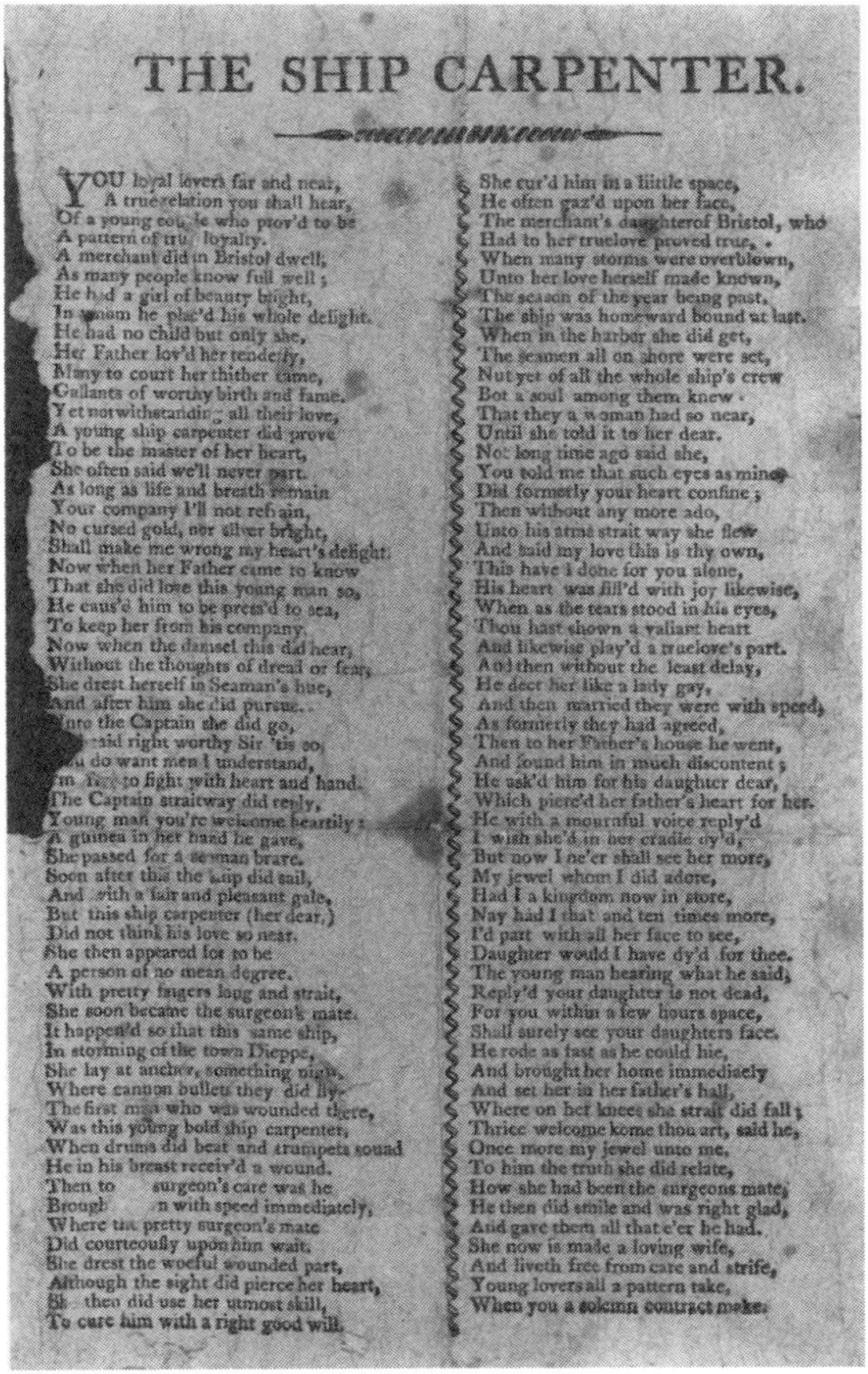

THE SHIP CARPENTER.

YOU loyal lovers far and near,
A truerelation you shall hear,
Of a young cou le who prov'd to be
A pattern of tru loyalty.
A merchant did in Bristol dwell,
As many people know full well;
He had a girl of beauty bright,
In whom he plac'd his whole delight.
He had no child but only she,
Her Father lov'd her tenderly,
Many to court her thither came,
Gallants of worthy birth and fame.
Yet notwithstanding all their love,
A young ship carpenter did prove
To be the master of her heart,
She often said we'll never part.
As long as life and breath remain
Your company I'll not refrain,
No cursed gold, nor silver bright,
Shall make me wrong my heart's delight.
Now when her Father came to know
That she did love this young man so,
He caus'd him to be press'd to sea,
To keep her from his company.
Now when the damsel this did hear,
Without the thoughts of dread or fear,
She drest herself in Seaman's hue,
And after him she did pursue.
Unto the Captain she did go,
said right worthy Sir 'tis so,
u do want men I understand,
m to fight with heart and hand.
The Captain straitway did reply,
Young man you're welcome heartily:
A guinea in her hand he gave,
She passed for a seaman brave.
Soon after this the ship did sail,
And with a fair and pleasant gale,
But this ship carpenter (her dear,)
Did not think his love so near.
She then appeared for to be
A person of no mean degree.
With pretty fingers long and strait,
She soon became the surgeon's mate.
It happen'd so that this same ship,
In storming of the town Dieppe,
She lay at anchor, something nigh,
Where cannon bullets they did fly.
The first man who was wounded there,
Was this young bold ship carpenter,
When drums did beat and trumpets sound
He in his breast receiv'd a wound.
Then to surgeon's care was he
Brough n with speed immediately,
Where the pretty surgeon's mate
Did courteously upon him wait.
She drest the woeful wounded part,
Although the sight did pierce her heart,
Sh then did use her utmost skill,
To cure him with a right good will.
She cur'd him in a liitle space,
He often gaz'd upon her face,
The merchant's daughterof Bristol, who
Had to her truelove proved true,
When many storms were overblown,
Unto her love herself made known,
The season of the year being past,
The ship was homeward bound at last.
When in the harbor she did get,
The seamen all on shore were set,
Nut yet of all the whole ship's crew
Bot a soul among them knew.
That they a woman had so near,
Until she told it to her dear.
Not long time ago said she,
You told me that such eyes as mine
Did formerly your heart confine;
Then without any more ado,
Unto his arms strait way she flew
And said my love this is thy own,
This have I done for you alone,
His heart was fill'd with joy likewise,
When as the tears stood in his eyes,
Thou hast shown a valiant heart
And likewise play'd a truelove's part.
And then without the least delay,
He deckt her like a lady gay,
And then married they were with speed,
As formerly they had agreed,
Then to her Father's house he went,
And found him in much discontent;
He ask'd him for his daughter dear,
Which pierc'd her father's heart for her.
He with a mournful voice reply'd
I wish she'd in her cradle dy'd,
But now I ne'er shall see her more,
My jewel whom I did adore,
Had I a kingdom now in store,
Nay had I that and ten times more,
I'd part with all her face to see,
Daughter would I have dy'd for thee.
The young man hearing what he said,
Reply'd your daughter is not dead,
For you within a few hours space,
Shall surely see your daughters face.
He rode as fast as he could hie,
And brought her home immediately
And set her in her father's hall,
Where on her knees she strait did fall;
Thrice welcome home thou art, said he,
Once more my jewel unto me.
To him the truth she did relate,
How she had been the surgeons mate,
He then did smile and was right glad,
And gave them all that e'er he had.
She now is made a loving wife,
And liveth free from care and strife,
Young lovers all a pattern take,
When you a solemn contract make.

▲19世紀初頭、アメリカのおそらくはニューイングランド界隈で印刷された英国女性戦士のバラッド

▲マチューリン・マレイ・バイヨウの『女海賊船長ファニー・キャンベル』1846年版の表紙。南北戦争で活躍したサラ・エマ・エドモンズのインスピレーションの源となったと言われている。

▲メキシコ戦争におけるアメリカの女性戦士ナラティヴ、
『女性義勇兵』（1851年）の表紙

社会歴史学的なアプローチだろうと文学的なアプローチだろうと、現代の多くの学者、とくにフェミニスト研究者たちは女性戦士バラッドやナラティヴに埋め込まれたジェンダー・ポリティックスに魅了されているらしい。確かに男装する女性は、文化が構築した男性と女性とのあいだの境界を曖昧にする。一方で女性戦士バラッドは、男性的な価値の優位性を前提としていると主張することもできるだろう。結局のところ女性戦士は男性のふるまいや行動を身につけたことで祝福され、ポピュラー文学でも称賛されるのだから。加えて近代初期文学における女性戦士がめざすのは、戦場に駆り出された夫や恋人と再び結ばれるという、きわめて女性的かつ伝統的な結末だった。ドゥゴウはバラッドの「ほとんどすべて」、散文ナラティヴの「大半」が「ヒロインの究極の動機を[異性]愛の成就に置いている」と述べる。それとは対照的にルーシー・ブルーアが戦争へ行くのは「恋人のそばにいたいから」ではなく、商品化されたセックスの搾取的なシステムから逃れるためであった。物語の最後、彼女の型どおりの結婚は冒険の目的ではなく、むしろ個としての充実と自立を貪欲に追求したことに対するご褒美である。そう考えると『女水兵』は早い時期に書かれた女性戦士ナラティヴよりも明らかに過激であろう。

さらにこう言うこともできるかもしれない。『女水兵』は最近の「カルチュラル・スタディーズ」理論の厳しい水準から考えてもなお過激である、と。高く評価された『ジェンダー・トラブル――フェミニズムとアイデンティティの転覆』の中でフェミニスト哲学者ジュディス・バトラーは、基本的には不安的で「遂行的」なジェンダー・アイデンティティの性質を強調した。彼女によれば、生物学的な特質、性的志向、服装の好み、公的な行動様式がどうあれ、誰もが常にジェンダーをめぐる何らかの役割を「演じて」いる。その役割は支配的な社会の規範によって決定されている場合が多い。とすればジェンダー・アイデンティティは生物学的本質ではなく、文化的な構築物であり、個人的な遂行にすぎない。バトラーの洞察は二十世紀後半の学問の世界では「前衛的で最先端」であるとされている。だが、近代初期の女性戦士ナラティヴの著者、主人公、そして読者にとって、それは退屈で当たり前の主張なのである。

関連して言えば、『女水兵』のヒロインはとりわけ伝統的なジェンダーに基づく「徳」の概念――「女性の」貞節や「男性の」剛胆さ――を無化し、転覆するのがとくにお気に入りだったらしい。（主人公としての）ルーシー・ブルーアは性的特質などお構いなしに男女の違いを超越し、戦闘においても体を張った勇気ある行動をとり、そればかりか彼女は、戦場の勇気は男の専売特許と思い込んでいる男をあざ笑い、屈辱を与える。駅馬車でいっしょになった見習い将校が、同乗してきた若い女性にちょっかいを出して侮辱したので、ブルーアは将校と対決することになる。そこで彼女が男を繰り返しファルスと同一化させる描写はユーモラスだ。ブルーアは彼を「短い剣の持ち主」「勇敢なる若き短剣の騎士」などと呼び、彼女が撃鉄を起こしたピストルを向けるや彼が「見る間に萎えてしまい、背筋をのばして歩くことすらできなくなってしまった」と描写する。弾の入っていないピストル一つで「短剣男」を去勢できる、そんな女水兵の能力はジェンダーの「遂行性」を鮮やかに実証するだろう。見習い将校との対決のすぐ後に、ブルーアは連れの男を安心させるべく、自分が「演じよう」としているのは「悲劇」ではなく「喜劇」である、と語る。この出来事が示すのはもう一つ、女性戦士の伝統全体の中心を占める実に簡単な洞察である。つまり臆病さと同様、勇気には男も女もない、ということだ。

ナサニエル・カヴァリーの小冊子は、女性戦士ナラティヴの近代初期の由緒ある伝統を反映しているばかりではない。それらは十九世紀に多く出版された都市生活暴露物語の、最初期の作品としても位置づけることができる。アメリカン・フィクションの書誌学者として草分け的な存在であるライル・ライトによれば、一八〇〇年から一八五〇年にかけてアメリカで出版された「都市生活」小説、全六十九篇のうち、一八二〇年以前に出たものはたったの二篇。エイドリアン・シーゲルはさらに詳細な調査を行なったが、それによると一八四〇年から一八五〇年のあいだに出版された「アーバン・ノヴェル」は数百篇を数えるのに、一七七四年から一八三〇年のあいだにはその数わずかに十八篇である。数百篇もの作品を詳細に調べた後、シーゲルは十九世紀半ばの大衆向けフィクションはアメリカの都市に対してとても曖昧なヴィジョンを示していた、と主張する。多くの小説が実質的な困難、社会的な不公平、都市生活の道徳的な危険性をあからさまに描いた。と同時にアメリカの都市が文化的な豊かさと社会的な機会にあふれた場所である、と主張する都市の宣伝文句を後押しする傾向にあることも無視できないだろう。

『女水兵』もまた愛国主義にわくボストンの分裂したイメージを提示している。ルーシー・ブルーアはボストンの裏世界である悪徳地区ウェスト・ボストン・ヒル（現在のビーコン・ヒルの北側の坂のあたり、共和制初期のボストン在住白人が「ニグロ・ヒル」または「ニガー・ヒル」と呼ぶ地域である）のきわめてどぎつい描写を提示する。ダンスホール、娼館、粗野な娼婦たち、年端もいかない娼婦、異なる人種同士のセックスなど、ロマンティックとはほど遠いブルーアの描写は、十九世紀初期の読者にとっては十分すぎるほど衝撃的だったろう。ブルーアは「合衆国内の同じ規模の街」と比べても、ボストンの娼婦の割合は「いっそう高い」のではないか、と語る。その毒々しいナラティヴを読む限り、なるほどそうかもしれない、と簡単に信じ込まされてしまう。鮮やかな描写を重ねる都市生活暴露ナラティヴのおかげで、読者は本来忌避している世界に、傷つくことなくどっぷり浸かることができる。『女水兵』はその意味で南北戦争前の文学に広く見られた、デイヴィッド・レイノルズが言う「非道徳的な教訓主義」あるいは「転覆的な改心」のもっとも早い時期の例である。

その一方で——もちろんカヴァリーの多面的なナラティヴにおいては常に「その一方で」が存在するわけだが——『女水兵』に見られるボストンの描写は、暴露ナラティヴというよりむしろ街の宣伝を思わせるところもある。たとえば第一部では事情通の観察者がボストンについて次のように語る。「この町は正直で親切で面倒見のいい人の数にかけてはアメリカのどこにも負けません」。その後第三部においてもウェスト氏が「ニューイングランドの首都」たるボストンを同じような調子で称賛する。ルーシーの将来の夫にとって——

街は期待した以上に居心地良く、住民たちは生来の気質の良さで、旅行者に対しても礼儀正しく細やかな気配りだったとか。とにかく街についての彼の評価は非常に高いものでした。（中略）近隣の村々を街とつなぐ橋は利便性と建築の美しさの点でかつて見たどの橋よりも優れているし、州会議事堂は建造そのものがすばらしく、ニューヨークの市庁舎に匹敵し、周囲の環境はむしろニューヨークのそれをしのぐと言います。ボストンのモールが称賛を得るのも当たり前で、ニューヨークのバワリー・ストリートはその半分ほども魅力はなく……。

カヴァリーの小冊子は南北戦争前の都市小説に見られる暴露趣味と推奨宣伝を先取りする。そればかりか、そのうちの一篇は都市生活に対するこれらの一見矛盾する姿勢を両立させてしまうのである。ルイザ・ベイカーに対する『短い応答』の中で、レイチェル・スパーリーは「ニグロ・ヒル」のような悪徳地区は、不名誉な要素を隔離するので、実のところ市の環境を浄化している、と述べる。

大きな商業都市や街にそうした場所が存在することは無垢で無防備な者たちの安全にとって、実は重要であるとも思っています。ヒルのような、ある種の階級の男性が足繁く通える場所がなければ、ボストンの状況は悲惨なものとなるでしょう。女性の住人が暗くなってから出歩く危険も増すに違いありません。港町につきものの安楽な暮らしを送る者たちをヒルから追い出しても、彼らは街のより上等な地区に移るだけ。どんなに穢れなく尊敬すべきご婦人であって

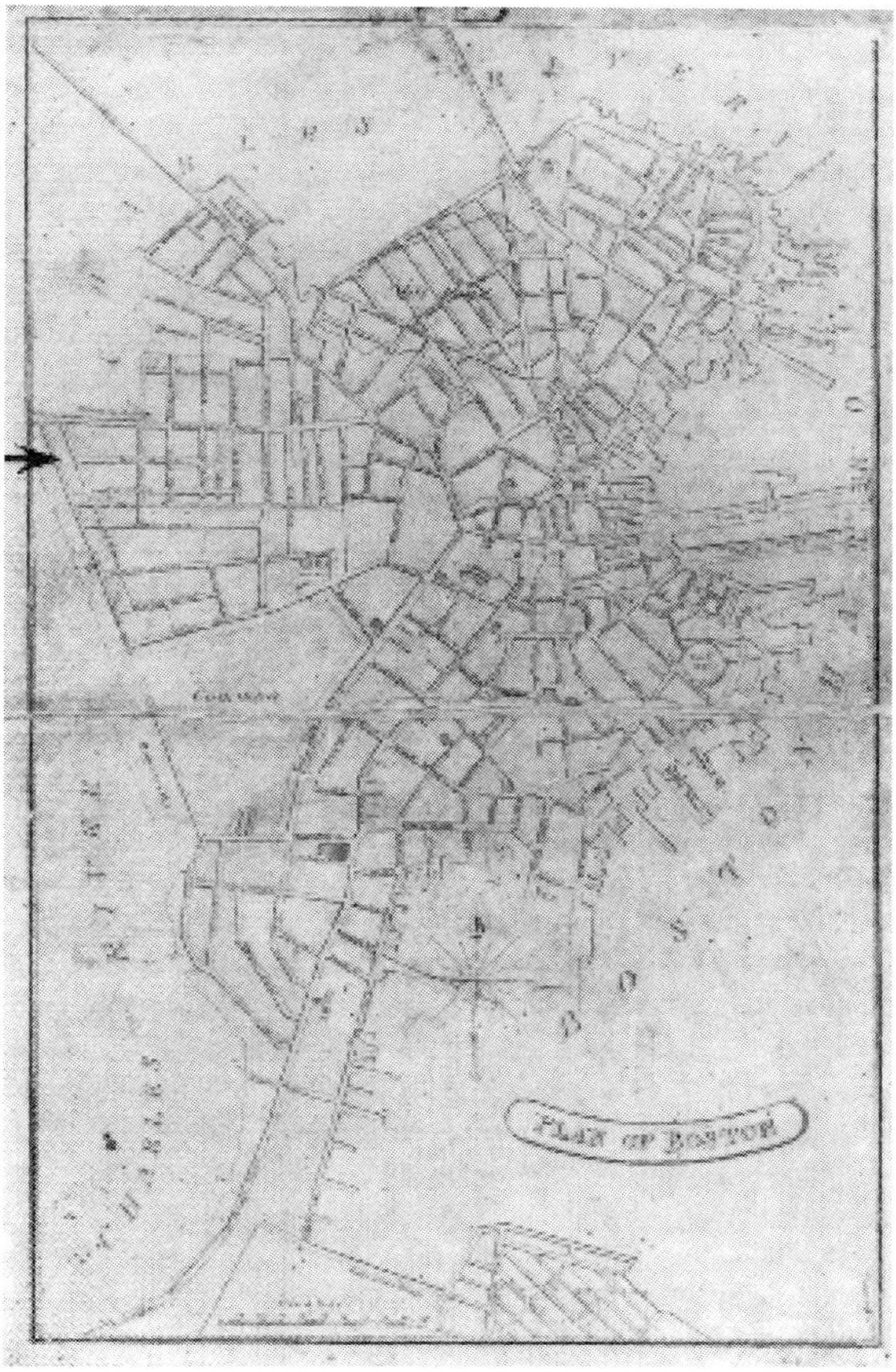

▲マサチューセッツ州ボストンの地図（1810-1825年頃）。矢印は「ニグロ・ヒル」としても知られていた「ウェスト・ボストン・ヒル」を示している。ここは19世紀初頭、ボストン最大のアフリカ系アメリカ人の居住区であり、二つあった悪徳地区の一つにも数えられていた。

も、自らの家で冒瀆にあう可能性が高まり、夜の外出は命の危険を伴うものになってしまうのです。（中略）水夫や兵士などヒルの常連客は相手を求めて公道をさまよい、老いも若きも女性とあらば彼らの罵声や悪態を受けるのは必至。いつの時代も大きな街や都市では、住民の健康を損なう恐れのある、あらゆる害や穢れを囲い込むための適切な場所を確保することが必要でした。公益のためにもすべての大きな街や都市には、享楽的な生活を好み、人々にとって有害であると思われる者たちのための場所を作るべきです。今のところヒルとその住人は（中略）街全体のために欠かせない、と私は思います。

著者は、都市の悪徳地区にしばしばはびこる強制と搾取を無視しつつ、むしろそうした地区を黙認するに足る理由を提供する。このような正当化を十九世紀や二十世紀の政治家たちもまた受け入れてきた。彼らは売買春を根絶するよりは、封じ込め規制することを選んだのである。しかしカヴァリー（または彼のお抱えライター）はそんな浅はかな正当化をいかにもいかがわしく描くことで距離を保っている。これは注意すべき点であろう。現にスパーリーが対抗心を燃やすルイザ・ベイカーのナラティヴは、「ニグロ・ヒル」のポン引き、マダム、娼婦たちに対して鋭く、容赦ない非難を浴びせている。カヴァリーの小冊子は全体として、単純な定式化を拒否する都市生活、あるいは都市の悪徳を多面的に呈示しているのである。

『女水兵』がそこに属しているふうを装いながら結局は超越してしまう伝統的なジャンルとして、もう一つ、初期のアメリカ小説に多く見られた感傷的な誘惑物語があげられよう。一七四八年にイギリスで出版されたサミュエル・リチャードソンの『クラリッサ』が原型となり、ウィリアム・ヒル・ブラウンの『共感の力』（一七八九年）、スザンナ・ローソンの『シャーロット・テンプル』（一七九一年）、ハンナ・フォースターの『コケット』（一七九七年）などがアメリカで次々に執筆された。どの作品でも女が不実な男に誘惑され、後悔と自責の念に駆られて死ぬか自殺をする。誘惑物語は読者の大半を占める女性に向けて、親には従順であるように、性には自制心を持つように、と保守的なメッセージを発しているように見える。だがキャシー・N・デイヴィッドソンをはじめとする最近のフェミニスト研究者によれば、初期の感傷小説はむしろ男性による堕落を警告し、女同士の連帯を呼びかけ、二重基準を攻撃するきわめて転覆的なジャンルだったのである。

とくに最初の部分を読むと『女水兵』はアメリカの早い時期に書かれた感傷小説のキャノンにぴたりとおさまる。アレクサンダー・メドリコットが指摘するように、著者は「十八世紀のロマンス作家が用いるあらゆる装置」を活用している。「親への警告、向こう見ずで浅はかな恋、卑劣な悪漢による誘惑、嵐の中の逃亡、親切な庇護者による一時的な避難、軽蔑すべき裏切り者の罠、望まれなかった赤ん坊の哀れな死、道徳心の堅牢さについての教訓や訓話、堕ちた女としての絶望の数年間」など。だがもっとも重要なのは、ルーシーの誘惑が初期のアメリカ感傷小説で描写される誘惑にそっくりだ、という点だろう。ルーシーは回想する。「私は罪を知らないまったくの無垢。もちろんそれは私の心に入り込み、身の破滅をもたらした下劣な男が私を惑わし欺いた、あの致命的なひとときまでのこと。誘惑に身を落とすことのできる男なら、今は打ちひしがれたかつての欲望の対象をいとも簡単に見捨てることができる——とは思いつきもしませんでした」。つまりカヴァリーのナラティヴの最初のエピソードは、感傷的な誘惑小説の典型的なモチーフを忠実になぞっている。

『女水兵』は真に教訓的な目的を標榜している点においても初期アメリカ小説の多くの作品に類似している。たとえば語り手は第一部の終盤において、早い時期に書かれた感傷小説の定番である警告的な表明をしてみせる。「私が人々の目に明らかにしたこれまでの物語によって、私のような若い女性たちが、親の同意を得られぬ恋愛の声に耳をかさず、信仰と美徳に反する誘惑に身を投じる衝動に打ち克つことができるならば、実のところ私の執筆も無駄ではなかったと言えましょう」。この道徳的な教訓は、初期共和体制において大人気を博した小説、スザンナ・ローソンの『シャーロット・テンプル』からほとんどそっくり抜き出した、と言っても過言ではない。ルーシー・ブルーアと同様に、ローソンもまた若い女性読者に「親の同意を得られない恋愛の声には耳をかさぬよう」、また「信仰と美徳に反する誘惑に身を投じる衝動に打ち克つよう」すすめている。『シャーロット・テンプル』からの一句たがわぬ援用は『女水兵』には少なくともあと一ヶ所あるし、『新しい世代の男女のための恐ろしいノロシ』における性の二重基準への攻撃は、ローソンが駆使してみせる怒りのレトリックを彷彿させる。かなり直接的な文学的援用は他にも何ヶ所かあげることができる。

だが感傷小説の伝統的なキャノンに『女水兵』をあてはめようとすると一つの障害が立ちはだかる。

カヴァリーの遊戯的なナラティヴは定番の誘惑物語の肝心な信条――性的な堕落の後には常に苦悶と後悔と死が待っているという信条――をふてぶてしくも否定するのである。誘惑の直後、確かにルーシーは窮地に立たされるが、彼女は自分の失敗を利点に変え、軍に籍を置いて三年間も勇敢に戦い、ついには裕福なミスター・ウェストと結婚する。女性性を冒された受け身の苦悩を見せつけるのではなく、むしろ積極的な勇気、知恵、そして逆境にあってもユーモアを忘れない余裕を実演してみせる。

ルーシーの物語の徹底した転覆性は、ナラティヴの第三部で語られる逸話の一つ、マリア・D――なる女性の悲しい物語と比べるといっそう強調されるだろう。気だてが良くて純粋だがうぶで騙されやすい彼女は、何も疑わずに「弱く、悪辣で放蕩者の男」と結婚する。一文の価値もないその夫はやがてボストンでもっとも悪名高い娼館に入りびたるようになり、哀れマリアも凋落を余儀なくされ、若くして死を迎える。ルーシー・ブルーアとマリア・D――との鮮やかな対比が示すのは、公然たる誘惑よりも不運な結婚の方が決定的な不幸につながるかもしれない、ということ。『女水兵』に描かれる不確かなジェンダー関係にあっては、若い女性の処女性よりも自立の方が結局は重要なのである。ナサニエル・カヴァリー・ジュニア(またはナサニエル・ライト)が作品の構想を練りながら女性の解放を念頭に置いたとは思えないが、女性の自立のメッセージがあったからこそ、このナラティヴは草創期ボストンの若い女性たちの心に訴えたのであり、現代の研究者をもこれほどまでに引きつけるのだろう。

もう一つ『女水兵』の文学的祖先として、近代初期のスペインで生まれた小説形態、ピスカレスク小説があげられる。階級社会の中でなんとかのし上がろうとする平民出身のならず者が旅に出て、ときには滑稽な冒険をする、その物語を多少断片的に語った小説である。スペインでは女性のピカラも描かれるが、キャシー・デイヴィッドソンによると初期アメリカのピカレスク・ジャンルでは「政治性が中心的な争点」となるので「アメリカのピカレスクでも女性が主人公になることは皆無に等しい。それは新しい共和国の政治において女性たちが排除されていたことをじかに反映している」。それを大前提にしてデイヴィッドソンは、共和制時代に活躍した異装の女戦士デボラ・サンプソン・ガネットの「回想記」をはじめ、初期アメリカにおける「女性ピカレスク」の例をいくつかあげるが、同時にそれらの作品が問題含みであることも指摘する。というのもデイヴィッドソンによると、共和制初期の女性ピカレスク小説が果たす役割は「見かけ倒しで秘密めいており」「現状や[性をめぐる]二重基準」を問いただそうとはいっさいしない。デイヴィッドソンは「十九世紀前半を通してとくに人気を博した女性冒険物語」に関して否定的である。少数ながらあがっている例の一つ『女水兵』についても、彼女は「芯のしっかりしたリアリズム」を欠いた「ファンタジー」にすぎないとして、暗黙のうちに非難している。

『女水兵』の無名の著者が女性に公民権を与えるところまで至らないのは事実であるが、デイヴィッドソンの断罪は早急にすぎるのではないだろうか。女性版ピカレスクが、初期共和制の性をめぐる「現状」に突きつけた理念的な挑戦は決して看過できない。かつてナタリー・ジーモン・デイヴィスが指摘したように、どんなにコミカルで非現実的に見えようとも「女性上位」を表象することで「[ジェンダー]システムをめぐる新しい考え方を促す」場合があるし、「女性の能力についてフェミニストが熟考する題材」あるいは「女性の市民権をより拡大する可能性」を提供することもあるだろう。以上の考え方にならえば、女性の愛国心、知恵、勇気、自立をふんだんに描く『女水兵』もまた、少なくともキャシー・デイヴィッドソンが評価する『シャーロット・テンプル』と同じくらいには過激で転覆的だと主張できるはずだ。

『女水兵』のジェンダーをめぐる遊戯的な過激さは、この作品をアメリカ文学におけるアンチヒロインあるいは「自信のある女」の系譜の出発点に置いてみるとよく分かる。文学研究者キャサリン・デ・グレイヴは近著の中で、十九世紀に人気を博した女性犯罪者、冒険家、兵士、スパイなどを主人公にしたナラティヴについて考察している。一八五〇年以前にもいくつかの例外となる作品はあるものの、文学における「自信のある女」のイメージは南北戦争と第一次世界大戦のあいだの数十年間にようやく「威力」を持つようになったとデ・グレイヴは主張する。彼女によるとそうした非伝統的な女性は「まずなによりも自分に自信を持っているし、自分一人で世界に立ち向かうことができると思っている」。また「自分のゴールを定め、社会が決めたのではなく、自分自身で決めた行動様式に従う」。さらに彼女たちは「生を楽しむ術とユーモアのセンスを持ち合わせている」。デ・グレイヴはアメリカの文学作品に「自信のある女」が登場したのは、南北戦争後のジェンダー・イデオロギーによって美化された「真実の女」から二十世紀初頭の「新しい女」へと移行する数十年のあいだだと言う。しかしデ・グレイヴが指摘するアンチヒロインとカヴァリーの女性ヒロインたちとの不気味なほどの類似性を考えれば、アメリカの「自信のある女」の起源はジェンダーをめぐる体制のもう少し早い移行期にまでさかのぼることができるのではないだろうか。

III

ジェンダー規範や役割が世界中のどこよりも十七世紀ニューイングランドにおいて曖昧だったことは、いくつかの証拠が示すとおりである。ピューリタンの宗教イデオロギーが男女たがわず同じ道徳的美徳や行動を推奨したこと、したがって伝統的なイギリスの性の「二重基準」を無視してピューリタンの司法制度が女性の総体的な権利を高める方向に機能したこと、ピューリタン男女の日常的な行動、過ち、ふるまいには驚くほど違いがなかったこと。これらはみな最近の研究成果である。だが十八世紀に入り、ニューイングランドの宗教的な体制が衰退し、イギリスから輸入されたお上品な女らしさや一般的な女性嫌いの伝統——つまりは男女の性差を強調する伝統——が影響力を強めるにつれてこのパターンは崩れていく。動乱の革命期とその直後の時期にジェンダーの役割はいっそう混乱し、議論の的となった。戦時下の社会の現実が、性別労働分担を曖昧にし、世間一般を支配したイデオロギーは女性の愛国主義を称える一方、(少なくとも寓意的には)社会的、政治的な悪徳を女性たちと結びつけた。実際、革命期のジェンダー・メッセージはあまりにも混乱している。たとえば十八世紀後半のアメリカにおいて「父権制」が不吉にも再生した、と考える研究者もいれば、公的な立場や市民としての参加を主張する近代のフェミニズム・イデオロギーの起源をこの時期に見いだす者もいる。

『女水兵』は、ジェンダーの役割や規範をめぐる混乱と流動の時期、つまり革命期の余波がまだ醒めやらない時期に出版された。それから数年後、堰を切って出版された説教、アドバイス・マニュアル、進物用の本、そして女性雑誌によって、ジェンダーをめぐる新たなイデオロギー——歴史家たちの命名によれば「家庭的であること」「分離した領域」「真実の女性性信奉」——が、広く浸透することになる。勢いを増す中産階級のブルジョワ的価値観と緊密に結びついたこれらの新しいイデオロギーは、男女の異なる性質や役割を尊重した。政治や経済などの危険で「公的」な領域は男のもの、家庭や家族などの「私的で」養育的な領域は女のもの、という具合である。妻や母として女性たちは敬虔さ、清らかさ、従順さ、そして家庭的であるという、女性ならではの重要な徳目を体現するよう期待される。「分離した領域」が理念としていかに広く浸透したか、それはかりを誇張してもいけないが、——女戦士ナラティヴをはじめとする、転覆的な女性表象は十九世紀全体を通して伝え続けられたのだから——その覇権性は伝統的とは言い難い作家たちですらしばしばからめ取られてしまうほど、一般的で強力なジェンダー基準の一つとなった。たとえば一八四〇年代に革命期のポーランドで活躍した異装の麗人マドモアゼル・アッポロニア・ヤギェウォの戦場における勇壮な功績を描いたあとで、南北戦争の退役軍人で作家でもあるロレータ・ジャネタ・ベラスケスは読者を安心させるように、こうつけ加える。ヤギェウォは「もっとも女性らしい女性であり、正当な考えを持つ人々が評価する真の女性性を、すべて持ち合わせている」と。

十八、十九世紀のジェンダー規範の変容は文学の定型だけでなく、若い男女の性行動にもあらわれていた。ピューリタン的なニューイングランドでは結婚前に女性が妊娠することはほとんどなかったが、十八世紀に入るとその事例は少しずつ増え始め、一七八〇年から一八〇〇年にかけて、ニューイングランド（そして北米各地）でその割合は頂点に達し、結婚式の当日に妊娠している花嫁は三人に一人という地域もあった。人口統計学を専門とする歴史家たちはこの傾向を、伝統的な家庭や共同体が若者たちの性行動を規制できなくなり、共同体を志向する価値観や行動よりむしろ多様な社会領域内での個の主張や自立が尊重されるようになったためだと言う。

しかし十八世紀に起きた結婚前の妊娠率の上昇は、アメリカの人口統計学の恒常的な傾向となったわけではない。それどころか十九世紀の前半にその数は急速に減り、一八五〇年、妊娠した花嫁はピューリタン時代と同じくらい珍しいものとなった。この劇的な減少を学者たちは、第二の大いなる覚醒の宗教的な影響、ならびに性に関して自己管理を促す新たなブルジョワ倫理を、若い男女が内面化した結果と考える。もちろんそうした新たな性的規制を自らに課すようになった若者たちは、文学からもそれを促すメッセージをたっぷり受け取っている。すでに描写したように初期のアメリカ感傷小説は誘惑の悲惨な末路についてさんざん警告を繰り返し、それからほんの数十年後には、定式化したさまざまな文学作品が真実の女性に求められる「純潔」を称賛するようになった。となれば『女水兵』

はアメリカ初期の共和制時代に推奨された性的節制キャンペーン――このキャンペーンは大いに成功したわけだが――への遊戯的で明らかにからかい半分の貢献であったとも言えよう。

結婚前の妊娠率の上昇と下落は、「伝統的な」共同体の規制がゆるみ、自己管理の「近代的な」パターンが内面化された結果、と考えた歴史家たちは、そうした性行動の変化を「近代的な人格」とも呼べる新たな性格の出現と結びつけようとした。この近代化モデルは一九六〇年代に社会学者たちが考え出したもので、「伝統的」であることと「近代的」であることの対比に基づいており、文化、社会、人格について基本的には二極化された視点を仮定する。アメリカ初期の歴史にこの理論を当てはめた代表的な研究者であるリチャード・D・ブラウンによれば、伝統的な人々はしばしば宿命論者でもあるという。「伝統的な社会における人々の視点は多くの場合人生をあるがままに受け入れ、あきらめる姿勢によって特徴づけられている。（中略）彼らは社会が精神的にも物質的にも現在より向上する、という期待も希望も持たない。（中略）革新性や新規さは懐疑をもって迎えられる」。さらにブラウンは近代の人格タイプが伝統的な人格タイプの正反対であると主張する。個人の活力、自立、コスモポリタニズム、柔軟性、自らに利するよう環境を操作し、支配する決意。これらの点が近代的な人格タイプの特徴である。

近年こうした理論は研究者のあいだですこぶる不人気だが、『女水兵』を考えるにあたっては啓発的な視点を提供してくれることに変わりはない。「伝統的」と「近代的」のあいだにあって、「ルーシー・ブルーア」がどちらの側に近いか、これはすでに明らかだろう。彼女は伝統的な規範を破り、自立を実行し、各地を旅し、自らの環境の主《あるじ》たらんとしてたいへんな柔軟性を発揮する。結婚前の誘惑によって一度は烙印を押されながらもそれをはねのけ、慣習的なジェンダーの役割分担をきっぱりと拒絶する。さらに言えば、このナラティヴは支配への近代的な衝動と、それによって突き動かされる社会を祝福する。ナラティヴの第三部で、ウェスト氏は大きなニレの木を何本も根こそぎにした強風に対するボストン人の反応に言及する。ボストン人は神、あるいは自然の業として宿命論的に反応するのではなく、滑車装置を使って淡々と木々をもとの位置に植え直してゆく。ナラティヴは堕落した女が屈強にはい上がるのを言祝《ことほ》ぎ、倒れた木をもう一度植え直す知恵を称える。どちらの場合も、その行動を裏づける衝動はきわめて近代的だ。

『女水兵』の近代性は、プリマス・ロックでのウェスト氏の愛国的な演説にもっとも鮮やかにあらわれている。多少長くなるが読む価値は十分あるので、ここに引用してみよう。

（彼はなおも続けます）「今や繁栄するニューイングランド諸州ですが、二百年足らず前の様子を思い浮かべてごらんなさい。あくまでも人を拒む深い森には野蛮人や野獣が住み、（中略）ところがこれほどたいへんな状況にあっても巡礼父祖たちは落胆することなく上陸し、やがてニューイングランドの光景を一変させました。持てる技術のすべてを用いることで調和をもたらしたのです。人を拒絶する森は切り払われ、十分な広さの家々が建てられ、野獣は駆逐されて家畜の群が飼われるようになりました。とげや茨のかわりに作物が植えられ、やがて海岸沿いには次々に街ができ、湾は船であふれ、こうして新世界は旧世界同様に人が支配する場所となったのです」

新世界が人間のものとなる！　伝統的なピューリタンの信仰によれば、共同体は契約に基づいて全能なる神にへりくだり、依存すべきものであった。一方ここで提示されているのはそこから遙か遠く隔たった、物理的な進歩と人間の手による支配である。

もちろん近代化理論を非難する研究者は多い。だがもっとも批判的な者さえ、アメリカの社会と文化が革命期から南北戦争にかけて根本的な変化を被ったことについては同意せざるを得ないだろう。その変化をどのように特徴づけるか、そこで彼らは苦労する。共和政体主義や自由主義の概念を利用する研究者もいる。たとえばスティーヴン・ワッツは『蘇った共和政体』の中で、十八世紀共和制に基づいて形成された社会秩序が十九世紀の自由主義的社会秩序へ移行する大きなきっかけとして、一八一二年の米英戦争をあげている。概して近代化を肯定的にとらえる近代化理論の主唱者に比べ、ワッツは自由主義の勃興をあまり望ましくないと考える。彼によれば自由主義は心的ストレス、根深い不安感、神経症的抑圧、人格の断片化をもたらし、その結果起こったのが同胞殺しの南北戦争だった、と主張する。ナサニエル・カヴァリーの『女水兵』は一見ワッツの理論を裏づけるように思われるが、内容を精査すればまったく異なることが分かるだろう。米英戦争という扉をくぐり抜け、ルーシー・ブルーアはブルジョワ的な自由主義世界へ踏み出した。だがそれによって彼女はストレスや不安や抑圧を被るどころか、個人としての自立、自信の回復、そして幸福な結婚を獲得したのである。

それでもワッツの理論を使うと、『女水兵』が近代的な世界観の最大公約数的な具体例ではなく、むしろ特定の場所と時代における文化的姿勢の投影であることが理解されるだろう。つまり一八一五年のニューオーリンズの戦いに続き、いい気分の時代とも呼ばれたモンロー政権の初期に頂点に達した国家的統一、楽観主義、愛国心をこの作品は投影しているのである。もちろんモンロー政権初期の幸せな幕間を突然さえぎったのが一八一九年の経済危機であり、「いい気分の時代」という概念自体、最近ではすっかり悪評で教科書の執筆者すら使わなくなっている。たとえば『アメリカン・ページェント』の中で著者のベイリーとケネディはこの呼び名が「実体とかけ離れた誤称」であると言う。とある著名な研究者などいい気分どころか「いやな気分の時代」だったとまで主張する。それでも少なくともニューイングランドでは確かにいい気分の時代があったたし、『女水兵』がその証拠である、と私は思う。

あるレベルで『女水兵』は誘惑に対する警告的な物語だが、別なレベルでそれはアメリカ女性の愛国的な勇気に対する楽天的な祝福である。実際、どんどん差し替えられたカヴァリーの口絵からも分かるように、愛国的な要素は時とともに重要になっていった。第一部の最初の口絵で、ヒロインはバストを強調する胸ぐりの大きくあいたドレスを着ている。その上半身のポートレイトの下には彼女の誘惑をほのめかす感傷的なキャッチコピー――一部は『シャーロット・テンプル』のタイトル・ページからの借用――が数行添えられている。第二部のある版の口絵はほぼ同じポートレイトに軍の帽子を粗雑にかぶせ、バストはより慎み深く隠してあり、誘惑のキャッチコピーも消されている。『女水兵』

合本版の口絵は、両性具有的な女が手にマスケット銃を持って直立不動の姿勢で立ち、後ろにフリゲート艦が見えている図柄が多い。中には合衆国の国璽《こくじ》からの飾り模様を表紙に配している版もある。そして一八一八年の版――知られている限りこれが最後の版――には合衆国の国旗を振る軍服姿の女性が描かれている。つまり年を追うごとにナラティヴの図柄は感傷的な誘惑から愛国的な冒険へと軸足を移していったと言えるだろう。「いい気分の時代」には堕落した女でさえ自分について――そして自分の国について――いい気分を味わうことができたのである。

繰り返しになるが、米英戦争は一八一五年、ルーシー・ブルーアの物語の第一部と第二部が出版された年に終結した。そして一八一五年から一八一八年にかけてボストンを中心に、それぞれの双書やヴァージョンが少なくとも十九版、あるいは十九刷発行された。いい気分の時代は翌一八一九年には終わったと見なされている。ちなみに「いい気分の時代」という表現自体、もともとボストンから始まったものだ。一八一七年の夏、新しく選出されたヴァージニア出身のアメリカ合衆国大統領ジェイムズ・モンローは、かつて彼に敵愾心を持っていたニューイングランド地方を遊説した。その一環として立ち寄ったボストンで、彼が住民たちの暖かい歓迎を受けたところからこの言葉は誕生している。その歓迎ぶりは二年前にコンスティトゥーション号を迎えたときに匹敵するものだったという。バンドが音楽を奏で、ベルが鳴り響き、無数の市民が通りに出ては旗を振った。大統領を暖かく迎えた群衆の中に少なくとも数名は、しっかり読み込まれた『女水兵』の本を持っていた――そう推測したくなるのは私だけではないだろう。

▲『女水兵』の図像学。（左上）『ルイザ・ベイカーの冒険』（ニューヨーク、ルーサー・ウェールズ社、1815年）の口絵。時代的には女水兵のもっとも古いイメージ。（右上）『ルーシー・ブルーアの冒険』（ボストン、H・トランブル社、1815年）の口絵。「ルーサー・ウェールズ社」の口絵と基本的には同じだが軍の帽子が粗雑に加えられ、バストはより慎み深く隠してあり、ヒロインの名前も変わって、誘惑をほのめかすキャッチ・コピーではなく広告が入っている。（左下）『女水兵』の口絵、「第10版」（［ボストン？］所有者［N・カヴァリー・ジュニア？］のために印刷、1816年）。女水兵のもっとも一般的な図像。（右下）『女水兵』の口絵、「第4版」（［ボストン？］作者のために印刷、1818年）。19世紀の『女水兵』の版で、現存する最後のもの。左上、右上、右下の口絵はアメリカ稀覯本協会の好意によりここに掲載した。

だがボストン市民にみなぎる「いい気分」の影には不安、ためらい、あるいは罪悪感すら潜んでいたかもしれない。そうした暗い気持ちがあったからこそ、いっそう『女水兵』が広く読まれた、とは言えないだろうか。「異装と文化的不安」についての研究の中で、文芸批評家マージョリー・ガーバーは「一つの文化における異装者のもっとも一貫してしかももっとも効果的な機能は、混乱を起こし、文化的、社会的、美的な不調和に注意を向けさせせることにより、〈カテゴリー危機〉の場を特定することにある」、つまりガーバーによれば文化的モチーフとして異装が登場するのは、ある文化の中に存在する別な「危機」や「不調和」を示唆するためであり、ジェンダーやセクシュアリティをめぐる問題と必ずしも関連しているわけではない。『女水兵』の場合も、探究されるべき「危機」や「不調和」は枚挙にいとまがないだろう。

革命期以降のジェンダーの役割や性の規範に関する流動性、あるいは変わりやすさに加え、『女水兵』にはさらなる社会危機、あるいは不調和が反映されている。十九世紀の最初の数十年のあいだ、社会階級を問わないボストン市民の多くが、都市の悪徳や無秩序を由々しきことと捉え、不安を募らせていた。かつて一万八千人ほどの住人を擁するこぢんまりした町だったボストンの人口は、一七九〇年から一八二五年にかけて三倍にふくれ、さまざまな人が行き交う大都市へと変貌した。人口密度と人々の流動性が高まるにつれて都市生活はますます匿名性を増し、伝統的な社会規制が弱まり、昔からの社会的な悪徳も新たな、より脅威を及ぼす形態となる。と同時に第二の「大いなる覚醒」に触発された敬虔な福音主義者たちや市民意識の強いビジネス・リーダーが、性の商品化をはじめとする都市の堕落や無秩序に対し、ますます不寛容になってゆく。歴史家バーバラ・ホブソンが説明するように、そうした文脈の中で、一八一〇年代から二〇年代のボストン市民は売買春を深刻な社会問題として初めて「発見」したのである。

実際、カヴァリーが女水兵についての小冊子を売り出そうとしたのは、まさにさまざまな社会階級のボストン市民が多様な手段を講じて売買春と戦うべく動き出した、ちょうどその時期であった。一八一五年九月、『ルイザ・ベイカーの冒険』が出版されてちょうど一ヶ月、地元の労働者を中心とした二十人以上の群衆がボストンの「風紀の悪い」家を襲撃し、倒壊させた。記録に残る限りそれが、一八一〇年代半ばから二〇年代半ばにかけて起こった反娼館暴動のさきがけである。二年足らず後の一八一七年、ボストンの悪徳地区、つまりウェスト・エンド（通称「ニグロ・ヒル」）とノース・エンドに福音による教えを広めるため、福音派の女性たちによって組織された「伝道を目的とするボストン女性協会」が二人の伝道者を雇うことになる。同じ頃、娼婦の更正と隔離のための「後悔した女性たちの避難所」と「勤勉の館」を設立するキャンペーンが市民や福音改革者たちによって開始され、かなりの成功をおさめた。そしてついに一八二三年、ボストンのジョサイア・クインシー市長が先頭に立ち、アメリカ初の警察による売春摘発が開始される。カヴァリーは売買春の実状を遊戯的かつ文学的に暴露しているが、そのことと、セックスと戦おうとする真剣な市民や信徒たちの努力のあいだに、直接の因果関係を求めるのは難しい。だが『女水兵』は都市の悪徳に対して人々のあいだに広く浸透しつつあった不安を反映すると同時に、個人の努力と一人一人の道徳的な改心によってそうした悪徳を撲滅させることができるという、いささか楽観的な幻想を体現している。カヴァリー本の主要な読者層を占めていたと言われるボストンの娼婦たちが物語に触発されて身の振り方を変えたかどうか、それは大いに気になるところである。

カヴァリーの異装物語に反映された大衆の不安の源として、都市の悪徳とほぼ同意語のように考えられていたアフリカ系アメリカ人コミュニティが、十九世紀初頭にますます目立つようになったことがあげられる。植民地時代以来(当時多くの者は奴隷として)マサチューセッツ州の州都には数百にのぼるアフリカ系アメリカ人が住んでいた。しかしマサチューセッツで奴隷制が廃止され、ボストンの黒人たちがある程度自立的な共同体あるいは組織を作ることができたのは、独立革命以降のことである。しかも不幸にも多くのアフリカ系アメリカ人は都市のもっとも貧しくもっとも評判の悪い地区、とくにウェスト・エンドに住むことを余儀なくされた。一八一〇年には早くもボストンの黒人人口の約半分が「ニグロ・ヒル」またはその近郊に住んでいた。数限りない娼婦たちや都市の悪徳を生み出す起業家に混じって黒人たちがその地区に居を構えたのは、生活上それが必然だったからだ。

ナサニエル・カヴァリーの主人公である女水兵は、ボストンのアフリカ系アメリカ人コミュニティについて驚くほど両義的な立場に立っているが、上述のような文脈を考えればそれも不思議ではない。

一方で語り手はウェスト・エンドで頻繁に見られる異人種間の性的つながりをあからさまに描写することで読者にショックを与えようとする。「ここでは十七歳になるかならないかの白人の少女が醜い黒人の首に傷だらけの腕をまわし、そればかりかデキモノだらけの顔を彼の顔に近づける、などというのは日常茶飯事です」。かと思うと(しかもその次の文章で)語り手はまた「ニグロ・ヒル」の「黒人」の「大多数」は「尊敬すべき」紳士淑女で、したがって地元の娼婦たちを「軽蔑」している、と読者を安心させることも忘れない。これらの文章によって示唆される、人種をめぐる不安や曖昧な態度は十九世紀前半を通してボストンの大衆紙にも典型的に見ることができる。一八一〇年代から一八二〇年代にかけて、ボストンの卑俗な出版社は、皮肉たっぷりにアフリカ系アメリカ人たちの口調を真似たりしながら、露骨に人種差別的なブロードサイドを配布した。その中には「ニグロ・ヒル」で起こった反黒人暴動を面白おかしく伝えたものもいくつか含まれる。しかしそれ以降、ボストンは奴隷廃止を過激に主張する出版物を出すことで有名になり、マサチューセッツ州は他のどの北部州よりも早くアフリカ系アメリカ人に完全な法的権利と市民権を与えたのである。カヴァリーの異装物語は南北戦争以前の、ボストンの白人がアフリカ系アメリカ人に対して抱いていた、きわめて複雑な感情を予測していたとも言えるだろう。

だが最終的にカヴァリーの異装物語に埋め込まれたもっとも強い不安は、ジェンダーやセクシュアリティ、あるいは人種をめぐるものとは無縁ではなかったか。むしろようやく終結を見た大英帝国との軍事衝突により、ニューイングランドはとてもおさまりの悪い立場となったわけだが、そのことが作品により強く投影されたと思われる。ガーバーの用語を使えばニューイングランドの人々、とくにボストンのようにフェデラリストの多い港町の人々は、当時きわめて強いアイデンティティの「危機」に陥っていた。米英戦争でニューイングランドは不忠誠であるとして多くの悪評を買いながら、しかし一八一五年の終戦時には愛国心を蘇らせている。彼らの心理的な「危機」はそうした理念的な「不一致」に由来する。ベイリーとケネディは以下のように説明している。「ある意味でアメリカは同時に二つの敵と戦っていたようなものだ。その二つの敵とはおなじみの英国とニューイングランドである。ニューイングランドの資産家は、連邦金庫よりも英国に多くの貸付金を融資した。ニューイングランドの農家は大量の食糧や物資をカナダに送ることで、英国軍によるニューヨーク攻撃を助けた。ニューイングランドの総督たちは自分の州境を越えたところで民兵が任務につくことを頑なに拒んだ」

つまり三年ものあいだ、多くのニューイングランドのリーダーたちは裏切り者だったわけだが、一八一五年の春から夏にかけてその地域の人々は愛国者の衣を自ら進んで、しかも熱烈に着込むようになる。カヴァリーの海洋冒険ブロードサイドを熱心に買い求めた、水兵を代表とするボストンの労働者階級の人々にとって、これはとくに辛い状況だったに違いない。戦況のもっとも厳しい時期にも彼らの多くは戦争を支持し、共和党に票を投じたはずである。それでも彼らは（フェデラリストの商人に雇われていればなおのこと）自分たちの住む地域の悪名高い不誠実さに自ら巻き込まれた気がしたのではないか。ではボストンの愛国者（筋金入りだろうと、にわか愛国者だろうと）たちは、いかにして自分の理念的矛盾あるいはアイデンティティの危機を克服したのか。答えは明らかだろう。彼らは『女水兵』を買い求めることで集合的な罪悪感や不安を浄化させたのである。

というのも、ナサニエル・カヴァリー・ジュニア、あるいは彼の雇われ作家、あるいはまた読者が理解していたかどうかはともかく、『女水兵』は一八一二年から一八一五年にかけての商業地ニューイングランドの理念的な不一致の、鮮やかな寓話となっているからだ。その寓話の中では男性と女性——性的美徳と性的悪徳——の一対一組のカテゴリーが、愛国心と不忠誠という極端な対立を表象している。ルーシー・ブルーアがジェンダーを変えてフリゲート艦コンスティトゥーション号のクルーとなることで、自らの転落を逆転させることに成功したのと同じように、ニューイングランドもまた、コンスティトゥーション（実際にその名を抱くコンスティトゥーション号と、合衆国憲法を体現する建国の父の一人であるジェイムズ・モンロー）を熱烈に抱擁することで、象徴的に自らの裏切りを無化したのである。ルーシー・ブルーアがミスター・ウェスト（もちろん「ウェスト」という名はこの物語が寓話であることのヒントだ）と結婚することにより、奇跡的に自らの徳を取り戻した。それと同様に、ニューイングランドもまた「いい気分の時代」のあいだに、他の合衆国諸州とくに戦争をはじめから支持した最前線の諸州と政治的な契約を改めて結ぼうとしたのである。過去の過ちは取り返しがつくし許されもする、不幸な誘惑の後でも幸せな結婚はやってくる、つまりニューイングランドの人々は、ピルグリムたちの忠実な娘としても自国の勇敢な息子としても自らを誇りにすることができることを、『女水兵』は不安なニューイングランド人に保証する役割を果たした。「いい気分の時代」にあって、これ以上うってつけのファンタジーはないだろう。

本書で使用したテクストに関する注

本書で用いられている『女水兵』のテクストは、三部から成る物語の合本としてはもっとも欠落が少ない一八一六年の「第十版」を底本としている。しかし「第十版」には第二部と第三部の縮刷版しか含まれておらず、第一部には省略が多い。物語をなるべく完全なかたちで再現するため、三部それぞれのオリジナルには含まれていながら「第十版」で省略されている部分を、本書ではなるべく多く補った。挿入はいくつかの単語や短いフレーズから、十八ページ以上(これは第三部の初版に含まれていたもの)にわたる場合もある。

「第十版」はオリジナルの三つの分冊といくつかの点で相違があり、その違いは明記に値するだろう。オリジナルに比べて、合本の形をとる「第十版」は内容がいくぶん和らいだ、というか穏やかになった感がある。不穏当な部分を削除した、というのは言い過ぎだろう。たとえば句読法やタイポグラフィーをわずかに変えただけで「和らいだ」印象が得られる場合もあるし、「第十版」ではイタリック体で強調された単語や感嘆詞がずっと少なくなっている。単語の使い方の変化やちょっとした削除も目立つ。たとえば「ニグロ・ヒル」についての露骨な言及は「第十版」から削除され、「ニグロ・ヒル」と特定されたかたちでの言及すら行われていない(七〇)。娼婦や客たちの毒舌や辛辣な気質も修正されている。第一部のオリジナル版で見られた「淫らな住人たち」という表現が単なる「住人たち」に、「臭くて惨めな部屋」は「惨めな部屋」に、「ぶかっこうで鼻もちならない奴」は「ぶかっこうな奴」に変わっている(六九、七三)。

とくに第三部で目立つのだが、「第十版」の編者はルーシー・ブルーアの行動の一見不穏当な部分を緩和しようと、テクストの何ヶ所かを微妙に変更している。たとえばオリジナル版でブルーアは、両親が住む静かな家よりも若気の至りで「にぎやかな場所や背徳の道楽」を好んだことについて後悔する。ところが「第十版」では引用したフレーズの後半が削除され、したがって「背徳の道楽」をかつては好んだ、という暗黙の告白も消えたことになる(一一八)。省略や削除によって特定の文章の意味が変わるわけだが、それは読者や地元の官憲の反感を避けるためか、それとも単に冗長さを切りつめたのか、はっきりとは分からない場合もある。たとえば「ニグロ・ヒル」の娼婦は「薄汚いぼろをまとい、病気のために悪臭を放ち、ダニや寄生虫だらけ」と描写されていたが「第十版」では「汚らしいぼろをまとい、病気もちで悪臭を放ち、寄生虫にたかられ」となっている(六三)。したがって本書は、初期アメリカのごく一般的な庶民文学においていかに編集や修正が行なわれたか、それをかいま見るための豊かなケース・スタディーにもなるはずだ。

本書におさめた他の三篇のテクストについては、言うべきことはあまりない。古風なつづり、変則的なつづり、それに印刷上のミスなどは基本的にすべて『女水兵』と同様の仕方で明示してある。『ルイザ・ベイカー（別名ルーシー・ブルーア）の最新書に寄せる短い応答』と『アルマイラ・ポールの驚異の冒険』は、一八一六年に出版された唯一残存する版に基づき、完全なかたちでリプリントした。『伝道を目的とするボストン女性協会の設立と発展に関する短い報告』も一八一八年のオリジナルを底本とするが、四分の一ほどは削除されている。ボストンの悪徳地区にはほとんど、あるいはまったく言及しない宗教的なパッセージや一般的な会話など、削除したのは本書の主旨と無関係の部分である。『伝道を目的とするボストン女性協会の設立と発展に関する短い報告』は異装ナラティヴとは直接のつながりがなく、まったく別の目的で出版されたのだが、この伝道のための小冊子は、『女水兵』の大半の舞台となる「ニグロ・ヒル」のほぼ同時代の描写を提供する点で意味のあるものと思う。また都市の悪徳について当時の伝道主義者たちがどのような言説を用いたのか、――もちろんそうした言説はカヴァリーの遊戯的なナラティヴに反響し、やがては転覆させられるのだが――その好例となるだろう。

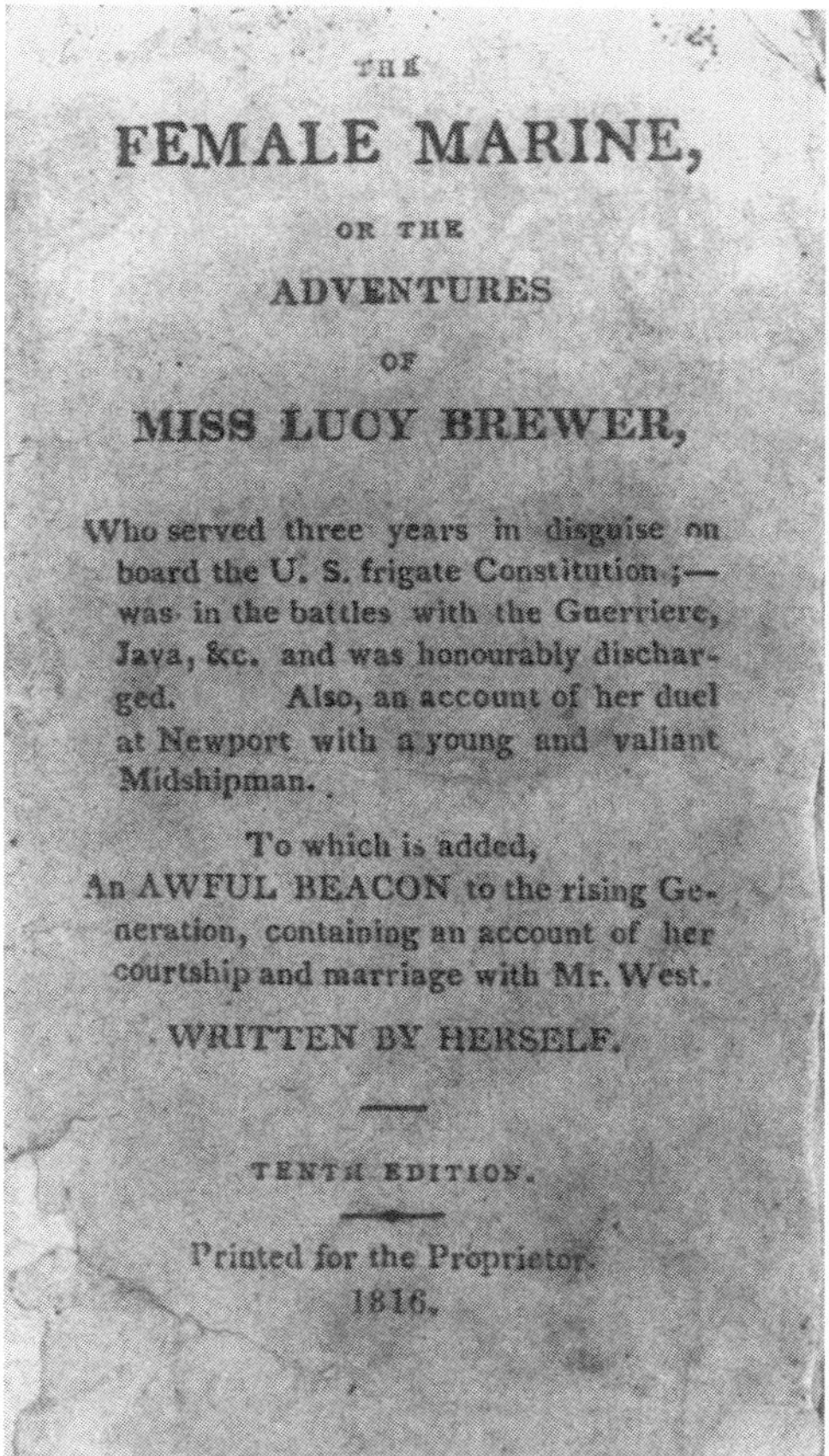
THE

FEMALE MARINE,

OR THE

ADVENTURES

OF

MISS LUCY BREWER,

Who served three years in disguise on board the U. S. frigate Constitution;—was in the battles with the Guerriere, Java, &c. and was honourably discharged. Also, an account of her duel at Newport with a young and valiant Midshipman.

To which is added,
An AWFUL BEACON to the rising Generation, containing an account of her courtship and marriage with Mr. West.

WRITTEN BY HERSELF.

TENTH EDITION.

Printed for the Proprietor.
1816.

本書のテクストの基盤となった『女水兵』(1816年)第10版の口絵【50頁】とタイトルページ【上】。

『女水兵、またはミス・ルーシー・ブルーアの冒険』

LOUISA BAKER,

[A NATIVE OF MASSACHUSETTS.]

Who, in disguise, served Three Years as a MA-RINE on board an American FRIGATE.

"She was her parents only joy :
They had but one—one darling child,
But ah ! the cruel spoiler came !"

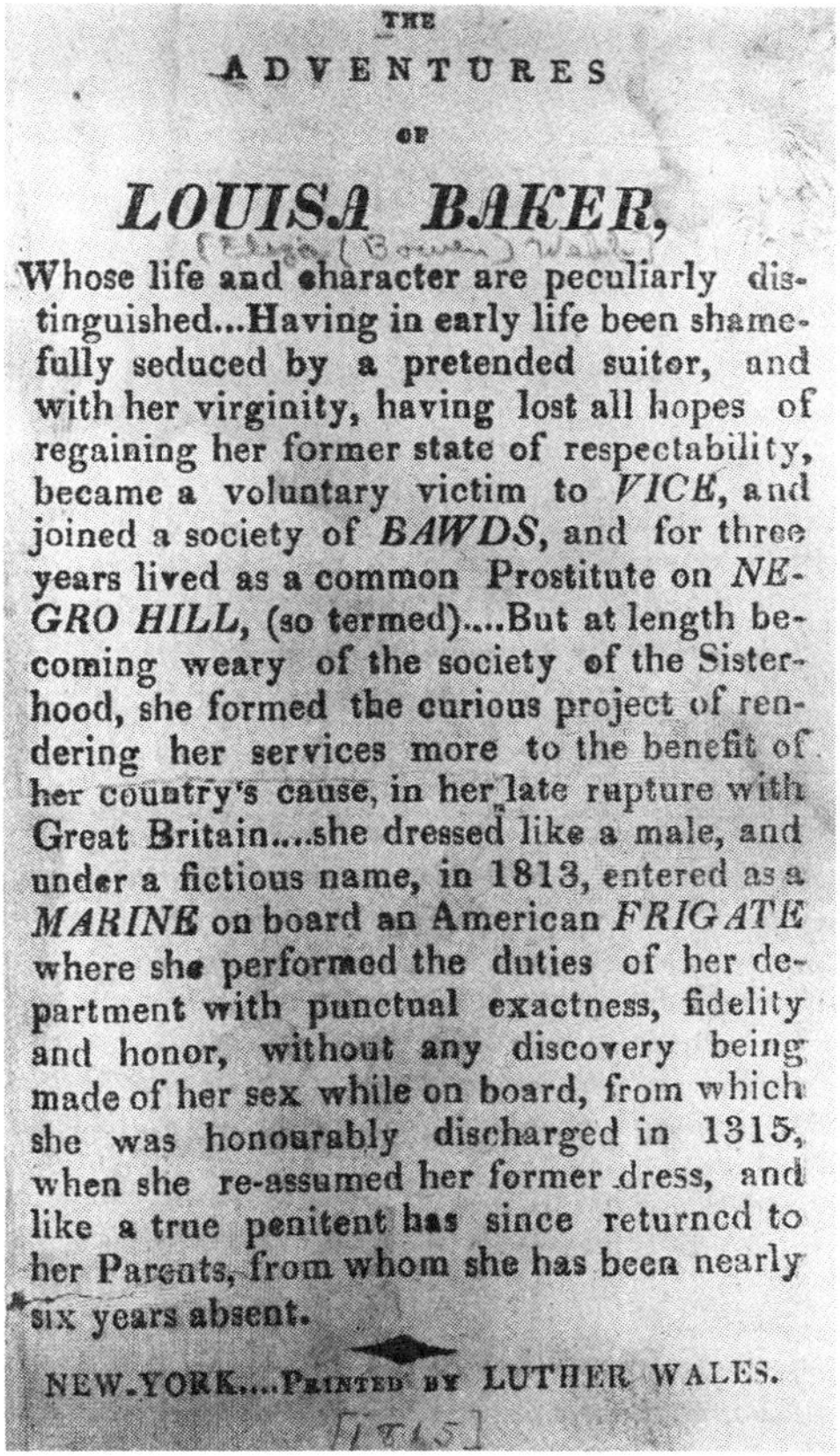
THE

ADVENTURES

OF

LOUISA BAKER,

Whose life and character are peculiarly distinguished...Having in early life been shamefully seduced by a pretended suitor, and with her virginity, having lost all hopes of regaining her former state of respectability, became a voluntary victim to *VICE*, and joined a society of *BAWDS*, and for three years lived as a common Prostitute on *NEGRO HILL*, (so termed)....But at length becoming weary of the society of the Sisterhood, she formed the curious project of rendering her services more to the benefit of her country's cause, in her late rupture with Great Britain....she dressed like a male, and under a fictious name, in 1813, entered as a *MARINE* on board an American *FRIGATE* where she performed the duties of her department with punctual exactness, fidelity and honor, without any discovery being made of her sex while on board, from which she was honourably discharged in 1815, when she re-assumed her former dress, and like a true penitent has since returned to her Parents, from whom she has been nearly six years absent.

NEW-YORK....PRINTED BY LUTHER WALES.

[1815]

『ルイザ・ベイカーの冒険』(1815年)の口絵【54頁】とタイトルページ【上】。女水兵を描いた初期の小冊子の初版より。ニューヨークと記されているが、この小冊子はナサニエル・カヴァリー・ジュニアがボストンで印刷したものと思われる。「ニグロ・ヒル」で娼婦として暮らした主人公の体験が強調されているところに注目したい。アメリカ稀覯本協会所蔵。

広告

ルーシー・ブルーアの人生およびその気質はとても際だっている。彼女は結婚する意思のない求婚者に不面目にも誘惑され、尊敬に値する地位に戻る希望をすべて絶たれ、自ら悪徳の餌食となる。がそうした生活にやがて我慢ならなくなり、先の大英帝国との戦いにおいては自国のために貢献しようといささか奇妙な計画を立てる。一八一二年、彼女は男の衣装に身を包み、偽名を用いてアメリカのフリゲート艦に水兵として乗船するのである。船上での彼女は与えられた任務を精確に、忠誠と道義心をもって遂行し、しかも女であることを誰にも知られないまま一八一五年、名誉の除隊となる。船をおりるや彼女はかつてと変わらずドレスを着込み、真の悔悛者にふさわしく両親のもとへと六年ぶりに帰るのであった。

第一部　ルーシー・ブルーアの物語

マサチューセッツ州の州都から四十マイルほど離れたところに住む私の立派な両親、その両親のおかげで私はこうして存在しています。ですが彼らを思えばこそ（二人の気持ちは娘の粗野な行動によってすでにさんざん傷つけられています）、私の名前や生まれ故郷をここで明かすわけにはいきません。私は十六歳のとき、そんな野卑なことはできまいと私が勝手に信じた男の手練手管により、およそ女性にとってかけがえのない貴重なものを無残にも奪われました。それはその怪物を何ら豊かにするものではなかったにせよ、そのことによって私が見下げ果てた存在になったことは否めません。若輩者である私は、とある若者（私より何歳か年上でしたが）の変わらぬ愛の誓いに耳を傾け、気持ちを寄せました。彼は父の家の近くに住む尊敬すべき商人の息子でした。私の身を本当に案じてくれる者たちの賢明な忠告や忠言を聞き入れていればどんなに良かったことか。後に誘惑者となる男へ慕っていく私の思いに両親は気づき、恐れました。が、私の軽信を諭してもそれは無為な試みに終わるばかり。偽りの恋人のしかつめらしい愛の告白は、私の気まぐれな心にしっかりと刻み込まれてしまったのでした。私は両親を尊敬し、その優しい愛情に包まれて育ちました。なのに、これは思い出すのも恥ずかしいことですが、愛しいヘンリーが寄せる愛と思いやりにかなうものはない、と私は愚かにも信じてしまったのです。愛というもの、その影響力はいかに強く、その及ぶところいかに広範なことか。

破滅のときを迎えるまでの私は幸せでした。昼はなんら心配に煩わされることなく、夜の眠りは不安を知りません。これだけは厳粛に断言しましょう。それまでの私は、自らの徳を損ねるような悪しき欲望に駆られたことは一度としてありませんでした。私は罪を知らないまったくの無垢。もちろんそれは私の心に入り込み、身の破滅をもたらした下劣な男が私を惑わし欺いた、あの致命的なひとときまでのこと。それ以来私が送ったふしだらな生活は早くから私に苦悩と悲嘆をもたらしましたが、その苦悩と悲嘆のおかげで、そしてもちろん神さまのおかげで、私は早々に悔恨に至ることができたのです。そう思うと気持ちが軽くなります。

誘惑に身を落とすくらいの男なら、今は打ちひしがれたかつての欲望の対象などいとも簡単に見捨てられる――とは思いつきもしませんでした。彼が厳粛な誓いを立てたとき、空しくも私は彼がその誓いを守ってくれると思ったのです。ところが彼は私を妻に迎えることなく、たとえかつてそう思ったとしても今はすっかり心変わりをしていました。ですが気づいたときにはすでに遅し。愛ではなく人間性に訴える方法もあったでしょうが、私にはあえてできませんでした。私は世間の目に恥ずかしくない者として映るための唯一の宝を手放してしまったのです。私は悲しみを胸に封じ込め、静かに傷の痛みに耐えました。

ああ！　その陰鬱な時期にこんな重要な秘密をいかに両親に打ち明けられましょう。二人は何度も私に警告しました。それなのに私は、心を突き刺すような出来事の重荷を自分が背負うことになるとは考えもしなかったのです。私の行動については言い訳のしようがありません。そのことを私は重々承知していました。ですが私が自らの誘惑者を愛した、これだけは本当です。もちろんどんなに激しい情熱であろうと、分別のある若者であれば両親への深い愛情はそれに勝るはず。それなのに私は背信者の浅薄なうわべに騙され、もっとも厳粛なはずの結婚の約束につられて、すべての疑いを眠らせてしまいました。その約束がそれほど簡単に破られるとは思っていなかったのです。

内省を繰り返すうちに、私は愚かな考えを抱くようになりました。たとえ自分の命を危険にさらそうとも、やがて私が被るであろう恥や不名誉から両親や友人たちを守らなければならない。ではそのためにどうしたらいいのか。私は若くて経験もなく、自分の心の丈《たけ》を打ち明け、相談できる同性の友達もいません。そんな危機的な状況の中で自分はどのように進めばいいのか、さまざまな計画が浮かんでは消えました。とにかくうかうかしてはいられません。ついに私は決心しました。両親や友人のもとを逃げ出し、一人の知り合いもいない町で居心地の良い家を見つけ、安全に帰れるまでそこにとどまることにしたのです。そしてそう決心するや実行までは時間をおかず、この先の蟄居に備えて必需品をそろえた後、きっちり夜中の十二時に、一人の護衛もなく私はボストンへ旅立ちました。人の多いボストンなら、私を捜し出そうとする友人たちの目も逃れられるだろうと思ったのです。

住む人もまばらな村の、静かな父の家からボストンまでは約四十マイル。寒さ厳しく、歩みの速度を速めるには体が許さず、ようやく街に着いた頃には寒さと疲れで体が地に沈むかのようでした。ここと決めた場所へたどり着いたはいいものの、自分の状況を見つめ直してみれば、私は見知らぬ者に囲まれてさすらう惨めな逃亡者。寒く、空腹なまま、必ずやってくる翌晩のために宿を求める気力も失い、私はただただ痛烈に後悔し自分を責めました。私は自分の愚かさと軽率さのせいで優しい両親を捨て、無慈悲な他人の冷たい無関心に身をさらすことになったのです。辛い涙を流しながら、一度ならず友人たちのところへ戻り、逃避行の原因を話して跪き、許しを乞おうとも考えました。それができればどんなに幸せだったことでしょう。なのに結局私は恐怖と恥ずかしさからそうもできず、そのまま先へ進んでしまいました。

日も暮れかかったケンブリッジ・ストリートを歩いているときのこと、私は小さな食料雑貨店でなけなしの数セントを払い、小さな焼き菓子を買いました。木の椅子に腰かけながらこのささやかな食事をとっていると、雑貨店の女主人がやってきました。私の恰好を見て、その状況が決して人の羨むものではないことを察したのでしょう、ボストンに住んでいるのか、と尋ねてきました。私はいいえ、と答えました。田舎から出てきたばかりでメイドの職を探している、町では田舎よりずっと高いお給金がもらえると聞いてやってきた、とも言いました。名前とこれまでの住所を聞かれたので私はなんとかごまかしました。連れもない一人旅で、ボストンには友人も知り合いもいないことを告げると、彼女はまだ少し訝しげではあったものの私をしげしげと眺めました。そのとき彼女の心に同情の念がわいたのでしょう。彼女はしばらく店の奥に引っ込んだかと思うともう一度出てきて、こんなところで良ければ一晩だけ泊めてあげましょう、と言ってくれました。私は彼女に感謝を伝えました。読者のみなさまもお分かりのとおり、彼女の親切な申し出に私は即座に飛びついたのです。

困窮の時期にあの真にすばらしい女性が施してくれた親切を、私は生涯忘れません。その晩泊めてもらったばかりか夕食と朝食までご馳走になり、なのに私は一銭も請求されませんでした。この親愛なる友人の名誉のために彼女の名前を書き記したいところですが、先にも説明した事情からそれがかなわないのは本当に残念です。彼女は相談相手としても完璧でした。その忠告がすべて真実であることを、それ以後、私は悲しい経験や彼女が気をつけるよう教えてくれた出来事から知ることになります。彼女の名前を記すことはすべての女性の名誉ともなったことでしょう。私のようにこれから（無防備なまま）大都市へ行く機会を迎える、若くて未経験な女性は大勢いるはずです。その女性全員の心の銘板に彼女の言葉を刻むことができればどんなにすばらしいことか。もちろんそれは（私の人生における多くの不快な状況が教えてくれたように）男性についても同様で、世間の悪に慣れていない若い男性も注意を怠ってはなりません。そこで私はこれから男女両方のために、この女性が与えてくれたすばらしい忠告をなるべく多くみなさんにお伝えしたいと思います。見知らぬすばらしい読者の方々はそれを無関心に読み飛ばしたり、あるいはこれから始まる私の冒険の記録を読み捨てにしたりしませんように。むしろそれを心に刻み、利用することを私はふつつかながらおすすめします。そこには人間性に加えて、その飾りとなる立派な階級の描写があるでしょう。ですが悪に傾きがちで、正当にも社会の厄介者と見なされている腐敗した階級の描写も、きっとみなさんのお役に立つと思うのです。

さて、おいしい朝食をすませて、行き先もないまま出発の支度をしていると、その女性がやってきて少し座ってお聞きなさい、とおっしゃいました。「ミス・ベイカー（それは私が使った偽名でした）、あなたはメイドの職を求めてこの町へやってきたと言いましたね。でも知り合いはなく、見たところ若くて経験もない。そこで新しい境遇にあるあなたのために、いくつか忠告をしてさしあげましょう。どうか私をでしゃばりと思わないでください。私は子供の頃からここに住んでいますから、この町や住人のことはよく知っています。胸を張って言うことができますが、この町は正直で親切で面倒見のいい人の数にかけてはアメリカのどこにも負けません。彼らは傷つきやすい無力な者を守り、人生の思わぬ都合で助けが必要にもかかわらずそれを得られない者には喜んで手をさしのべます――この町では身分の上下を問わず良き行ないは必ず報われ、徳と純潔が評価され、一方悪徳はどんなかたちであれ恥ずべきものとして拒絶されます。尊敬に値する生活を営み、良き行ないを重ねれば、今は町に知り合いがいなくともやがて友を得、その友の称賛を受けるに違いありません。彼らもきっとあなたにとってかけがえのない助けを提供してくれるでしょう。でも……」と私の尊敬すべき友人は続けます。「残念ながらこの町にはそんな人ばかりが住んでいるわけではありません。別な階級が存在することもまた事実なのです。自由と命を大切に思うならその社会には近づかないことです。断言しますが、その世界とつながりを持つことは自由、あるいは結局は命さえも危険にさらすことになります。社会の害毒と多くが認める、そんな人たちが作る階級。それを〈必要悪〉と呼ぶ少数の人たちもいます！ですが彼らは恥ずべき人種です。その慣習や悪徳ぶりは嫌悪されて当然だし、そのため彼らは破滅すべき獣よりもさらに下に位置する存在となっています。残念ながら大都市にはこのような人々がつきもので、この町も例外ではありません。しかも赤面すべきことにその中には私たちと同じ女性が多く含まれているのです。彼女たちはもっとも汚らわしい売春によって生計を立てています。立派な家庭の出身であったり驚くほど若い女性もいて、これほどふしだらな悪に身を染めていることがにわかには信じがたい場合もあります。この哀れで気の毒な女性たちは彼女たち以上に邪悪な者の手にかかり、偽りの誘惑によって家庭からおびき出され、欺かれたのでしょう。そしていつしか致命的で呪われた慣習に身を染め、自らを永遠に堕落した存在に貶めてしまったのです。というのも一度感染すれば、この種の悪は他の悪以上に治療が難しいのですから。彼女たちは一歩また一歩と、もっとも低い階級である娼婦の世界へおりていきます。大きな都市ではどこでも同じですが、真夜中ともなると大勢の娼婦が現れます。彼女たちはみな汚らしいぼろをまとい、病気もちで悪臭を放ち、寄生虫にたかられています。いろいろな悪がある中で、それに関わる不幸で哀れな者たちに、これ以上の悲惨さをもたらす悪はないでしょう。

さて、あなたがこの町でこれから知ることになる生活をごく簡単に紹介してみました。明るく楽しいとばかりは言えないことはお分かりですね。最初にお話しした模範的な人たちはいくら称賛し、ほめたたえてもきりがないほど立派です。でも後者の人々の特徴である悪徳の行ないについてはどんなに忌み嫌っても足りません。ミス・ベイカー、彼らはあなたのすぐそばにいます。悪い男たちは常に新しい犠牲者を狙っているのです。あなたは若くてしかも一人。気を許してはいけません。騙されないように、そして徳と清純の道から誘惑された何千もの女性たちと同じ運命をたどらないように、お願いだから気をつけて」

　こうして私の大切な友人は話を終えました。親愛なる読者の方々、ここで私はみなさんに赤面されても仕方のないことを申し上げましょう。あなた方の同胞である私は、これほどまでに優しい言葉に包まれ、賢明な助言をもらいながら堕落の道を進んだのです。当初、私の不安定な心にその助言が与えた印象は大気を貫く一本の矢、波を切って進む竜骨の曳航のごときものだったにもかかわらず。

　重い心のまま朝の九時、私は大恩を受けたご婦人の心地良い家を出ました。その日の夜までにはなんとしても尊敬すべき家庭を見つけ、長く働くことのできる仕事につけるよう願いながら。もちろんその家庭はこれから私に降りかかってくる体の不調のあいだも、私を解雇したりはしない、そんな博愛の心にあふれた優しい家庭でなければなりません。そのうちに私の体力も戻り、いつか友人たちのもとへ戻れる日もくるでしょう。ですがいつ果てるともしれない吹雪の中、若く細身で薄着の女性が着替えを数点だけ布にくるんで片手に持っている、その姿が不信感を呼ぶのでしょうか。それとも誰もが繰り返すように本当に人手が足りているのか。いずれにしても扉を叩いたどの家庭でも、メイドとして働きたいという私の懇願はすべて空しく断られました。あのときの私の気持ちを正確にお伝えすることはできません。夜のとばりがおり始め、雪はめったにない深さまで降り積もりながらますます激しく吹きすさびます。私の弱々しい手足はすっかり感覚を失い、とめどなく流れる涙は頬で氷柱と化しました。再び私は、平和な家庭と最良の両親を捨てた自らの愚を責め、許しを乞うべく二人の腕の中へ戻ろうと思い始めました。

日の光がますます薄れ、なのに私はその晩の夜露をしのぐ場所すらいまだ見つけることができません。こうして私はさまよい続け、ついに時計が七時を打ったとき、私は飢えと寒さから町の中心にほど近い一軒の宿屋へ入って行きました。一夜のベッド代が二十セント、私はさっそく宿泊の手続きをしました。こんな大雪の晩、しかも遅い時間に宿を得ることができたのは幸運だったと言えましょう。夕食はとらずに眠りました。翌日早く、私はまたもや一時的な避難所となるべき家庭を探して宿を後にしました。天気は昨日と変わらず、夜のうちに雪は信じられないほどの深さになり、歩くのもままなりません。それでもどうにか進んでいくうちに、飢えのせいで不注意になっていたのでしょうか、私はいつしか町のどのあたりを歩いているのか、誰に助けを求めようとしているのか、はっきりとは分からなくなってしまいました。

お昼頃、私はウェスト・ボストンの坂を半分無意識のままのぼり、一軒の家でメイドとして雇ってくれないか、と例によって尋ねてみました。蛇の怪物ヒュドラーにとって、これ以上恰好の餌食はなかったでしょう。一見とても広そうなその家の中へ私は招き入れられ、歓迎され、細心の心づかいと臆せぬ優しい歓待を受けました。そのときの私の消沈した心が強く求めていたものばかりです。ですがこのとき「良きお母様」から受けたのは偽りの親切、私はそのことを決して忘れません。こんなに若くて華奢な女性が激しい雪の日に歩いているのを、善良で信心深い町の人々はなぜ黙って見ていたのか、「お母様」は本当に驚いてみせました。彼女の娘たち（その数はずいぶん多いように思われましたが）も「気の毒な迷子の女性」をもてなすことにかけては母親に負けていません。良きお母様の言いつけに従って早めの時間ながらお茶が供されました。病気にならないよう、いろいろな食べ物の指示が出され、次々に料理が運ばれてきます。「お母様の大事な娘たち」が母親にあまり似ていないことに私は気づいていました。青ざめた頬や落ちくぼんだ目が彼女たちの疲れを示しています。にもかかわらず私は完全に罠にかかったのです。騙されたとは夢にも思いませんでした。女性たちはとてもてきぱきと動き、誰もが他の者以上に優しさや親切心を発揮しようとしているかのようでした。穏やかで寛大な感情に飢えていた心が、親身になってくれる同性の思いやりに接して少しずつほぐれ、感謝したとしても、読者の方々は驚かないでしょう。

ちなみに女性が恥の気持ちを胸の中へ押さえ込み、名誉や名声など女性にとって大事なものすべての基盤を見失ってしまうと、彼女は罪悪感で頑なになります。無垢で美しいものに出会えば、それらを自分と同じレベルに引きずりおろそうとし、そのためにはどんなことでもやりかねません。無垢な者を誘惑して報償を得るためばかりではなく、そこには悪魔的な嫉妬と羨望が潜んでいます。自分では二度と享受できない尊敬や評価を誰かがそっくり持っているのを見れば、彼女がそれを熱望しつつ妬むのも無理はないでしょう。

夜になると娘たちは部屋に引きこもり（たぶんそれぞれのお相手といっしょなのでしょう）、私は例の年長女性と二人きりになりました。彼女は巧みな話術によって私の立場を微に入り細をうがつように聞き出しました。両親のもとを去ってから［私が］遭遇した困難の話には偽善的な涙を数滴流し、私を安心させるようにこう言いました。「これ以上不安に思うことは何もないよ。しばらくここでゆっくり過ごして、力がついたところでお友達やご家族のもとへお戻り。それまではこの家があなたにとっての避難所。生まれてくる子供については私が養子にもらい、その子が自立できる年まで育ててあげよう。両親やお友達のもとを離れたのはとても賢明な選択だったね。こういう不幸な例につきものの恥や不名誉から彼らを守ることができたんだから。このことはこのままご両親やお友達には内緒にしておくこと、それが一番だよ」

唾棄すべき売春婦たちに私がこんなにも簡単に騙されて、読者はさぞ驚いているのではないでしょうか。ですが彼女たちは疑いを招きそうなものは実に巧みに覆い隠しましたので、私は自分が置かれた本当の状況にまったく気づかないまま月日を過ごしました。もちろんそれも私の罪の無垢なる犠牲者がこの世に生まれ出た悲しい時期までの話。赤ん坊は生まれてすぐに死んでしまいましたが、それは本人にとってもやつれ果てた母親にとっても幸せだったのかもしれません。二、三週間かかって体と心がようやく快復したところで、私はそろそろ友人たちのところへ戻ろうか、と考え始めました。私のうわべだけの後見人にそのことをまったく何気なく話したところ、それが不幸の瞬間でした！　そのときにこそ私は気づいたのです。偽りの友情につられて、今や私は危険な浅瀬に打ち上げられてしまったことを。それは友人である食料雑貨店の優しい女店主が、気をつけるようにと警告してくれたまさにその浅瀬でした。不誠実な女性と呪われた娘たちが見事にかぶりおおせた友情の仮面はもはや打ち捨てられました。親元へ帰りたいという希望を伝えたとたん、何千もの反対が唱えられ、何千もの障害が目の前の道に投じられました。私が床に伏せっているあいだに負債が生じたので、帰る前には必ずそれをすべて返済するよう、さもなければ裁判が生じ、それによって私は自らの恥を両親や友人たちばかりか、全世界に向かってさらさなければならなくなる。それが彼女たちの主な主張でした。

不運にして愚かなことに、私はそれまでの自分の秘密をすべて彼女たちに打ち明けていました。それを白日のもとにさらすという脅しによって、彼女たちは私を思いのままに操ることができました。間違った人間を信頼したことによる致命的な結果を、両親や友人たちから隠しとおすために、私は彼らの穏やかな庇護を離れ、冬の凍える気候のみならず、私と同じ状況にある不幸な女性が被るすべての不幸な出来事に身をさらしました。友人たちの気持ちを傷つけないために、私はここまで危険を冒したのです。今になって私が犠牲にしないものなど何もありません。

こうしてこの巧妙な老婆とそれに劣らず悪賢い娘たちは、私をその不埒な目的に近づけるという難題に乗り出しました。老婆は、一流の紳士から優しい心づかいを持ちかけられた場合、それを受けることがいかに重要であるか、それを得々と説明します。惨めな状態から豊かな暮らしへはい上がりたければ、そうするのが何よりだ、と。一方娘たちは「街の習慣」(この地区の習慣、と言うべきでしょう)に従うことの正当性を説いて聞かせます。つまりなるべく大胆に行動して、内気で野暮な田舎者には到底できないようなことも色男には自由にさせてあげること、そうしてきたからこそ自分たちはお相手を得られたのだし、それなりの尊敬も受けてきた。お高く止まるのをやめて忠告を聞き入れれば、私もきっと同じくらい幸せになれるだろう、と教え諭すのでした。

隙のない私の「恩人」と抜け目のない弟子たちは、私をその市場にふさわしく仕立てるため、こんな言葉や方法を弄しました。そして、ああ、読者の方々のお叱りと非難を浴びても致し方ありません。貞節を守ろうという私の不動の決意もやがて少しずつ揺らぎ始めてしまったのです。私のよこしまな日々が始まったのはまさにこの不幸な時期からでした。自らの罪深い仕事に関わる詳細を一つ一つ描写することは控えましょう。私にも慎ましさはあります。ですがこれだけは言わせてください。個人教授によって相応のレッスンを受けたのち、私はあの底知れない力を手に入れ、それにどんどん磨きをかけていきました。若く好色な男たちに、それまで思いも寄らなかった悪の行為を実行させる。つまりはその気にさせる、確実に誘惑する力です。もちろんそうした行為の後に彼らは自分の浅はかで軽率な行動を悔いるのですが、それはもう後の祭り。真夜中の浮かれ騒ぎにあまりにも多くの時間を費やす若者たちは、さまざまな病やみじめさが自分の身に降りかかり得ることを一度でも考えたことがあるのでしょうか。歓楽の館で歓迎されるとすれば、それはひたすらお金のため。それに気づけば彼らとて悪名高い場所への出入りはきっと控えるに違いないのですが。

その悪名高い場所に長く身を置いた者としては、豊富な描写を提供することができましょう。例えいくばくかの好奇心があったとしても、現代のソドムを訪れるには良識が許さない人々のために。好色な住人たちの特徴である混乱と放蕩、不正と悪徳が不断の円環を描く場所。ですが私はみだらな表現は注意深く慎むつもりです。というのもこうした事柄を私が書き留めるのは、ひとえに同性である女性たち、中でももっとも徳の高い女性たちに熟読吟味してもらうためだからです。しとやかな彼女たちを赤面させるのは本意ではありません。

街にとっては幸運なことにほんの数エーカーばかりのこの堕落した場所は、同時に黒人に割り振られた地区でもあるようです。ここの住人の大半は黒人であり、そこから「ニグロ・ヒル」という卑俗な名称がついたのでしょう。建物はそのよこしまな住人たち同様、実にさまざまでした。快適な住処もあれば、もっとも惨めで悪臭を放つ独房のようなものもあります。後者はたぶん一時しのぎに建てられたに違いありません。立派な館には一流の娼婦たちが暮らし、悪辣な建物にはより低い階層のもの、神様の創造物の中でもっとも忌むべき者たちが住んでいました。娼婦になんらかの正当な位があるとすれば、前者は当然上等な部類に属し、ひそかな愛人として後ろ盾を持ち、公の場にはあまり姿を現さず、服装も立派で言葉遣いも悪くありません。館の筆頭にはマダムがおり、事実彼女は誰からも「マダム」の尊称をもって呼びかけられます。同じ屋根の下に住む者にとっては母親であり、指南役と見なされています。女性たちは贅を尽くした暮らしぶりで、それぞれ家具つきの部屋をあてがわれています。マダムと呼ばれる年輩の女性はワインや新鮮な肉などを売り買いしますが、それは言うまでもなく泊まっていく紳士たちの便宜のためです。美しい弟子たちの助けを得ながら、マダムたるもの必ずやその代金をたんまり男たちからせしめることは言うまでもありません。たとえばずる賢い女たちは、注文を受けて代金支払い済みのワインのビンをわざとひっくり返したり、割ったりします。そうすればカモにされた男たちは「親切なマダム」からもう一本よけいに頼む、というわけです。こうしたゲームをいかにうまくやりおおせるか、強欲なマダムはそれによって娘の価値を定めます。商売上手であれば必ずやマダムの寵愛を得られますが、仕事場で儲けをもたらさない役立たずとなった途端、守護天使は一変して怒れる悪魔になります。せっかく教え込んだ模範や手本を守らないと言っては責め立て、書くのもはばかられる罵詈雑言を浴びせるのです。抜け目のない彼女たちにとってはお金が第一、それをどう手に入れるかは問題ではありません。ポケットにお金をたんまり詰め込んでさえいれば、見知らぬ者が相手でもたいそう礼儀正しく振る舞います。ポケットの中味をせしめるためにはどんな計画でも立てるでしょう。思いがけない授かり物を手に入れてすっかり金持ちになる者も少なくありません。

娘たちは朝から起きてくることは稀で、お昼過ぎに階段をよろよろと下り、苦味酒とパンとコーヒーで生気を取り戻し、三時頃にはその晩の浮かれ騒ぎのために身支度を始めます。その骨の折れることといったら。というのも、彼女たちは本当の自分を見せないように変装しなければならないのですから。お化粧や付けぼくろ、入れ歯や差し歯、それにかつらを使ったその技はまったく大したもので、よそ者がろうそくの炎で見れば現代のソロモンが世界各国から美女たちを集めてきたのではないか、と見紛ったとしても不思議ではありません。が、この魅惑的な女性たちの普段の姿をひとたび覗き見れば……。優雅とはほど遠い物腰、はれぼったい顔、充血した目、腐りかけた歯、強烈な悪臭を放つ息。情熱をこめた求愛どころか、どんなに熱い思いも必ずや冷めるに違いありません。

これがニグロ・ヒルに住む偽りの女性たちの中でも高級な部類に属する者の姿です。それ以下の女性たちと言えば、見た目がたいそう不快なばかりか、その行動たるや悪魔のそれと張り合わんばかり。

みだらな雰囲気だけが彼女たちの取り柄ですので、ひたすら卑俗に見える立ち居振る舞いが、たしなみとして彼女たちに教え込まれます。罵り、お酒を飲み、猥褻であること、それが彼女たちの主な資格です。尊敬を得るための教養を磨こうなどと思うものなら、そのつましさは同僚たちに大いに嘲笑されるでしょう。ならず者が、まっとうな商売の男の誠意を笑うのと同じです。これが二流のみすぼらしい娼館に住む女たちの真実です。彼女たちの年齢や肌の色はまちまちですが、実は黒人であることが何よりも価値を持ちます。十七歳に満たない白人の少女が傷だらけの腕を醜い黒人の首にまわし、デキモノだらけの顔を彼に近づけることなど、ここでは当たり前の光景なのです。もちろん近辺にはかなり多くの黒人が住み、その大半は立派な暮らしぶりです。本当の紳士が罪を犯した囚人を軽蔑し、避けるのと同じように、彼らもまたこの穢れた娼婦たちとはいっさい関わりを持たないようにしています。客となる者の多くは最低ランクの水夫や落伍した混血や黒人で、これほど危険な関係を結ぶような男たちですから、その軽率さや愚かさの不愉快な証はほとんどの場合明らかでしょう。女たちはどんなに若くても五、六回は医者のお世話になり、投獄を経験し、私設救貧院にも三、四度は収容されています。それを彼女たちは自慢にしている節もあるのです。

日暮れとともにこの汚らしい醜女たちは、じめじめした小部屋や泥穴から、地に住む害虫のように這い出して、夜の獲物を探し始めます。大いなる享楽が始まるわけです。「ダンスホール」と呼ばれるあばら屋には下層の者たちが集まり、この手の女性たちを大勢引き寄せます。入念に化粧をし、香水の甘い香りをふりまく彼女たちはこのような尊敬すべき集まりにつきもので、エジプトの踊り子たちのように卑猥な身のこなしでなんとか客の気を引こうとします。お相手の選定にはほとんど頓着しません。お金さえあればどんなにぶかっこうな奴でも女性という賞品を手に入れられます。女性たちが本名を使うことは稀で偽名が多いのですが、なぜか「アン・エリザ」「アン・マリア」「メリッサ・マチルダ」が多いようです。

一般の人々が眠りにつく頃、その眠りを妨げるようにこの夜行性の騒乱者たちは絶えず大声をあげながら浮かれ騒ぎ、そこに怯えた犬の遠吠えが加わるや、ガンジス川に生息する野生動物の咆哮もかくやと思われるほどのやかましさとなります。その大騒ぎがほとんど絶えることなく、日没から日の出まで続くのです。何も知らずにこの真夜中の光景にたまたま遭遇した旅人は強い嫌悪感に襲われるばかりか、身の安全を危ぶんで震撼するに違いありません。

悲しいことに語り手である私はそういう場所で若き日々を三年も費やしました。ああ、かのローレンス・スターン［十八世紀の小説家、聖職者、ユーモア作家。「分別」と「感傷」を探求し、それらをテーマとした。］の小説にも登場する記録の天使が、同情の涙を流し、私の過ちを抹消してくれるよう祈るばかりです。

一八一二年、私は近くの港に停泊していた私掠船の中尉と知り合いました。その彼がある晩の会話の中で楽しげにこう話し出したのです。自分がたとえ女性でも、見聞を広めるために今と同じく世界中を旅していただろう、と。護衛もなく一人で船に乗るような女性を男たちはきっと貶め、そのことを不名誉とも思わない男たちに囲まれて彼女はさぞやたいへんな思いをするに違いありません、と私は言いました。すると彼はこう応えたのです。「私が女で船旅を望むなら、まず女性の服装を捨て去ります。女性であることは庇護よりも暴力を呼ぶことになりますから。そして男の恰好をする以上、仲間となる者たちにも徹底して男であることを信じさせます。やろうと思えばできるはずです。女性であることを誰にも知られぬよう注意しながら、世界中を旅してまわるのです。近しい友人や仲間にもまったく気づかれないまま、実際にそれをやり遂げた女性は歴史上何人もいます」。ここで彼はミス・サンプソンの例をあげました。独立戦争の最中、彼女はロバート・シャートリフと名乗って自らの性別を偽り、女性であることを見事に隠し通して兵卒として国に仕え、自らの徳や名誉を寸分も損なわずに義務を果たしたのでした。

その瞬間から私は自分の状況に我慢がならなくなりました。三年ものあいだ私は嫌悪すべき放蕩の道を歩み続けました。もうたくさんです。私が顕著な役割を果たした悪徳の光景を、私はようやく適切な光に照らして見ることができるようになりました。そして新しい計画が私の心を占めるようになったのです。家を出たまま連絡もせず打ちひしがれているだろう両親のもとへは、今さら恥ずかしくて帰ることができません。やはり変装してこの国のいろいろな場所を訪れ、この生活ほどには私の平和と幸せを破壊しない、そんな新しい暮らしを始めるしかありませんでした。

幸運なことに私の友人のさりげない話が、私の状況に関連した新たな妙案をもたらしてくれたのです。十全な策略をもってすれば、私は「保護者」の魔手から逃れられるかもしれません。何の工夫もなく群れから離れようとすれば追及は必至、つかまれば投獄されるに違いないでしょう。ようやくこれで自分の進むべき道が見えてきました。男性の服に身を包めば彼らの警戒の目もすり抜けることができるに違いありません。

人生というステージへの新たな登場人物となるために、必要な準備はすべて整いました。こうして私はある日の早朝、チャンス到来とばかりに身支度を始めたのです。完璧な水夫の恰好をした私は誰にも気づかれずに部屋を出て、そのまま公道へ歩いて行きました。男らしくあろうとする私の身振りがかえってぎこちなく見えるかもしれない、そう思うと心配でたまりません。そこで不安を打ち消そうと、コート・ストリートを通り抜けるときに思い切って近くの女性に声をかけてみたのです。すると彼女は即座に「イエス、サー」と答えるではありませんか。私は自分が男として通用する自信を持つことができました。

道を曲がってオールド・マーケットに向かい、途中で食堂に入って朝食を食べました。そしてその日はずっと、女性は立入禁止になっている場所をいくつも訪れ、何の問題もなく入り込めることに一人悦に入っていました。その晩の宿は易々と確保し、翌朝には南へ向かう船を探し始めたのですが、これは時期的にはなかなか難しいことでした。というのも港はイギリス軍に事実上閉鎖されていたからです。南へ向かうどころか、外洋へ出ることさえ多くの船は渋々あきらめていました。

ところがフィッシュ・ストリートを歩いているときに、一軒の家が目に留まりました。そこでは近日中に出航を予定している合衆国フリゲート艦の乗組員を募集していました。

独立戦争で同性の仲間が、女性と悟られずに果たした積極的な役割に勇気づけられた私は、自国の利益に貢献しながら運を天に任せる恰好のチャンスと考えました。もちろん新人の大半が身体検査を受けなければなりませんから、まずはこれを切り抜けることが第一の関門です。ですが、それも巧妙な作戦で難なくくぐり抜け、水兵として前払い金と制服まで支給してもらって、翌日には乗船することが決まりました。

新しい世界が目の前に開けてきました。海軍士官たちが船上のさまざまな仕事を教えてくれます。もちろん弱々しく辞退する必要はまったくありません。私は常にきついズボンをはき、その脱ぎ着に細心の注意を払い、上半身はぴったりとしたベストを着るか、胸にさらしを巻いていました。おかげで乗船している者は誰も私が女であることを知りません。アメリカ海軍の中でもっとも人道的で経験豊かな指揮官をいただくことができたのは、まことに幸運でした。乗組員全員が彼とその部下である士官たちに尊敬の念を寄せ、そのため船には調和と団結の精神がみなぎっていました。

八月に出港して順風満帆、船員たちの士気は上々、私たちはまず東へ向かいました。付近を帆走するイギリスのフリゲート艦に出くわさないか、と考えたからです。船酔いのせいで（新人はこれに慣れるしかありません）しばらく甲板には出られなかったものの、航海のあいだ私は病気らしい病気にかかったことは一度もありませんでした。また武器の扱いにはことのほか熟達し、私は乗組員の誰にも負けない巧みさで弾をこめ発射することができるようになりました。

セーブル島付近を通過し、レース岬に近いセントローレンス湾のはずれで、私たちはカナダへ往来する船を待ち伏せすることにしました。実際二隻の商業船を拿捕することに成功し、イギリスの小艦隊がグランド・バンク付近を航海中であるとの情報も得ました。それほど離れた場所ではありません。

勇敢なる我が指揮官は進路を変え、船は一路南へ。十七日に出遭ったアメリカの私掠船の船長の話では、二日前に南東へ向かう件《くだん》の小艦隊を目撃したとのこと。まだそれほど遠くへは行っていないはずです。可能であれば小艦隊に追いついて撃沈すべく、剛勇な指揮官はすぐに全速前進しました。

十九日、午後二時、南の方角に一隻の船を発見。我が船は即座に追跡、すぐに追いつきました。午後三時、大型の横帆船は強い風を受けながら悠々と進んでいます。フリゲート艦であることを確認するや我らが船も追跡を続行しました。三マイル離れたところで軽帆をおろし、風向きに合わせて針路を維持するよう指揮官が命令し、戦闘準備開始。相手もメイントップスルを逆帆にして我が船の到来を待ち受けます。

戦火をくぐり抜けたことがあればお分かりのとおり、戦闘開始直前にはどんなに決意のかたい者でもある程度不安を覚えるものです。ですが厳粛に言いきることができますが、私はこれ以上ないほど落ち着いていました。一番年少の者たちも含め、誰もが持ち場で最善の働きをしたいと思っていました。私自身他の誰よりも活躍し、かつてどんな女性もあげたことのない功績をあげるつもりでした。持ち場は檣楼、私は戦いの火蓋が切って落とされるのを今か今かと待ち受けました。

戦闘準備が整うと我が船は相手との距離をつめます。国旗を高く掲げた英国艦船との至近戦に持ち込むためです。こちらが射程距離に入るやイギリス艦船は舷側砲を放ち、続いて帆桁をまわして下手回しになり、反対側の舷からも発射。しかし我が船まで弾は届かず発射の甲斐なし。掃射態勢につくため舵を操作し、下手回しを繰り返すこと四十五分ほど、それでも効果がないとみるや風を船側後半部に受けるかたちで針路を風下に転じました。機を見た我らの勇敢な指揮官はさらに敵船に近づき、六時五分前、ピストルの弾さえ届くほどの距離に詰めたところで全砲一斉射撃に転じ、砲丸やぶどう弾を連発。間髪を入れず狙いも正確だったので十五分もすると英国フリゲート艦のミズンマストが折れました。船体は損壊が激しく、索具や帆はぼろぼろです。そのあいだ私は檣楼で忠実なる私のマスケット銃を操作していました。煙がとぎれて敵の青いジャケットが見えるや銃を発射させ、命中を繰り返しました。熱戦の最中、ぶどう弾が私の銃床の床尾に当たって床尾が木っ端みじんになってしまいましたが、それを見た船友が私の肩を叩いてこう叫びました。「気にするこたあねぇよ、ジョージ。おまえさんはとっくに立派な戦果をあげたんだ。港に入ったらきれいな女の子たちに自慢できるぜ」

我が船のぶどう弾や小ぶりの武器だけで英国フリゲート艦は壊滅状態、こちらが戦闘をしかけてから三十分でメインマストとフォアマストが折れ、バウスプリットだけを残して帆柱や帆桁のスパーもろともに船外に倒れました。こうして彼らは降参し、こちらが乗組員を拿捕するや沈みかけていた船には火がつけられ、三時十五分、爆発炎上。敵側は五十人死亡、六十一人負傷、我が軍は七人死亡、八人から十人が負傷しました。

このすばらしい戦果の後、威風堂々たる我が船は港へ戻り、そこで必要な修理を受けながらしばらく停泊することになりました。そのあいだ私も何度か陸《おか》に上がる機会がありましたし、一度ならずかつては仕事を同じくした女性たちと同席しました。が、誰も私に気づきません。それほど私の変装は巧みだったのです。昔のようにドレスを着たいとはまったく思わなかったし、今や何よりも嫌悪するあの最低の暮らしに戻るつもりもありませんでした。昔の知り合いから聞き出したところでは、私の逃亡が発覚するや「猟犬」たちがさしむけられ、あらゆる方面を捜索したとか！　こんなふうに私はかつての知り合いで、今では私と気づかずにいる人たちと打ち解けて話をしました。重大な秘密はもちろん誰にも明かしません。ひたすら好奇心にかられて、惨めな人生の大半を過ごした場所へも足を運びました。そこで私は船員仲間たちと大いに楽しみ、陽気にお酒を飲みながら、士官たちの優れた技術と的確な判断力、そして見事に走帆する船について自慢などして過ごしました。

　修理が終わるとすぐに次の航海が決まりました。その航海でも私は同胞を援護して、傷ついた彼らのために一矢報いる機会を得ました。十二月、南アメリカ沿岸を巡航中、二隻の奇妙な船を船首の風上で発見し、十時、戦艦であることを確認。一隻は陸に向かい、もう一隻は私たちの船に向かってきます。指揮官は南へ東へと船を間切り、メインスルを風上に向け、ローヤルスルを閉じました。

　一時十五分過ぎ、船は英国フリゲート艦であることが分かり、陸からもだいぶ遠いとあって、指揮官はメインスルとローヤルスルを閉じて船を間切り、敵艦を迎え撃つ準備をするよう命じました。敵艦は我が船を掃射すべく近づいてきましたが、我々は下手回しとなってそれを回避。しかしすぐに砲丸やぶどう弾の応酬が始まりました。しばらくはどちらの船舶も掃射を可能にするポジション、あるいは掃射を避けるためのポジションを求めて位置を調整。三時頃、敵船のバウスプリットとジブブームのヘッドが吹き飛び、一時間もしないうちにフォアマストが船外へ倒れ、メイントップマストはかろうじて檣帽の上に。

四時頃、イギリス艦からの攻撃はすっかりやみ、大檣索具にくくられているはずの国旗がおろされているので降参かと思われたのですが、国旗は別のところで相変わらずはためいていました。約十五分後、メインマストが船外へ倒れ、四時四十五分、我が軍が一斉掃射に恰好の位置につくや、イギリス艦は賢明にもついに旗をおろしました。大砲四十九機、乗組員四百人を擁した船でしたが、もはやその損傷激しく、乗組員のうち六十人が死亡、一五〇人が負傷、それに対して私たちの損失は比較的軽いものでした。

この戦闘で私は前回と同じくらい張り切りました。船の檣楼から銃を発射すること十九回。それまでには命中率もかなり上がっていたので、相手に与えた損害も相当なものだったに違いありません。ところが戦闘が終結してまもなく、ちょっとした事故が起き、あやうく自分の本当の性別を乗組員全員に知られてしまうところでした。私は檣楼から上体をかがめようとしてバランスを崩し、横静索から船外に落ちてしまったのです。私は泳ぐことができません。あれよという間に体が沈みはじめました。救命艇がおろされ、すぐに救助されましたが、私はすでに絶命しかかっていました。とにかく仲間たちは私を船の甲板におろし、すぐに乾いた服に着替えさせるようにと、何人かが命令されました。が、まさに私の服がすべて脱がされようとする間際、私はなんとか力を振り絞って彼らを制し、自分で着替えることを主張したのです。

戦闘からほどなくして私たちは合衆国に戻りました。勇敢なる士官たちと乗組員全員を迎えてくれたのは、私たちの勝利を祝す盛大な歓喜と尊敬の念でした。

その頃までに港は敵の巨大な船に完全に封鎖されており、それを突破しようとするのは無分別であるとの考えから、私たちはしばらく港にとどまることになりました。そのあいだに水夫としての私の契約は切れたのですが、すぐに再契約し、戦争終結に至るまで私はさらに二度の航海に出ることができました。そのどちらにおいても良い戦績をおさめることができたので、私は正規戦闘要員と同格の扱いで除隊することができました。

こうして三年近くのあいだ、私は米国海軍の中でもっとも勇壮かつ大胆なフリゲート艦の乗組員として通用したばかりか、義務をも十全に果たしました。戦闘に遭遇すること三回、どんな危険が迫ろうと持ち場を放棄したことはありません。他の乗組員同様、陸《おか》でも海上でも私は自由に仲間と交流しました。信じられないかもしれませんが、乗組員の中で私の性別に疑いを持った者は一人もいません。私はミス・サンプソンの伝記を何度も読み返しました。彼女は自分が女性であることを隠し通すために細心の注意を払いましたが、その方法をしっかり守ったおかげで私も女性であることに気づかれなかったのでしょう。

さて、両親と離れればなれになって早や六年、彼らのもとへ戻りたいという私の気持ちはかつてないほど強くなっていました。賃金のほかに報奨金までもらった私はもう一度女性に戻り、女性の服に袖を通す決意をしました。必要なものを揃えるために私は（女性たちの言葉を使えば）「ショッピング」に出かけ、コーンヒルで洋裁師と帽子屋のアドバイスを受けながらドレスを一式買いそろえ、かくして私は本来の自分に戻ることができました。

男の私、女の私、どちらに気づかれてもいけませんので、私はボストンに長くとどまるつもりはありませんでした。数日のうちに私は自分の生まれ故郷をめざして出発し、翌日には無事に到着することができました。

その日の午後、私は両親の家にたどり着きました。両親は夕飯を食べているところでした。ほほえむ私を彼らはじっと目を凝らして見つめますが、それでも私が誰なのか分かりません。母が私をテーブルへ招いてくれました。そして私が家族に起こったいくつかの出来事についてほのめかすや、やっと両親は長らく生き別れになっていた自分たちの娘が帰ってきたことに気づいてくれました。なんて幸せな再会だったことでしょう！

私が失踪したと知ってすぐに友人たちが捜索を始め、ボストンまでの足取りはつかめたのですが、その先のことはまったく情報がなかったそうです。私の悲しい冒険物語に友人たちはじっと聞き入り、困窮の度合いを語るや両親の頬には涙がこぼれ落ちました。

私の特異な性格がもたらしたこの不快な経験を、私は決して公にするつもりはありませんでした。ですがそれをこんなふうに披露したのは、秘密を打ち明けることのできる友人に説得されたためです。私の本名、両親の名前、私の生まれ故郷が特定できる事柄は、どんなに些細であっても伏せました。それらが判明したところで私には百害あって読者には一利もないからです。私がみなさんに披露した物語が、若い女性たちへの助言として役に立つなら望外の幸せです。彼女たちが保護者の同意を得られない限り、恋愛の声には耳を傾けず、信仰と美徳の教えに逆らい、衝動にのみ基づく行動を慎むようになるならば、私が筆をとったことも無駄ではなかったに違いありません。

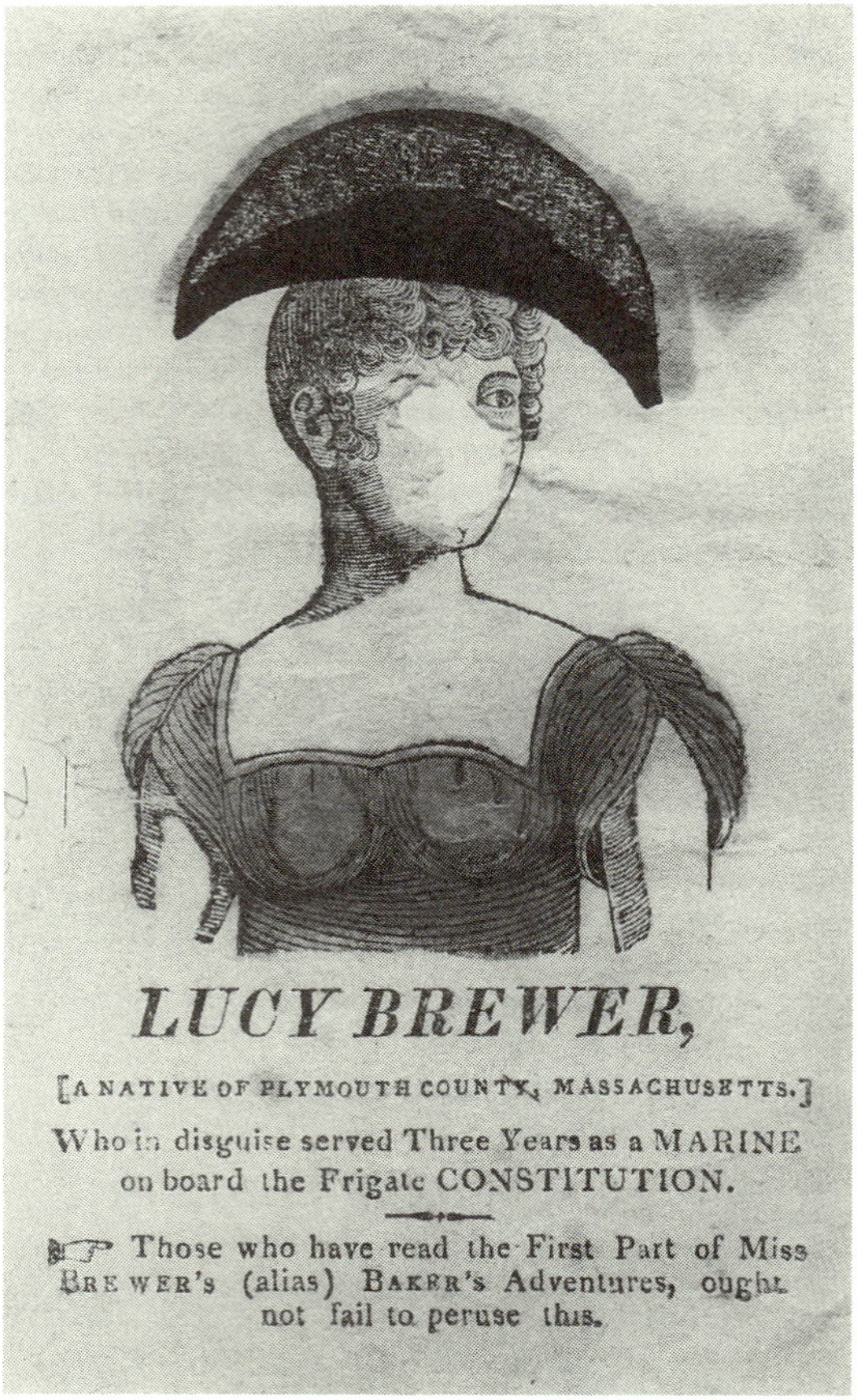

LUCY BREWER,

[A NATIVE OF PLYMOUTH COUNTY, MASSACHUSETTS.]

Who in disguise served Three Years as a MARINE on board the Frigate CONSTITUTION.

☞ Those who have read the First Part of Miss BREWER's (alias) BAKER's Adventures, ought not fail to peruse this.

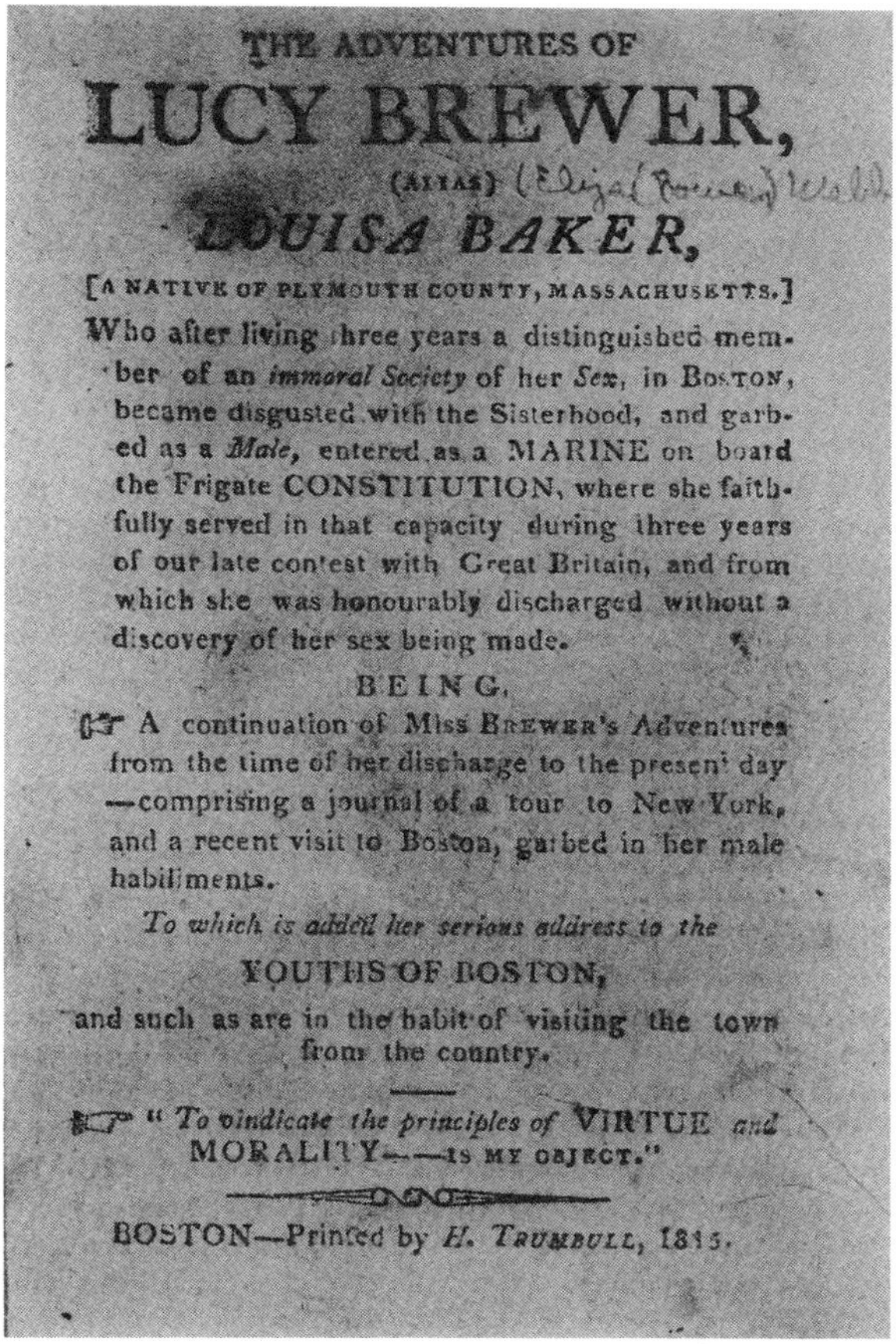

THE ADVENTURES OF

LUCY BREWER,

(ALIAS)

LOUISA BAKER,

[A NATIVE OF PLYMOUTH COUNTY, MASSACHUSETTS.]

Who after living three years a distinguished member of an *immoral Society* of her *Sex*, in BOSTON, became disgusted with the Sisterhood, and garbed as a *Male*, entered as a MARINE on board the Frigate CONSTITUTION, where she faithfully served in that capacity during three years of our late contest with Great Britain, and from which she was honourably discharged without a discovery of her sex being made.

BEING,

☞ A continuation of Miss BREWER's Adventures from the time of her discharge to the present day —comprising a journal of a tour to New-York, and a recent visit to Boston, garbed in her male habiliments.

To which is added her serious address to the

YOUTHS OF BOSTON,

and such as are in the habit of visiting the town from the country.

☞ " *To vindicate the principles of* VIRTUE *and* MORALITY——IS MY OBJECT."

BOSTON—Printed by *H. TRUMBULL*, 1815.

▲女水兵三部作の第二部『ルーシー・ブルーアの冒険』(1815年)の初期の版からの口絵【84頁】とタイトルページ【上】。アメリカ稀覯本協会所蔵。

第二部　続　ルーシー・ブルーアの物語

過去六年間の私の生活のもっともめざましい出来事の詳細を（偽名でもいいので）みなさまにお話しするよう、信頼する友人の一人に説得されて本を出版したのが数ヶ月前のことでした。不承不承そのすすめに従い、小さな本となるべき内容をいたって大雑把にまとめたものをあらかじめ編集者に見せたときには、世間の注目に値するものではないとの評価を受けました。ところが本の売れ行きはそんな見込みを大きく裏切り、読みたいと希望する人々の熱心さはいや増し、私たちのお手本となるような道徳心にあふれた方々にまで読んでいただいているとのこと。はじめこそ半信半疑でしたが、私もようやく自伝の続きを書いてみようという気になりました。すでに公表した冒険の続き、つまり軍を退いて以降、数奇さにおいてはいささかも劣らない私の人生について、そして前作ではあえて省略した重要な出来事についてもこれからお話ししようと思います。世間の方々の好奇心を刺激することは承知の上で、今回は二つの目的があります。まずは美徳あふれる心を恐怖と嫌悪で満たす、深夜のおぞましい現場を白日のもとにさらすこと。それは、軽率な若者が巻き込まれるかもしれない不快な悪と、取り返しのつかない結末を、事前に防ぐためであります。それが実現すれば私も筆をとった甲斐があるでしょう。第二に、私の存在そのものに疑問を投げかけ、さらには前作の信憑性を問う声が私のもとへ届いています。本名ではなく偽名を使っていることを訝しむ声がある一方で、私の物語そのものを作り話だとおっしゃる方もいる。水夫の生活に特有の困難に、そんなに長いあいだ、しかも正体を知られぬまま、女性が耐えられるはずはない、というわけです。前者については疑いを晴らすべき時が来ました。そう、私はこの二作目で自分の本名と出生地を明かす決心を固めたのです。後者については、両親との幸せな暮らしから、すぐに男装し船艦に乗って水夫の任務についたとすれば（つまり悪徳にうとく苦労も知らないままであったなら）、乗組員の仲間たちも私の性別に気づいたかもしれません。ですが二流の娼館に三年、もっとも堕落した唾棄すべき人々と過ごしているうちに、たとえ女性であっても厳しい苦行に耐えられるよう鍛え上げられてしまったのです！　女性が女性であることを秘匿したまま軍務を果たすことができる、そのさらなる証拠としてミス・サンプソンの事例があげられるでしょう。ミス・サンプソンは男装して七年間一兵卒として軍に貢献することができたのです。

私はマサチューセッツ州プリマス郡の小さな町で生まれました。本名はルーシー・ブルーアと言います。不運にも十六歳のとき、父の家の近所に住む、家柄の立派なとある若者と知り合いました。彼ははじめから私に対して大いなる愛情を抱いているふりをし、きっと私を妻に娶ろうと厳かに宣言しました。両親は彼の真意を疑い、騙されやすい私を諫めましたが、悪辣で取り入るのが巧みな詐欺師に狡猾な作り話を聞かされ、私はすっかり虜となりました。私が愛情を募らせているのを知るや、彼は結婚の謹厳なる約束によってあらゆる疑いを眠りにつかせ、世間の目から見て尊敬すべき存在であるための私の唯一の宝を、まんまと手に入れてしまったのです！　しかしほどなく恥ずべき誘惑者は仮面を脱ぎ捨て、私への偽りの愛情を装うことをやめ、勝ち誇ったように宣言しました。私を妻に娶るつもりなど毛頭ない、お門違いの信頼によって赤ん坊が生まれたとしても決して自分に迷惑をかけるな、と。こうして、傷をえぐるようにさらなる侮蔑の言葉を吐き捨てると、その見下げ果てた男は私を捨てて、どこかへ消えました。それ以来、両親のもとへ戻るまで私は彼を一度も見かけていません。友人や両親の賢明な忠告をなぜ聞かなかったのか、私は自分の愚かさを悔いましたが、それももはや後の祭り。私はやがて不名誉を身に宿すことになりました。友人や両親が知ればたいへんな痛手となるでしょう。それを避けるために私は遠いどこかの救護院を探すしか方法はないと思うようになりました。何も知らない友人たちのもとへ無事に帰れるその日まで、見知らぬ人々に囲まれながらそこで過ごすつもりだったのです。ある寒い冬の晩、真夜中に私は（着替えを小さな布きれに包んで）優しい両親の平和な家をあとにしました。たった一人で護衛もなく出発し、翌日にはボストンへたどり着いたものの私は寒さとひもじさに倒れんばかりでした。とにかく立派な家の料理係かメイドの仕事を得ようと、その日の午後中いろいろな人に会ってはお願いを繰り返しましたが、思いはなかなかないません。幸運なことにその晩はケンブリッジ・ストリートのとある紳士の家に泊めてもらうことができ、夕飯と朝食までご馳走になりました。その家の奥様はことのほか親切で早朝の出発を前に私を呼び止め、町で仕事を見つけるにあたってどんな事柄に注意をすべきか、すばらしい忠告を与えてくださいました。もっとも堕落した職業によって身を立てている、惨めで嫌悪すべき同性の女性たちが属する階級にはとくに注意するように、との内容でした。九時半、（かくも親切にもてなしてくれた友人と別れ）私は再び仕事を求めて出発しました。とても寒い吹雪の日で地面にもかなりの雪が積もっています。それにもひるまず、私は仕事を求めて街中のほとんどの通りを歩きまわりましたが、誰も雇ってはくれません。夕暮れ近く、寒くて空腹で、その上恐ろしい夜をしのぐ宿のあてもなく、私は涙にかきくれ、両親の家を出てきたことを心の底から後悔し始めました。が、意外なことにその晩はエルム街の宿屋に泊まることができ、翌朝には再び落ち着く場所を探し始めました。ハノーヴァーからトレモント、そこからビーコン・ストリートへ。そして十二時頃、私は無意識のうちにウェスト・ボストンの坂道をのぼっていました。そこで同じように仕事を探しているうちに、三時頃、丘の西側で幸運なことに（そのときにはそう思ったのです！）私が求めていた避難所を見つけました。その邸宅の、年配の親切なご婦人（実は極悪非道な魔女）は私に大いに同情している様子でした。すてきな娘たちは「このかわいそうな迷子のお嬢さん！」に精一杯のもてなしをするよう言いつけられました。温かい紅茶とトースト、それに精が出るあらゆる食べ物が供されました。日暮れとともに奥さまの「完璧な娘たち」が引き上げると、老婆は私が両親のもとを離れた理由をはじめ、私の状況に関するありとあらゆる事柄をすべて引き出すことに成功しました。何滴かの偽善の涙を流しながら彼女はすべてのトラブルが終わったこと、そして友人たちのところへ無事に帰れるその日まで自分を母と思い、この家を避難所にするように、と言いました。この「老いた雌鳥とヒナたち」は私が疑いを抱きそうなことはすべて巧みにおおい隠しました。自ら幽閉の身になるまで私は、この悪しき遊女たちがどのように生活の糧を得ているのか、はっきりとは分かりませんでした。幼子は誕生後まもなく他界し、私は五ヶ月も音信不通のまま離ればなれになっていた両親のもとへ戻ろうと、体力快復につとめました。そしてすばらしいもてなしをしてくれた「優しいマダム」の館にもおいとまをする準備を始めたのです。そのときでした、この悪辣な詐欺師が偽りの友情の仮面を脱ぎ捨て、事情を公表すると脅し、私の病がもたらした負債を払わずに家を出ようものなら犯罪者としてきっと警察沙汰にする、と言い出したのは。こうして私は家へ帰ることを、少なくともその場ではあきらめる他ありませんでした。

このときから老いた醜女と彼女に劣らずずる賢い生徒たちは、それまで隠し通していた重要な秘密を少しずつ明かすようになっていきます。美徳と無垢の小道から私を誘い出し、彼女たちの市場にふさわしく教育し直すために、最大限の努力が払われました。ああ、この恥辱は一生消えることはないでしょう。彼女たちの悪巧みは完全に成功し、私は彼女たちが望んだとおりの女に成り果てたのです。やがて師匠役の一人は私を「出来すぎた生徒」と呼ぶようになりました。彼女が教えてくれたのは――

「色気づいた若者をつかまえて、

一文無しでベッドから送り出す方法」

こうして私はヒルに建つ悪しき娼館に住む嫌悪すべき娼婦たちの仲間として三年間を過ごしました。真夜中の浮かれ騒ぎに誘われて、あまりにも頻繁に訪ねてくる無知な若者を欺くためのよこしまな手練手管や彼女たちの性格、そして習性を私はいやというほど知りました。そのいくつかの場面はおいおいご紹介するとして、若者には次の忠告を与えましょう。少しでも彼らの役に立てば、との思いをこめて。

「私がこれから暴くのは彼女たちの隠れた悪徳、
暗黒の夜の行ない、忌まわしい行為、
共謀された災いと奸計、
それは聞くだに哀れを誘うおはなし」

しかし三年もこの厭うべき娼婦たちと同じ屋根の下で暮らすうちに、私はそのみすぼらしい生活がすっかりいやになり、なんとしてもそこから抜け出したいと思うようになりました。そしてほどなく恰好の機会がおとずれ、私は何も知らない「優しい庇護者」から逃れることができたのです。男ものの服を着ることによって。

ボストンの道をいくつか歩きまわってみたところ、私が女性であることに気づく者は誰もいません。やがてフィッシュ・ストリートで戦艦の乗組員を募集している家に迷い込んだ私は、フリゲート艦コンスティトゥーション号に乗船する水夫として登録することになりました。巧みな作戦によって身体検査も無事に切り抜けると、私は何人かの新人たちといっしょに船に乗り込みました。私を女性と疑う者はもちろん誰もいません。私は制服とマスケット銃を支給され、射撃や船の操縦の腕をどんどん上げていきました。このフリゲート艦には三年間乗船し、そのあいだに四つの航海を体験して激しい戦闘にも三回従事しました。もちろん女性であることは完璧に隠し通して、です。名誉の除隊から数ヶ月後、私は再び女性の服に袖を通し、六年間も会わずにいた両親のもとへ帰ることができました！両親ははじめは私に気づきませんでした。というのも父母は私が死んだものと思っていたからです。ですが私が確かに彼らの娘であると知るや母は涙にむせびました。私は六年のあいだに起こったさまざまな出来事を両親に話しました。父は私の海上での冒険を信じようとはしないので、私は父に除隊証明や軍服を見せなければなりませんでした。

両親の心からの願いを聞き入れ、私はマスケット銃のかわりに糸巻き棒と紬車を手に取り、複雑で慌ただしい生活を捨てて田舎の暮らしに戻るつもりでした。最初の一週間は父の農場を探索し、若い頃に何時間も楽しく過ごした小さな花園でくつろぎました。父が見事な鳥撃ち銃を持っていたので、私はそれを借りて父のとうもろこし畑にやってくる鳥たちを撃ち落としたりもしました。ですが忙しい生活に六年間も浸っていた者にとって、隔絶された田舎暮らしはいつしか退屈なものとなっていきます。南の州へ行きたい気持ちをおさえきれず、熟考の末、ついに私は旅行を許してくれるよう両親に嘆願してみることにしました。もちろん帰還の折りには家庭の仕事にもっぱら精を出し、優しい両親と平和な家を離れることは二度と考えない、という約束です。両親は渋々ながら承諾してくれました。やがて私はニューポートへ郵便物を届ける馬車に席を確保し、いくつかの理由からまたしても男装して、七月に家を後にしました。私以外に乗客は四人、男性三人に女性一人。男性の一人（猿のような顔をした若者）は見習い将校の制服を着ています。もう一人はどこかの船長、三人目はプロヴィデンス、あるいはその近郊に住んでいる尊敬すべき老人、そして慎ましやかな女性は年の頃は十七くらいでしょうか。最初の十マイルほどは誰もが礼儀正しく、馬車の旅は快適でした。通り過ぎる街や村が、自分の記憶と比べてどんなに大きく発展しているか、老紳士が語ってくれたのが最大の余興となりました。

ところがパブで食事をしていたときのこと、船長と見習い将校は空腹というよりは喉が渇いていたらしく、あまりに不適切な量のワインとブランデーを痛飲し、おかげで旅の供としてはすっかり不愉快になりました。女性と言えば件《くだん》の乙女しかいませんので、彼らは彼女をぞんざいに、不躾に扱い始めました。女性の繊細さをまったく無視した、はなはだ下品な言葉を投げかけたりします。男二人（そう、これでは彼らを紳士とは到底呼べません）の見苦しい行動にいくぶん苛立ちながら、私はしばらく黙っていました。善良な老紳士が――彼にはもっとまともな同行者が似つかわしいはずですが――、なるべく相手を刺激しない口調で穏やかな叱責を試みましたが、勇壮なる若き短剣の騎士はいやしくもそれをはねつけます。

老紳士は口をつぐみ、豚同然の二人組は無邪気な乙女に向かって相変わらず下品な冗談をとばします。私はそのやり取りを無視して黙ったまま座っていましたが、罵詈雑言が女性一般に向けられたところで、それ以上見過ごすわけにはいかなくなりました。今度は私が青二才の短剣男を戒める番です。私は老齢の良き友よりいっそう厳しい言葉遣いで、彼らをたしなめました。それで火がついたのでしょう。軍服を着込んだ若者のイキな面容は怒りですっかり歪んでいます。私の注意を引こうと、腰につけた小さな武器をぶらぶらさせながら、彼は私がなにか誤解をしているのではないか、と言いました。海上では恐るべき敵の襲撃をものともせず、優勢な相手を退散させること一度ならず、よってこんな所で簡単に脅されると思ったら大間違いだ、と彼は凄んでみせます。私の言葉は彼をいたく傷つけ、何らかの償いもないまま侮辱されて引き下がるつもりはない、今すぐ謝罪するか、それとも彼が満足を得ることのできる状況に身を置くことに同意するか、二つに一つだ!と脅迫してきました。

ミスターほら吹き男の空しい自慢や脅しに対して、私はきっぱりとこう言ってやりました。かつての冒険でどんな名誉を得たのか知らないが、敬うべき老人と罪のない女性に対する無礼で許し難い攻撃は、自ら描写してみせた不屈の勇気というよりは、むしろ卑劣で臆病な性質の証としか思えない。はばかりながら私自身も海上で敵に遭い、銃撃戦も体験したが、優勢な相手を退散させるのに自分がどれだけの役に立ったか、判断は上官たちに任せるべきだと心得ている。私は、私の高潔なる指揮官から忘れがたい教えを受けており、それは次のようなもの——船を見捨てる、あるいは斜桁先端を下げるのは、相手が圧倒的に優勢でどうしてもそうせざるを得ない場合のみ。したがって私は君にいかなる謝罪もするつもりはない、そう宣言しました。君が満足する状況に自らを置くか否か、これはつまり我が意に反して不名誉な決闘に従事するかどうか、ということだが、どうしてもと言うのであれば断り続けるわけにもいかないだろう。ロードアイランドはもうじきなので、着いたら早々に決着をつけようではないか、とも提案しました。

殺すか殺されるか。私がつまらない男の挑戦をかくも簡単に受けてしまったことに、読者のみなさんは驚いていらっしゃるでしょうか。ここで早々に種明かしをいたしましょう。相手は年輩者を侮辱し、女性を貶める破廉恥な輩です。火薬の臭いをかいで喜ぶとは到底思えず、むしろそういう男は砲弾袋や弾薬盒をかいま見ただけで、雄々しい勇気が欠けていることを露わにします。私はそれを不変の事実として知っていました。この小粒な敵は自分の提案をまともに引き受けるだけの勇気を到底奮い起こすことなどできないだろう、と私は断固予想していたのです。高慢な鼻をへし折るための告白を、彼は私からしつこく引き出そうとしているようでしたが、決闘はむしろその逆の機会を与えてくれる、と私は思っていました。

ところがニューポートまで数マイルのところで馬車の鉄製部分が壊れてしまい、必要な修理が終わるまで近くの宿屋で待つことになりました。船長はここから個人用の馬車を雇ってニューベッドフォードへ一人去っていきました。宿屋の主人は陽気で気のいい男だったので、私は彼の助けを借りて高貴なる私の決闘相手をへこますことにしました。口論から決闘の話まで密かに主人に事情を伝え、これから繰り広げられるのはあくまでも喜劇であって悲劇ではない、そう言って彼を安心させながら、空き室をほんの少しのあいだ、それから弾の入っていないピストルを二丁借してくれるよう頼みました。主人は老紳士と若い女性にも話を確認すると、私の求めのとおりにピストル二丁を手渡し、空き部屋へ通してくれました。

部屋の中央にテーブルを動かし、その上にピストルをのせて必要な準備を済ませると、「そう簡単には脅されない」と主張する勇敢な若者のおいでを願って伝言を頼みました。私が後悔して謝罪するだろうと思ったのか、彼は意気揚々とやってきました。ところが部屋に入って死を招く道具がテーブルに並んでいるのを見るやすぐに元気をなくし、彼と同類の見かけ倒しの男たちがチェンジ通りやブロードウェイを歩く時とはうってかわり、彼は、すっかりしょげてしまったのです。私はとにかく彼に席をすすめ、ドアを閉めてから次のように言いました。「君があまりにも不当に扱った乙女を弁護するために私が放った言葉によって、君は侮辱されたと主張している。君が満足のいく決着を求めるのであれば、私もそれに従おう。そこに置いてあるピストルはそのためのもの、これ以上時間をおいても仕方があるまい。君はこれでピストルを二丁持つことになるが、使うのは一つだけと名誉にかけて誓ってくれれば、私はそれで満足だ。弾は等しくこめてある。好きな方を選んでくれ。部屋の両端が私たちを隔てる距離となろう」

　私にホガース［英国の画家、彫刻師。風刺画で有名。］の画才があればその瞬間、恐れおののいた我が敵役《かたきやく》の様子をなんとか絵に描いてみせたことでしょう。彼は声を震わせ、こう応えました。「確かに挑戦を持ちかけたのは私だが、今すぐ決闘というのは反対だ。ニューポート（そこには彼の友人もいるらしい）に到着するまで延期してもらえれば、そこで喜んで決闘に応じよう」。それに対して私は、ことは一刻の猶予もならないほど深刻であると主張し、ピストルを一つ手に取るや表情も厳しく、いかなる延期にも応じるつもりはない、どちらかが部屋を出るときまでにすべてを片づけるべきだ、と断言しました。震える若者は今度は諭すように、満足のいく方法はほかにもあるはずだ、と言い出しました。方法は二つしかない、一つは君が提案したとおり、もう一つは、では、私が提案させてもらおう、君が老紳士とうら若き女性に相応の謝罪をすることだ、と私は返答しました。これは、優勢な相手でも打ち負かしたと豪語する若者が飲み下すにはいささか苦い薬です――ですが撃鉄を起こしたピストルを持って、今すぐ決着をつけるべきだと主張する私の姿を見て、私が本気であることを悟ったのでしょう。彼はしぶしぶこちらの提案を聞き入れることにしました。こうして私は店主（彼は部屋の外に控えていました）に頼んで老紳士と若い女性を連れてきてもらい、若者は謙虚で満足のいく謝罪をしたのでした。これで決着がつきました。あらゆる戦闘をくぐり抜けてきたのだからそう簡単には脅されない、と空しい自慢を繰り返してきた前途洋々たる若き士官候補生は、女性の命令にかくも平伏し、言うことを聞き入れざるを得ないのでした。

馬車の準備が整ったので私たちはそれぞれの席につき、一時間後にはニューポートのコーヒーハウスに無事到着しました。馬車の扉が開くや、すっかり面目を失った我が決闘相手は（まるで惨めな牢獄から自由になった小鳥のように）馬車から一目散。それ以後、彼の姿はまったく見ておりません。老紳士からは心のこもった別れの言葉を頂戴しました。彼は握手を交わしながら陽気にこう語ります。「私は七十三歳、戦争も二つ三つ経験し、激しい闘いもずいぶん目にした。多くの血が流れ何トンもの弾薬が費やされ、やっと手にした勝利もあったが、君が見せてくれた勝利ほど痛快なものはなかったよ。しかも使ったのは空のピストルたったの二丁とは！」若き乙女も別れ際、私の庇護に対してとても丁寧に礼を述べ、町にしばらくとどまるのなら彼女がこれから訪ねる叔父の家へ、ぜひとも遊びに来るよう、招待してくれました。

その晩私はコーヒーハウスに宿泊し、翌朝十時にはニューヨークへ向けてスループ帆船ハントレス号に乗り込みました。ニューポートから出港するたくさんの船の利便性と美しさは、全米で一、二を争うでしょう。私はやはり男装していましたが、女性であることを見抜く者は誰もいません。ただし男性の恰好をしていて一つだけ不便なことがありました。男女を問わずその日のハントレス号はかなりの数の乗客で混雑していました。キャビンの前方は男性に割り当てられたのですがベッドが足りず、男性客の半分はあぶれてしまいます。そこで二人で一つのベッドを共有するかトランクまたは床の上に寝るしかありませんでした。一方女性用のベッドはまだ少し余裕があるようでした。女性であることが分かるような危険は犯したくなかったので、私は大きめのコートにすっぽりくるまり、収納箱の上で快適な就寝を楽しみました。風向き良好、二十四時間の船旅もいたって快適でした。こうして私は無事にニューヨークへ着きました。うわさには何度も聞き、商業的な意味ではアメリカの首都と呼ぶにふさわしいニューヨークへ。

軍からの賞与や給与の大半は残っていましたし、私の冒険をめぐる小冊子第一版の売り上げもありましたので、資金にはそれほど不自由しません。このような旅はこれが最後かもしれないので、身の丈に合った娯楽ならあきらめることなく追求しようと決めていました。自分の性別が発覚する可能性を極力抑え、ひいては自分の正体を誰にも知られないために、私は士官の制服を肩章から幅広の軍帽も含め、上から下までひと揃い購入しました。その恰好で街のあらゆる場所へ出かけ、我が身の正体など微塵も悟られずに他愛のない娯楽を楽しみました。夜はパール・ストリートにあるとても立派な宿に泊まりました。ヴァンネス夫人が宿主です。ほかにもとても高名な紳士たちが数名宿泊しており、夫人をはじめ誰もが私をたいへん丁重にもてなしてくれ、立派な士官として尊敬してくれました。

ニューヨークに着いてほぼ三週間が過ぎた頃、いつものように午後の散歩で木陰をそぞろ歩いていると、私はこれまでのページで何度も言及した例の若い女性にばったりと出くわしました。そう、まさに私が庇護のために立ち上がったあの女性、旅の供であったかの有名な短剣の騎士と弾丸を交わそうとまでしたあの彼女です。新しい制服を着ていたのではじめは私であることが分からなかったようですが、今では笑い話とも言えるあの事件の細かいヒントをいくつか差し挟みながら自己紹介をすると、彼女も思いがけない再会をことのほか喜んでいるようでした。いっしょにいるのは彼女の兄上でした。「臆病な子犬」から受けた不当な扱いに対して高貴な憤りをもって対処した真の紳士、という表現で彼女は私を兄上に紹介してくれました。どうやら彼女は親しい者たちに事の仔細をすっかり話していたようです。

続いて私は若き紳士とその妹から、パイン・ストリートにある父君の家へいっしょに来てほしいと、礼儀にかなった招待を受けました。思いがけないことだったのでその場は辞退し、翌日の午後に改めてお邪魔する栄誉をいただきたい旨を伝えました。が、それではおさまらず、ならば今晩ぜひともつき合ってもらえないか、と頼まれました。その晩は若い淑女たちの盛大な集まりがあり、臆病な見習い将校との決闘騒ぎの話はすっかり彼女たちのあいだでも広まっており、したがって無防備な乙女を高潔にして見事に守ってみせた紳士を伴ったとあらば、彼女たちの喜びもいかばかりか、ということのようでした。

どんなに言い訳をしても通用せず、とうとう私は押し切られてしまいました。まずはパイン・ストリートの大きなお屋敷へ連れていかれ、そこで二人の父君、母君などに紹介されました。老紳士はたいそう歓迎してくださり、知り合いのお供もなしに一人で旅行していた娘の庇護に対して何度となく礼を重ねます。一家は裕福で趣味の良い暮らしぶりです。夕方にはお茶が供され、十一時にはすばらしい夜食を楽しみました。着飾った若い女性たちが大勢やってきたのは七時頃だったでしょうか。戦争が終わったのだから次は良き結婚相手を探す旅に出る番だ、とほのめかされたのは一度や二度ではありません。きっとすばらしい家庭を築くことでしょう、とまで言う者もおりました。その晩はこの立派な家族の家に泊めてもらうことになり、非の打ちどころのない朝食の後、私は老紳士の息子（とても礼儀正しい若者です）に、街の中心部から三マイルほど離れたグリニッジへ誘われました。帰りがけ、構わなければ、と私の了解を得た上で若者はニューヨークの州刑務所のわきを通り抜けました。煉瓦造りの建物群はどれも巨大で、不幸せな囚人たちのための広々とした中庭を囲むように建っています。それにしても老若男女五百人ものもっとも哀れな我が同胞たちが、このように世間から隔絶され、その悪しき行ないの結果として惨めな存在となり果ててここでの暮らしを続けていかなければならないとは、なんとも陰鬱きわまりない光景でした。

私のニューヨーク来訪が見聞を広め、もっぱら害のない娯楽を楽しむためだと知った友人は、私の好奇心を刺激するものなら何であれ次から次へと私に示してくれます。他の公共の建物に加え、その日は私設救貧院へも寄ってみました。公のお金に支えられ、それに依存する他ない、気の毒な暮らしぶりの人々。避けようのない不運からここに入った者もいるでしょう。一方、贅沢と不摂生から赤貧生活に転落した人々も大勢いるに違いありません。驚いたことに、ウェスト・ボストン・ヒルで過ごした最初の一年で知り合った同業の女性の姿も見かけました。彼女もボストン・ヒルの住人だったのです。マリア・マーレイという名で知られていましたが、水夫たちは「スコッチ・マリア」と呼ぶことが多かったようです。彼女はすっかりやせ衰えてまるで歩く骸骨のよう。見るも哀れな姿です。これまでに何千もの女性たちが同じ運命をたどってきており、今現在、悪しき堕落の商売で日々の糧を得ている者たちも同じ道を進むのでしょう。そう、よほどしっかりした改心によって救われない限りは。

ニューヨークには八月二十八日まで滞在しました。丁重にもてなしてくれた新しい友人とその知り合いたちにおいとまを告げると、私はプロヴィデンス行きの定期船に乗り、そのまま両親の待つ家へ帰るつもりでした。制服をドレスにこっそり着替えたのもそのためです。その方が収納箱の上に寝なくても済みますし、女性客専用のいろいろなサービスも受けられます。ニューヨークからの航海は快適で三十日の朝にはつつがなくプロヴィデンスに入港できました。ここから我が家まで直行の交通手段はありませんので、とりあえずボストンへの馬車を予約し、ボストンでも正体を隠して何日か過ごしてみることにしました。

私のことを知っている者が大勢いる場所で、誰にも悟られないようにするため、私はあらゆる手段を講じ、いつもよりいっそう念入りに身支度をしました。新しい軍服とスリムなズボン、帽子はちょっと斜めにかぶり、右肩には肩章をつけて、私は床屋へと出向きました。最新流行の髪型にしてもらい、頭と肩にはたっぷりとパウダーをふりかけ、これで準備は万端です。籐のステッキを持ってチェンジ通りを歩いていると、頭からつま先まで見る者はいても、誰も私が女性であることは見抜けません。コーンヒルを何度か通り抜け、人通りの多い道を歩いていると、よく知った顔を見かけましたが、私だと気づいた者は誰もいないようでした。

夕方になり、私は、混乱と放蕩の地、悪名高いヒルへ行ってみることにしました。今後どんな姿に変装しようともこれを最後に二度と訪れることはないでしょう。大声をあげる黒人たち、水兵の下品な罵り、彼らといっしょにいる酩酊した娼婦、そして怯えたような犬たちの絶え間ない遠吠え。悪臭を放つ「ダンシングホール」からはバイオリン、クラリネット、タンバリンの不調和で耳障りな音が聞こえてきます。ガーデンをのぼり、ブトルフ通りを抜けると、宵闇の浮かれ騒ぎに積極的に荷担していた頃のことを思い出さずにはいられませんでした。

そこで私は変装の腕を試してみたい衝動に駆られました。悪徳の最初のレッスンを受けた、まさにあの家へ行く、そんな危険を冒したくなったのです。かの老婆の魔の手から幸運にも逃れることができたときと、住人の顔ぶれはほとんど変わっていない、そのことは聞いていました。絶対にうまくいくと確信して私は無謀にも家に近づき、ドアをノックすると、ドアを開けたのは「マダム」です。彼女は膝を曲げて軽くお辞儀をし、私を中へ招き入れました。パーラーへ通されると、幸運にもそこにいたのは十歳から十二歳くらいの少女だけでした。彼女もこの破廉恥な老婆に家や家族から引き離され、将来は商品とされるのでしょう！

私は窓のそばの席に座ってワインを少しだけ注文し、なるべく尊大な態度を取りました。「マダム」はそれを高い地位と高貴な血筋のあらわれと考えるに違いありません。はじめは政治についての話題が多かったのですが、それも老婆が肩章を見て私を「戦場から帰ってきたばかりの」士官と思ったからでしょう。もちろんアメリカ軍の士官たちの勇気に関して、熱烈な絶賛の言葉を繰り返すことを彼女は忘れません。私としてはかつて私を致命的に騙したこの因業な悪徳老婆を、ここまで完璧に騙し通すことができてたいへん満足でした。私の本当の目的も知らず、「女の子たち」は夕べの散歩に出かけているけれど、十時前には戻ってくると老婆はさりげなく私に伝えます。老いた魔女は私が誰なのか、まったく気づいていません。そこでこの好機をとらえ、私はミス・ベイカーの話題を出してみることにしました。「マダム」に彼女の消息について訪ねてみたのです。三年間もヒルの住人だったそうだけど、やはり完全な作り話だったのでしょうか、と。「違いますよ！」とやや当惑気味の老婆が叫びます。「作り話なんかじゃありませんとも。というのも彼女はまさにこの家にいたんですから。あの尻軽女はことあるごとに私を口汚く罵っていました。不届きな行為に及んで両親や友人たちを捨てるしかなく、それで彼女はこの街へやってきたのですが、無一文で着替えもほとんど持たず、しかも季節はいちばん厳しい真冬です。一段と冷え込んだある日の午後、彼女は台所の下働きかメイドとして雇ってほしいと言って、この家の玄関にやってきました。その姿を見て、苦労や辛さに耐えられるとは思えず、私は純粋に人助けしようと彼女を招き入れたのです。予想される体の不調が完全におさまってお友達のもとへ帰れるまでこの家に泊めてあげましょう、と。ところがそんな親切をアダで返す、彼女はとんでもない恩知らずで、歪んだ心の持ち主でした。五ヶ月のあいだ、一銭たりとも払わずに居候をきめこんだ挙げ句、彼女はとつぜん帰ると言い出しました。こちらが黙っていれば彼女はそのまま逐電したでしょう。私はご婦人用の上衣を仕立てる仕事をしていて、若い女の子も何人かお針子の見習いとして雇っています。そこで恩知らずの彼女にほのめかしてあげたんです。もう少しここにいて、お針子仕事の女の子たちの手伝いくらいしてもいいんじゃないの、と。彼女も渋々承知して、新しい仕事を続けるうちにすっかりその状況が気に入ったんでしょう。先輩の女の子たちとも気が合うらしく、互いに強い友愛をはぐくみ、それから三年間、彼女はすこぶる満足しながらここで暮らしていました。彼女がやめたいと思っているなんて、私は微塵も考えませんでした。そう、彼女は突然姿を消したんです。近所の評判の悪い家に招き入れられたのではないかと心配で、私もずいぶん探しまわりました。ですがまったく消息不明、なんの情報も入ってきません。そんなときに彼女の本が私の手元にまわってきたわけです。これがことの真相ですよ、少佐さま。あの卑しい女性の私に対する非難が不当でないかどうか、あとは少佐さま、あなたのご判断にお任せしましょう」

年老いたマダムは、いかにももっともらしい話をでっち上げました。彼女は痛烈にして無慈悲、そして一方的に私を悪者に仕立てたのです。もちろん私は、世間に向けて出版した私の本の内容を引用したり、自己弁護することはいっさい控えました。私の正体に彼女がまったく気づいていない、そのことがむしろ快く、「恩知らずで歪んだ心の持ち主」本人に対して、老婆が無邪気に「少佐さま」などと敬称を使うのが痛快でした。そうこうするうちに時間も過ぎ、一点の非もない「マダム」によれば、美しい見習いの女性たちの帰宅もそろそろです。「少佐さま」もこのへんで引き上げた方が利口というもの。偽りの美人たちはマダムよりも人相学に優れているので、私の身元が知れてしまってはいけません。

私は即座にヒルをあとにして、マルボロ通りにある宿に入り、一晩そこで過ごしました。翌朝見るとブーツにはヒル特有の粘土質の白土がついています。磨いてもらおうと、私は近所にある専門の店に行きました。磨き人のポンペイは長年の仕事柄、ブーツの状態でその持ち主がどこへ行ったか手に取るように分かるのでしょう。彼はさっそく冗談まじりにこう言いました。「だんなさんはとても上品な紳士でいらっしゃるから、まず違うとは思いますが、ブーツだけ見ると、あまり上品とは言えない地区に最近足を踏み入れなさったようですな」。あの堕落した場所について黒人である彼はすこぶる厭わしげに言及します。私は、「若い紳士」と呼ばれる多くの若者のあいだではあの地区はもっとも人気のある盛り場ですよ、とだけ言ってやり過ごしました。

次に私は荷物を預けてあるミドル・ストリートの秘密の友人宅へ行きました。ここで私はかつての制服に着替え、そのまま昔の乗組員仲間に最後の別れを告げようと、彼らを捜し始めました。フィッシュ・ストリートの寄宿舎には二人泊まっていました。彼らはもうすぐ出航するヨーロッパ行きの船に水兵として登録したらしく、私にもぜひ、と誘ってくれました。なるべく楽な任務につけるよう手配してやるから、と言われましたが、私は断りました。彼らの話によると、コンスティトゥーション号の乗組員はボストンにはほとんどおらず、大半は地中海への遠征に出てしまい、あとは商船に乗り込んだり、仕事を探しに南へ向かったりしたそうです。仲間たちと一、二杯飲んだ後、互いに豊かな人生を祈り合って私たちは別れました。彼らとはもう二度と会うこともないでしょう。

こうして私はボストンを後にして、優しい両親のもとへ帰ることにしました。老婆相手に私が演じた滑稽な役どころに私は大いに満足しましたし、いろいろなことを新たに見聞きすることもできました。両親は私の帰りを待ちわびていました。以来、私は年老いた母を手伝いながら家事に精を出し、父の書庫にある貴重かつ興味深い本を読み、新聞の求めに応じ今回の冒険について完璧とは言い難い文章を書きつづったりして過ごしました。最初に述べたようにそろそろここで、ボストンなどに住む若者たちに忠告を披露してもいいかもしれません。それによって願ったとおりの効果が得られれば、過去六年間の私の悲惨な体験もあながち無駄ではなかったことになりましょう。

不道徳な生活の致命的な影響について若者に警告しようとすれば、私の誠実な改心を疑う人々が私を嘲り、あれこれ詮索を始めるでしょう。それは分かっています。私自身が六年間も悪徳に耽ったのです。そんな私に若者を教え諭す資格があるのか、そんなふうにいぶかしむ人がいても不思議ではありません。ですがそうした人々も満足するよう、私はここで厳かに宣言します。ヒルに住んでいるうちに、私は自分の仕事が恥ずべきものであることを強く自覚しました。そして自分の生き方が誤っていたことを心の底から後悔し、悔悛したのです。その結果、放蕩者は友人や嘆き悲しむ両親のもとへ戻ったのです。ですから疑念はどうか振り払ってください。どんなにすばらしい治療法も予防に勝るものはありません。まだ名誉を手放していない者がそれを台無しにしてしまわないため、称賛に値する名声やせっかくの評判に傷がつかないよう、そして悪意に満ちた攻撃を知らぬすべての人々の心の平安を保つための、これは友愛をこめた忠告だとお考えください。そんな人々にとって早期の警告ほど貴重なものはありません。時宜を得た助言は彼らを破滅から救えるかもしれないのです。無垢な者たちを罪から守ることができれば、助言者もまた世間に認められるべきではないでしょうか。その功績がある者なら、天界の恩顧を得る機会も自ずと高まるでしょう。

不注意な若者たちよ、安寧のあずまやに入るなかれ、油断の日影で休むことなかれ。そうした場所でこそ心は無防備となり、警戒がゆるみます。もう一歩進んでもよいのではないか、少なくとも悦楽の園に目を向けるくらいは許されるのではないか、とあなた方は問い始めるでしょう。おどおどと震えながら進み、しりごみし、ためらいつつ近づき、徳の道を見失うまいと思い、必ず戻ることを念頭に置きながら、そこを通り抜けようとします。でも誘惑は誘惑を呼び、背徳の放縦は一度では済みません。やがて私たちは無垢であることの幸福を忘れ、感覚的な満足によって不安をなだめるようになります。朝には徳の道をたどろうとするもっとも高位の英知でさえ、静かに微笑む夜のとばりとともに亡きものとされてしまうのです。

ヒルの悪しき娼婦たちとの背徳の情交は、多くの致命的な影響をもたらします。それは私自身そこに住むことにより、身をもって知り得た知識です。蔑むべき人間のくずが偽りの心で誘惑し、若者がそれに屈服してしまうこともあります。ですが次にあげる例はそれを妨げるのに十分な性質を持ったものです。

まずは田舎に育ち、街の尊敬すべき商人宅へ十六歳で見習いとして雇われた若者の憂鬱な例を紹介しましょう。両親は立派な地位にあり、本人も性格が良く、いたって健康で無邪気。両親の注意深い庇護のもとに育ったためか、彼は人生におけるその不幸な期間に至るまで悪徳というものを知らず、すべては彼自身と同じように無垢であると思っていたに違いありません。しかし街で二ヶ月も暮らした頃、運命の一夜が訪れました。絶え間ない混乱と放蕩の場所へ行ってみようと思うのは、彼のような若者にはありがちなこと。穢れた丘をのぼってゆくと楽器の不調和な音色が聞こえ、やがて彼は無意識のうちにダンスホールへ誘い込まれました。そしてすさんだ人々の中に入っていったのです。もちろん疑いを知らない若者がいつまでも傍観者のまま放っておかれるはずはありません。すぐに「マダム」の積極的な弟子たちが（次の犠牲者として早々と彼に目をつけていたのでしょう）、いっしょに踊ろうと強引に彼を誘いました。若い女性からの丁寧な招待を辞退することに、彼は慣れていなかったはず。すぐにダンスの輪に加わりました。そして抜け目のない別な女性が彼を「ホール」から自分の住まいへ連れ出すのです。初めての客人はその家の「良きレディ」に一パイントのワイン、つまり一ドル分ご馳走するならわしであることを、騙されやすい彼は教え込まれます。そして夜中の十二時。好色に溺れた若者は穢れた娼婦の部屋から無一文で叩き出されるのです。翌朝、娼婦は自分の幸運をうれしそうに仲間に自慢するでしょう。常連を一人つかまえたこと、かなり見込みのありそうな客であることをみなに吹聴するわけです。思慮の浅い若者はその晩の約束をあまりにも忠実に守ります。未熟で経験もなく、娼婦たちのだましの技にもまったく不慣れなものですから、抜け目のない一人の魔女の偽りの色香にまんまと魅了されてしまったのです。イザビラ（それがこの性悪娘が使った名前でした）は確かに十七歳で通ったかもしれませんが、表面の虚飾をはぎ取れば本来の姿が現れます。それはやせ衰えた骸骨さながら、しかも病気で皮膚にはデキモノだらけ。実年齢は三十四歳で二回の結婚を経、子供が五人おり、妾歴二年、その後ヒルで娼婦として働くこと四年！　十七歳の若者を魅了した、これが「うるわしのドルシネア」の正体だったのです！

　軽率な若者は彼女のもとへ定期的に通うようになり、しかも恋人の部屋へ行くときは（不幸なバーンウェルのように「十八世紀に上演されたジョージ・リロー作の悲劇の主人公ジョージ・バーンウェルのこと。バーンウェルは娼婦に誘惑され、おじを殺し、縛り首になった。」）決まって現金をたんまり持ち、高価な贈り物も忘れません。それらは微塵も疑いを抱いていない店の主人から盗んだものに違いないのです。しかし恐ろしい復讐の日がやがて訪れます。愚かな放縦に対して、彼は死をもって償わなければならなくなるのです。背徳の情交の結果、彼は病に冒されてしまい、隠しておくにはあまりに重く、こうして不幸な若者は死の影におびえる身となりました。治療が施されましたが効果はありません。人生がようやく開き始めたばかりの若者でしたが、冷酷な死の暴君はすでに彼を自分のものとして印づけてしまったのです。体も心も激しい責め苦に苛まれた後、若者は瞳を閉じて世界を遮断し、移ろいやすい光景から永遠に身を引きました。不幸な若者がこの世に残した亡骸を、母なる大地に埋めようとしていたまさにその頃、憎むべきイザビラ（彼女こそは彼の早すぎる退出をもたらした卑劣な張本人）は私をはじめとする四人の女性たちと（馬車に乗り）、彼の家の前を通りかかりました。これから墓地でのお葬式に向かおうと、近所の人たちもすでに集まり、ビロードのかかった棺はまさに葬儀馬車に載せられるところ！　その瞬間、馬車に乗った全員の視線が無思慮なイザビラに向けられました。彼女はと言えばその陰鬱な光景に心動かされる様子もなく、笑いながら頭を振ってこう言ったのです。

「かわいそうなウィリアムはついに天高く飛んじゃったのね！」

若き読者の方々！　人生の早い時点で自らの無分別な放蕩の犠牲となったこの哀れな若者の運命が、病と盗みと殺人の館、悪徳の根城へ通うことの危険を警告するノロシとなりますように。外見の飾りに誘惑されてはいけません。私自身がその生き証人です。彼女たちの人工的な装飾がおおい隠しているものを、自然の状態であなた方が見ればきっと激しい嫌悪にかられるでしょう。考えてもみてください。ほんの一瞬の背徳的な放縦がその先何年もの苦痛の原因になるかもしれないのです。私設救貧院や病院にいる多くの惨めな者たちの不幸な運命がなによりの証拠。浮かれ騒ぎの放蕩の末の致命的な末路、彼らとてそれほど年を取っているわけではないはずなのに、今ではすっかり老齢の虚弱さのもとで苦しんでいるようにしか見えません。

田舎から街をしばしば訪れる者たちへの警告となるような、若さゆえの軽率さの例をもう一つだけ書きとどめておきましょう。州の内陸からボストンまでかなり大量の豚肉を運び、相応の賃金をもらっていた若者が、窃盗の被害にあったお話です。先ほどご紹介した不幸な若者と同じように、彼もまた「マダムの美しい見習いさん」のカモとなってしまいました（それぞれの娼婦には最低一人はカモがいます)。仕事でボストンへやってくるたびに彼は必ず「かわいいシャルロット」と一夜を明かしました。いけないことと知りながら彼のポケットを漁ったシャルロットは、彼が現金をたっぷり持っていると知って密かにほくそ笑んだことでしょう。気づかれないよう注意しながらそれをどうにか手に入れようとしましたが、何をやってもうまくいきません。真夜中になって彼女はもう一度ポケットに手を入れてみましたが、いつのまにかポケットは空《から》になっています。彼はベッドに入る前にポケットの大事な中味をどこかへ隠す習慣があったのでしょう。それを確かめようと隣の部屋に女の子が二人入り、壁の隙間から隣室をのぞいて若者の動きを監視することになりました。そして彼女たちは望んでいたとおりの発見をしました。若者は時計とサイフを片方のブーツに滑り込ませました! すぐに老マダムに報告がいき、マダムは自分たちに疑いがかかることなく一財産を手に入れる、周到な計画をあっという間に立てました。それはこういう内容でした。深夜、部屋に誰かがこっそり侵入し、すべてのものを盗み出します。もちろん懐の暖かい若者の服やブーツ、すべてです。通りに面したドアのカギはあらかじめレンチでこじ開けておきます。そして部屋のドアを開け放したまま、老マダムが大きな声で「泥棒!」と叫ぶのです。この計画は細かいところまで忠実に実行されました。愚かな若者の服はブーツに入った貴重品ともども地下室に埋められました。夜明けとともに「マダム」は狡猾なシャルロットと何も知らない彼女のカモが眠る部屋に勢い良く飛び込んで泣き叫び、二人を起こします。「もう身の破滅だよ! 家に強盗が入って貴重品をいっさいがっさい持って行かれちまった!」若者は一挙に目をさまし、自分の服まで盗まれたことに気づいてマダムといっしょに嘆きます。「悪漢の奴、僕の服までぜんぶ持っていきやがって！」その瞬間シャルロットも（計画どおりに）言い放ちます。「長年働いてやっと貯めた、私のわずかばかりの蓄えもよ！」不運な若者には古着が何着かあてがわれました。押し入り強盗の話を真に受けるほどのうつけ者なのか、それとも自分の損害を公に主張しても、返ってくるのは人々のしかめっ面と、賢明な人々の「ヒルなんかに行くからさ」という言葉であることを知っていたのでしょうか。それ以上騒ぐこともせず、彼はすごすご帰っていきました。その後一味は埋めてあった彼の服や靴を掘り出し、サイフの中を確認するや、そこには小切手でなんと一一二ドルも！　その半分と時計は「マダム」のものとなり、残りは「見習い」たちで山分けとあいなりました。

お若い友人のみなさん、悪質で不道徳な娼婦たちと軽い気持ちで関わるとこういうことになるのです。財産と名声と健康を重んじるのであれば、彼女たちに近づいてはいけません。背徳的なつながりを持てば最終的にはそれらのどれかを失うことになるのですから。

愛すべき若者のみなさん、まわりを見てみるといいでしょう。前途有望な人物が、悲惨な状態へ飛び込んでいった例はいくらでもあるはず。彼らの破滅の原因は快楽への強い執着です。その執着に負けて彼らは放蕩の習慣に転落し、ためになるアドバイスはもはや聞こえず、忠告、嘆願、説得、どれもその耳には届きません。そして今では人間の残骸に成り果ててしまったのです。これらの例が危険への警告となりますように！　そして不法な快楽を追求する暇があるなら、その時間を内省や熟考に費やすよう、私の話でみなさんが説得されれば幸いです。

私は真剣に考えていただきたいのです。誰もが死ぬために生まれるのだということ、死にはするけれど、それもまた再び生きるためであることを。まだ見ぬ国、天国で私たちは永遠の生を生きることになります。永遠にです！　もちろん現在の行ないは、すべて結果としてそこに受け継がれるでしょう。そう、創造主の前ではすべての行動に対してあなたは責任を持たなければなりません。放蕩と快楽の目もくらむ渦に身を任せ、助言や忠告を聞き入れず、それに反して理性と信仰の絆を気まぐれに断ち切り、「汝の心のままに進み、汝の目の向くままに見た」となれば、「そのすべてに対して神は汝に裁きを与えるでしょう」

FRONTISPIECE
MR. and Mrs. WEST, Viewing the Rock on which our Fore-Father's Landed at Plymouth.

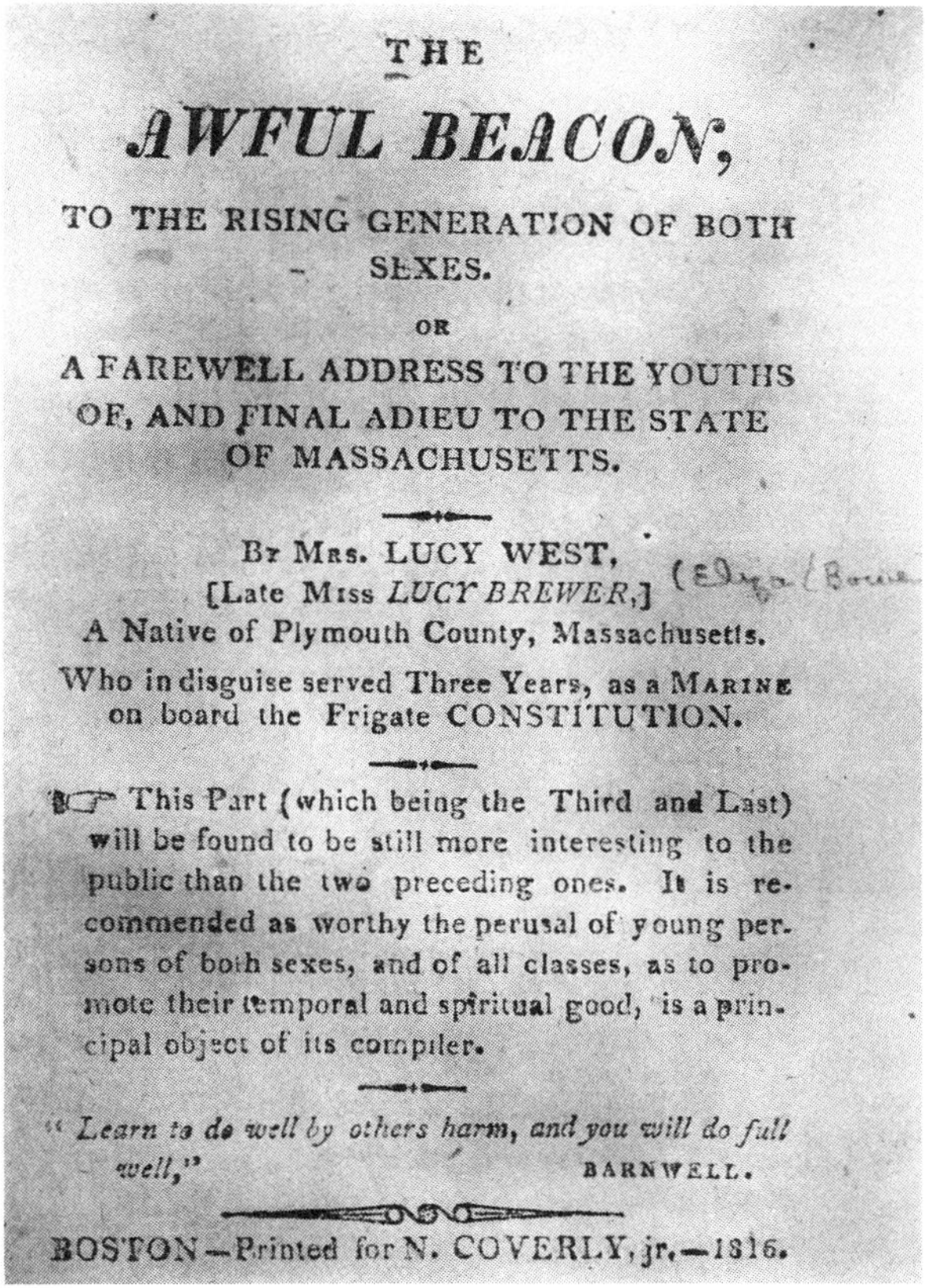

THE

AWFUL BEACON,

TO THE RISING GENERATION OF BOTH SEXES.

OR

A FAREWELL ADDRESS TO THE YOUTHS OF, AND FINAL ADIEU TO THE STATE OF MASSACHUSETTS.

BY MRS. LUCY WEST,

[Late MISS *LUCY BREWER*,]

A Native of Plymouth County, Massachusetts.

Who in disguise served Three Years, as a MARINE on board the Frigate CONSTITUTION.

☞ This Part (which being the Third and Last) will be found to be still more interesting to the public than the two preceding ones. It is recommended as worthy the perusal of young persons of both sexes, and of all classes, as to promote their temporal and spiritual good, is a principal object of its compiler.

"*Learn to do well by others harm, and you will do full well,*" BARNWELL.

BOSTON—Printed for N. COVERLY, jr.—1816.

▲女水兵三部作の第三部『新しい世代の男女のための恐ろしいノロシ』（1816年）の口絵【114頁】とタイトルページ【上】。アメリカ稀覯本協会所蔵。

広告

シリーズ最後となるこの第三部は、第一部、第二部よりさらに興味深いこと請け合いです。男女、階級を問わず若者が熟読するに値します。というのも編纂者の大きな目的が、その若者たちの世俗的・精神的善良さを高めることにあるからです。

第三部　恐ろしいノロシ

前作で私は自分の人生の自伝的なスケッチを試みましたが、実はその後、思いもかけないことが私の身に起きました。みなさんの将来にも影響するかもしれないと思ったので、こうして私は再びペンをとることにしました。それはとても重要なことです。世界の最新情勢を見てもお分かりのとおり、罪を知らない浅はかな若者たちを取り巻く誘惑は多種多様です。そんな彼らを守るため、これまで以上の用心が必要であることは、多くの道徳家が同意するところでしょう。放蕩と官能に耽る者たちはかつてないほど危険な状況にあり、正直な行ないから不幸にも逸脱し始めた者は、破滅への道を突き進みます。そんな彼らも早い時期に警告を受けていれば事態は多少変わったはず、それらの警告は彼らにとって貴重であったに違いありません。時宜を得た忠告は破滅からの救済となり得たでしょう。美こそ宿命と信じる者はいつの時代にもいます。美の価値が高いのは確かですが、同時にそれは破滅的な誘惑の原因にもなります。そしてその誘惑は弱い個人を辱め、破滅させるあらゆる犯罪にも通じているのです。幸運にも今はまだ高い評判を保っている者たちへ向けて警告を発し、罪へのつまずきを意識していない者たちの心の平安のため、私は最後のお話をこうして披露することにいたしました。

故郷の大切な若者たちへの最後のお別れとなる訓戒に入る前に、みなさんの好奇心にお応えするのが妥当かもしれません。そう、(第二部の冒険に続いて)私が人生と名前を変えるに至った思いがけない出来事――それは本当に予想もしない出来事でしたが――の詳細を、まずはお話しいたしましょう。この小冊子は間違いなく私と同性の女性たちにも読まれるに違いありません。となれば私の夫となった男性をまずは紹介し、求婚期間、結婚などのいきさつをいくらか書き記すことは、あながちつまらないことではないと思うのです。

平和な両親の家に戻った私は、人生の残りの日々をそこで過ごすつもりでした。年老いた母を助けながら家事をこなし、私はかつてないほど田舎の暮らしになじんでいきました。娯楽を求めて時間が重くのしかかることもいっさいありません。帰郷からほどなくして、立派な家柄の若い女性たちとも知り合う機会を得ました。彼女たちが訪ねてくれるので毎日がとても楽しく過ぎていきます。実際、両親との平和な暮らしを一度は捨てなければならなかったことを、私はこの穏やかな生活ゆえにいっそう後悔しました。人の心の不誠実さ、富の移ろいやすさ、陽気な世界と表裏一体の苦悶。これらの事柄を痛感しながら過去六年間に私はさまざまな経験をし、その結果私は悲しみとともに後悔しました。若い頃にはにぎやかな場所や背徳の道楽にあまりにも気を取られ、今、両親の家で見いだした特別な静穏を、私は選ぶことができなかったのです。

こうして帰還して数ヶ月、私は両親の田舎の家で快適に暮らしました。そのあいだは書き留めるほど大きな出来事は起こりませんでしたが、一つだけ言及に値するとすれば、それは美しい女性たちと過ごす夕暮れには、とある若い紳士がしばしば私のお供をしてくださったことでしょう。年の頃は私と同じ。彼は私たちの村に住む立派な商人の一人息子でした。礼儀正しく私によく気を配ってくださり、どうやらその心遣いは私に特別に向けられたもののようでした。はじめは友情の証と思っていましたが、彼の来訪が頻繁になったある晩、二人きりになったところで彼は次のように言いました。「もっとも愛情のこもったつながりによってあなたを私のものとしたい、そんな思いを抱いていることはいまだあなたには伝えていませんでしたね。知り合ってまもないのですから今も黙っているべきかもしれません。にもかかわらずこうして気持ちを告げるのは、不本意ながら二、三週間あなたのもとを離れなければならないからです。もちろんあなたは自由でいてください。私に対してはいささかの義務感も負わずにいてほしいのです。あなたの幸せが私の幸せであり、私がそうであるように別の男性があなたに心をとめたのなら、そしてあなたがその男性となら私以上に幸せになれるとお考えならば、あなたの選択について私は異を唱えません。ですが、はじめてあなたと知り合って以来、私のもっとも強い望みはあなたを我がものと明言すること。それだけは確かです。あなたへの愛情がいかに深いか、あなたにはお分かりにならないとしても、私の気持ちが決して変わらないこと、これも断言いたしましょう」

私はじっと聞き入り、そして応えました。「あなたの雅量はとてもありがたく思います。あなたはこれまでに何度もご自身の愛情を示してくださいました。それらを思い返せば、たった今の告白にも私は微塵の疑いを持っていません」。それ以上言葉を継げず、私は床を見つめたまま沈黙しました。口が過ぎたかとも思いましたが、言ってしまったことを今さら取り返すわけにもいきません。ウィリアム（という名で彼をこの場で呼ぶことにいたしましょう）は私が黙っているのを見て、さらに続けます。「ルーシー、あなたは善意に満ちています。そこでお願いです。どうかお断りにならないでください。私は手紙を書きます。あなたもときには返事を書いてくださいませんか？　あなたがそばにいない単調な時間を少しでも和らげ、張り合いのあるものとするために」。私は躊躇し返答を避けようとしましたが、彼は畳みかけます。「どうかお断りにならないでください。私にとって、それはあなたから離れているあいだの唯一の慰めになるのですから」。これではとても断れせん。ためらいはありましたが私は返事を書く約束をしました。その晩の残りの時間は海上での私の冒険について、二人で興味深い会話を交わしながら過ぎていきました。珍しい話に彼もすっかり興が乗ったようです。そして仕事の都合で数週間留守にしなければならないことを大いに悔やみつつ、彼は愛情のこもった別れを告げて帰って行ったのです。

そのときから私がこの寛大な心を持つ若者に対して特別な気持ちを抱くようになったことを、私は堂々と認めましょう。彼の愛すべき立ち居振る舞いと高貴な分別は、私の感情を確実なものに変えました。二週間が過ぎた頃、新聞に印刷された手紙のリストに私宛てのものがあり、近くの郵便局に届いている、と父が知らせてくれました。手紙を送ってもいいか、とあれほど熱心に懇願した彼からのものに違いないと思い、私は心地良い期待を胸に一分も無駄にすることなく、手紙を受け取りに行きました。そして封を切って次の文面を読んだときの驚きは、描写するよりも想像していただくのが適当でしょう。

ニューヨークにて、一八一五年十二月二日

ミス・ブルーア、

私がとある小冊子を妹に手渡されてから数日が過ぎようとしています。その小冊子は「続・ルーシー・ブルーアの物語」と題され、マサチューセッツ州プリマス郡に住む若き女性のめざましい活躍を描いたものでした。彼女は女性であることを隠して海兵隊員として米国フリゲート艦コンスティトゥーション号に乗船し、三年間の務めを果たしました。その後、男装のままここニューヨークへやってくるのですが、道中の詳細についても書かれています。（その内容が本当ならば）それは去年の夏、妹がマサチューセッツの友人を訪ねた際に遭遇した事件とあまりにもよく似ています。家族の一員を親切に助けてもらい、一家が主人公に何度も礼を言うくだりがあるのですが、私どもで考えた結果、この小冊子の筆者が描くぼんやり者の家族こそは私たちではないか、という結論に至りました。そうです、ミス・ブルーア。軍服を着たある人物が去年の夏においでくださり、私たちはその方とごいっしょできたことを名誉と思っているのですが、そのときのあらゆる事柄について、あなたは何らかの手段を講じて知ることができたのでしょうか。そうでなければ、以前にもおっしゃっていたようにあなたこそはあの来訪者本人に違いありません。あなたは男装して私たちを完璧に騙したのであり、そうだとすればあなたが人を騙す術は男女を問わずこの国でもっとも熟練したものと言っていいでしょう。あの「軍服を着たばか者」から妹が受けた仕打ち――それが正当にもあなたの義憤をかき立てたわけですが――の描写は決して誇張されたものではない、と妹は断言します。また決闘のいきさつ、空《から》のピストル、それから度胸のない決闘相手からあなたがきわめて堂々と引き出した控えめな謝罪、それらはすべて妹の体験と一致します。ただ一つ、あなたの正体についてのみ、妹は完璧に騙されたことを信じようとはしません。もしあなたが、想定した人物に巧みに偽装し、父の家でも疑いを抱かれることなく夕べの時間を過ごしたのであれば、どうかこれを機にそのことをお認めください。そして現在住んでいる街を教えていただきたいのです。というのも今から数週間、私は東部の州をまわる予定ですが、懇願している情報をもしも親切にあなたが与えてくださるならば、そしてあなたの住まいが私の道行きから距離にして四十マイルの圏内ならば、私は必ずやあなたに再会したいと考えています。あなたは(男性だろうと女性だろうと)、知り合いの供もなく一人で旅していた妹を、卑怯な気取り屋の侮辱から守ってくださいました。そのことに私は大いなる恩義を感じているのです。

最上の敬意を払いつつ、

心からあなたの幸福をお祈りしています。

チャールズ・ウェスト

この手紙を受け取ったときの私の驚きを想像してみてください。手厚いもてなしを受けた彼の父上の家を後にして以降、(そのときには友情の証を受け止め、ともに楽しい時間を過ごしたにしても)彼と会うことは二度とないだろうと私は思っていました。丁寧ながら思いがけない再会の提案でした。しかしウェスト氏の希望を受け入れ、これ以上自分の正体を露わにすることを、私は避けるつもりでした。沈黙を守ることにしたのです。ところがそんな決意とは裏腹に、結局私は両親に説得されて次のような短い手紙を彼に書き送ったのです。

○○、プリマス郡、一八一六年一月五日

親愛なるウェスト様、

先月二日のお申し出、確かに読ませていただきました。それにお応えして申し上げます。ご推察のとおり、昨夏、B少佐としてあなたの楽しいご友人たちとお父上の家で同席したのは紛れもなくこの私です。そして去年の春、ボストンからロードアイランドへ旅行中の愛らしい妹君が、礼儀正しくも庇護の恩義を感じてくださっているのも、同じくこの私。現在私が住んでいるのはマサチューセッツ州プリマス郡の〇〇という町にある父の家です。あなたのご家族には最上級の敬意を払っています。ともに過ごした時間ほど私にとって好ましいものはありません。

親愛の情をこめて、

ルーシー・ブルーア

私の街の名前はこの引用では伏せ字になっていますが、手紙の中では特定してあります。あとは一語も変えることなく同じ文言の手紙を、私は郵便局で投函しました。その宛先の人物が名誉なことに私を尋ねてくるとは、そのときには夢にも思っていませんでした。折しもウィリアム自身の見込みによればそろそろ彼が帰還する頃合で、いつしか私はその日を焦がれるようになっていました。彼の慎ましやかな願いどおり、彼の留守のあいだ、私は新しく知った社交グループからほとんど完全に隠遁し、人気《ひとけ》もなく荒れた野原や、父の農場近くにある潮の香り漂う海岸を散歩して過ごしました。天気が良いときには、浜辺の先までしばしば歩いたものです。そこには大きな岩があり、下を見ると波が砕け散っています。私はそこに座って目の前に広がる自然の風景を楽しみました。湾に点在する小さな島々が、波間にぼんやりと浮かんで見えます。色も形もとりどりの小型のボートや帆船が、行きつ戻りつしています。母港に向かう途中の寄港先にもうすぐ入れる、あと数時間で友人たちと再会できる、そんな期待で高揚した、屈強な男たちの明るい声が聞こえることもありました。一方、陸の方に目を移すと、波に打たれた海岸沿いには背の高いオークがまばらに生え、葉の落ちた枝のあいだを微風がささやき、荘厳で華やかな風が遠い森の木々の梢を撫でて通ります。丘また丘と積み重なるように続き、それらが後ずさりながらやがて地平線の縁を舞う青いもやと溶け合い、追いかける視線から消えてゆきます。父の敷地、私の若い日々の住まいから見えるロマンティックな景色はこんな具合でした。

ある日の午後、そんな夢のような光景に見とれていると、馬車の音が聞こえてきました。そしてそれは父の家の玄関先で止まりました。私ははっと我に返り、予期せぬ訪問者を確認しようと家への道を急ぎました。そしてまったく驚いたことにそれが我が友、ミスター・ウェストであることを知ったのです。彼は私が扉を開けて中へ入るや、優雅にお辞儀をしてこう挨拶しました。「B少佐、私はあなたの忠実な僕《しもべ》として参上しました」。本当にこれ以上驚いたことはありません。当惑のあまり、敬意にあふれたこの挨拶に対してしばらく返事もできなかったほどです。もちろんそれから数分ばかり過ぎても勇気をかきたてることは難しく、この若き紳士にふさわしい礼節にかなった振る舞いに及ぶことは結局できませんでした。つまり彼の思いがけない出現に私はすっかり動揺してしまい、それは火を見るより明らかでした。それでも彼は微笑みながら歩み寄り、私の手を取ってこう言ってくださったのです。「ああ、麗しきヒロイン殿！　あなたにすっかり騙されたことを確認するため、おずおずとやってきた者に対して、なぜあなたがそんなにも驚く必要があるのでしょう」。その言葉で私は多少気を取り直し、席をすすめる余裕ができました。そしてもう少し自信を取り戻そうと努めながら、彼の突然の予期せぬ来訪がもたらしたあからさまな戸惑いについて謝罪し、微笑みながらこう言ったのです。「あなた様がわざわざ遠回りをして我が家へ立ち寄ろうとなさるのも無理はありません。そのことを私は静かに受け止めようと思います。というのも私はあなた方を欺く役を演じ、少なからずそれに成功したのですから。それでもウェスト様（と私は続けました）、私を動かしていた動機はまったく害のないものであり、善良なるあなた様はきっと許してくださるに違いない、と言えば自分を甘やかしていることになりましょうか」。ここでウェスト氏は真心のこもった笑いで私の言葉を中断し、このことに関する懸念はまったく不要だと言ってくださいました。彼自身、事の真相に気づいたときにはむしろ愉快に思ったとのこと。ただし彼の妹については、私が彼女を礼節正しく庇護したことで彼女の思い込みは相当強く、したがって今回の発覚を彼女がどう受け止めるかはまた別の話だろう、とも言われました。

続いて私は、ニューヨークにある彼の父君の家を訪れた際、とても丁寧なもてなしをしてくださった若い紳士として、彼を両親に紹介しました。父は握手しながらウェスト氏を歓迎し、楽しげにこう言いました。「天は私に息子を授けてはくださらなかった。その欠落を補おうというおかしな考えでもあるのでしょうか、娘はときとして不在の息子の役を演じてくれるのですよ」。そして老いた父は私が最初に家を出たときからの途方もないような私の冒険について、より詳細な話を披露しました。もちろんそれはすでに世間に向けて出版されたものですから、ウェスト氏の知るところから隠しておくのはまったくの愚行。それに対してウェスト氏は次のように応えました。「すみやかな改心が行なわれ、真実の悔悛と過ちの認識をもって、お嬢さまは悩めるご両親のもとへ帰還なさいました。自ら逸脱したとは到底思えない経歴について、私が悪し様に思うことは決してないでしょう。というのも、お嬢さまは徳と純潔の道を進んでいたところを不実の女性によって誘惑されたのですから」

ウェスト氏は父のたっての希望を聞き入れて我が家にとどまり、翌朝ボストンへ出発なさいました。そして帰り道にも必ずや立ち寄ることを約束してくださいました。その才能と好ましい性格によって、彼との同席はまことに快く、父はことさらに楽しんでいる様子でした。婚約の約束を交わしたも同然のウィリアムを除けば、ウェスト氏は人生をともに歩んでもいいと思える唯一の男性でした。もちろん故郷を離れている我が友ウィリアムに対して私が心に抱く想いは強く、この世の何をもってしても消し去り難くなってはいましたが。彼とていかに強く求められようと、私を誰かに譲るにはその愛情はあまりにも深い――私がそう推察するのもあながち間違いではなかったでしょう。

それなのに何ということ！　（予定されていた不在期間がようやく終わったので）かの若者の帰郷を今か今かと待ちわびていたときのことでした。悲しみに暮れる彼の両親が彼の陰鬱な運命について知らせてきました。長いあいだ不在となる息子のため、両親は彼に宛てられた手紙を、その商用先であるハドソンへ転送していました。ところが彼らの不運な息子は約三週間前に帰郷した、との知らせがハドソンから返ってきたのです。ウィリアムはニューヨークまで無事に着いたものの、そこから乗り込んだポーツマス行きの定期船が沈没したとのこと。悲惨にもそれはボストン港まで数マイルというところでの事故でした。この嘆かわしい災厄についてはボストンの新聞にも掲載されたので、ご記憶の読者もいらっしゃるでしょう。かくしてまさに盛年を迎えたこの愛すべき若者は、あと少しで友人たちのもとへ戻れることを楽しみにしながら、水中の墓へと没したのでした。

ただし不運なウィリアムの死後の定めについて、私は確固たる希望を持っており、微塵の不安も抱いていません。罪とは無縁の彼の人生、感情や倫理の純粋さ、それに真のキリスト教徒であったことを考えれば、彼が今や至福の状態にあることは間違いないと思うのです。生きているあいだ、愛おしいと思わしめたあの心の善良さ、振る舞いの好ましさが今や私にとっては大きな慰めになっています。確かに私は嘆きましたが、それは希望を絶たれた人々の嘆きとは別のもの。ウィリアムの精神のあり方があのようでなければ、彼のこの世からの突然の逝去は、ずっと耐え難く衝撃的だったでしょう。人生から引き離される時期がどれだけ間近に迫っているか、またどれだけ唐突か、私たちには知る由もありません。だからこそ、その重要で興味深い時期についてしばしば熟考し、恐れることなくその到来を迎える準備をすべきなのです。もちろん死の訪れを陰鬱な不安もなく想い描ける人の数は限られています。若者や陽気な気質の人たちにとって宗教は暗くて重いもの、生命力にあふれている限り無用と思われがちです。宗教は気晴らしや楽しみを台無しにし、その影響を受けると陰気で非社交的になってしまうとも考えられています。ですがそれは誤りです。確かに宗教は不道徳な放縦を許しませんが、罪のない娯楽であれば決してその敵ではありません。軽率さや放蕩は推奨しませんが、時宜を得た陽気さならもちろん許容します。結婚式で鬱々と悲しげにしているのはとても不具合でしょうが、お葬式で明るく陽気なのはさらに不似合いです。陽気に楽しむことと、信仰篤く罪を知らないことは、必ずしも矛盾しません。礼儀正しさの決めごとには細心の注意を払い、どんなに小さな親切に対しても必ずやお礼を返す人でさえ、神さまへの祈りや称賛を嘲る者はたくさんいます。にもかかわらず神さまはそんな人々にも数限りない祝福を常に降り注ぎ、すべての喜びがあふれ出る源でいらっしゃるのです。矛盾しているように思われるかもしれません。キリスト教徒が敬う聖なる名を堂々とけなす人々にとって、そんな祝福を受けることはむしろ不面目でしょう。それでも神さまはそういう存在であり、そのことの真実を私たちはしっかり受け止めるべきなのです。真実の信仰は私たちの喜びを増すばかりか、新たな喜びの源を絶えず生み出し、しかも逆境の牙の脅威を和らげてくれます。信仰の実践があまり見られないことはまことに残念と言うほかありません。とくに我が国は多くの祝福を享受しています。それなのに私たちを守り、私たちの権利を守り、私たちに平和と自由と独立をもたらしてくださった神さまの力について、多くの市民が思い至らないことは奇妙至極。これほどの祝福を受けているのですから、私たちは他のどの国よりも感謝と高潔に満ちているはずです。それなのに私たちは間断なく注がれる至福を楽しみながら、その至福を授けてくださる御手をあまりにも簡単に忘れがちなのです。

話が逸れてしまいました。一生結ばれて過ごしたかもしれない愛する哀れな若者が思わぬ時期に急逝してしまった、そんな辛く悲しい出来事のおかげで私の心はそれまでに経験したことのない絶望に捕われました。ああ、運命とはなんとひねくれていることでしょう。神の摂理の配剤の多くは、そのときには私たちの幸せを破壊するものと思われがちですが、最終的にはいくつかの出来事を生み出すきっかけとなり、その結果私たち自身が判断を下すことの難しさを学ぶことになります。

「何があっても神は常に正義であり、
理解が及ばぬところでは、ただ信じることを学びなさい」

キリスト教の信仰は、信じる者たちのあらゆる苦悩や苦痛に対して豊かな慰めをもたらします。全知の創造者は決して不正義を行なわず、それを知っているからこそ人々は彼を父として友として敬うことができるのです。平和を痛めつける一撃がどんなに痛烈に感じられようとも、信じる者は「御むねが行なわれますように」と言えるでしょう。もっとも強い願いがかなわぬままでも、その方が私たちの平安にとっては良い場合があります。自らの運命を選べたり、人生における出来事を操作できたりしても、私たちの多くはかえって惨めになるだけかもしれません。私たちが不運と呼ぶあらゆる出来事は、そのときにはそうと分からなくとも必ずや確固たる目的があります。したがって愛する不運なウィリアムとの待望の再会に関しても、神の摂理がそれを意図しなかった――つまり私は他の男性を伴侶とすべく定められていたのでしょう。

ウェスト氏が我が家からボストンへ出発して約三ヶ月が過ぎました。音沙汰のない期間としては長すぎます。やむなき事情で引き留められているのか、それとも（再訪の喜びを約束してくださったものの）ハートフォード、デダムを通って帰郷なさったか、そのどちらかだろうと私たちは思っていました。ですがこれに関してはうれしいことに、私たちの考えは見事にはずれていました。お茶を飲もうとみながテーブルに着いたあるとき、彼が無事に到着したのです。その姿を見るや両親がかつてないほどうれしげなのに、私は気づかずにはいられませんでした。彼らは、喜びをもって迎えられるこの客人の美点について、すでに最上級の意見を固めていました。

とても愉快な一晩でした。ニューイングランドの首都への最新の遠出でどんな出来事が起こったか、ウェスト氏は楽しく語ってくれました。いたって快適な滞在だったようで、街は期待した以上に居心地良く、住民たちは生来の気質の良さで、旅行者に対しても礼儀正しく細やかな気配りだったとか。とにかく街についての彼の評価は非常に高いものでした。「ヤンキーたち」に関しても（多くのニューヨーカー同様）あまり好意的な意見は持てないだろうと内心思っていたそうですが、実際に会ってみるとボストン人は中部や南部諸州の教養ある人々と比べてもまったく引けを取らず。彼はまた、好奇心に駆られ、啓発を求め、同時に気晴らしも兼ねて街の見所の大半を訪ねたそうです。近隣の村々を街とつなぐいくつもの立派な橋は、利便性と建築の美しさの点でかつて見たどの橋よりも優れているし、州会議事堂は建造そのものがすばらしく、ニューヨークの市庁舎に匹敵し、周囲の環境はむしろニューヨークのそれをしのぐと言います。ボストンのモールが称賛を得るのも当たり前で、ニューヨークのバワリー・ストリートはその半分ほども魅力はなく、「ボストン市民は突飛な考えばかり持つ」とよく悪口を耳にしますが、他の街の住人に比べても、その点でとくに突出していると思われる場面は一つもなかったとのこと。たとえば九月の疾風によって、モールを飾る頑丈なニレの木がすっかりなぎ倒され、公園の美しさも半減してしまった話が出ました。ところどころ朽ちかけている老木があったものの、いずれの木も並々ならぬ立派さで、それを風が根こそぎ倒してしまい、地面の土も四方に広がっていた木の根とともにすっかり掘り返されたそうです。かつてあれだけ称賛されたモールの美しさが今や台無しになってしまい、ボストン人も最初はどれほどがっかりしたことでしょう。ところがやがて滑車装置で頑丈なニレの木をもとの位置に戻す、という大胆な手段を彼らは思いつきました。あとに続く世代のため、百年前に彼らの父祖たちが植えたニレの木です。それを守るべく、今や生気のない幹を人間の知恵と技術で蘇らせ、再び根づかせようというのです。それが成功すれば「ボストン市民の突飛な考え」も世界にとっては大いに重要であることが証明されるでしょう。

ウェスト氏は（父の誘いを快諾し）、数日間を我が家で過ごしてくださることになりました。「B少佐との楽しい同席の機会をむざむざ逃すことはできません（と彼は笑いながら言いました）。それにどんなに短くとも田舎での滞在は私の健康にも良いに違いありませんから」。田舎の美しい風景をウェスト氏はたいそう気に入ったご様子で、私がいつも一人で訪れていた場所へも、私を伴って滞在中に何度も出かけました。そう、みなさんにもご紹介した、海から岩が突き出ているあの場所のことです。そこに座って私たちはいろいろな話をしました。訪れたことのない地域を訪れ、そこに住む人々の習慣や風習を知ることが、東部諸州をまわるウェスト氏の旅の主な目的でした。したがって気づくに足る事柄があれば彼の観察眼はそれを見逃さず、十分に重要と思われる事物や出来事は必ず彼の備忘録に書き加えられました。巡礼父祖たちが最初に上陸したと言われるプリマスの石も、ぜひ見てみたいと彼は言いました。同じ大きさの石と変わるところなく、外見上も何ら特徴がないと聞かされていたようですが、彼はそれでは満足せず、翌朝いっしょに見に行こうと熱心に誘ってくださいます。我が家から近いこともあって両親の許可がおり、私も彼の誘いを承諾しました。

翌早朝のウェスト氏の念押しもあって、朝食後すぐに私たちは巡礼父祖たちが最初に上陸した場所へ出かけました。親切な街の人が有名な石の欠片の場所を教えてくれました。実は商業優先の街の都合で石は割られ、一部は裁判所の前にある粗雑な作りの井戸の礎石に使われていたのです。自然のままの灰色の石は確かに特別なところは何もなく、私はさしたる関心も抱かずにそれを眺めていました。が、ウェスト氏は古物研究の目があるのでしょうか、深い満足をもって石に見入っていらっしゃいます。他の石と区別できるような碑文すらないことに彼は驚き、（石に手を置いて）私にこう言いました。「ルーシー、この石は確かに外見上は何の変哲もなく、通り過ぎる旅人に気づかれる価値すらないと思う者もいるかもしれません。でもこれが有名になった所以を思い起こし、それについて考えると、私は言いようのない満足を感じます。というのも今でこそ付近には人があふれかえっているけれど、これは尊敬すべき巡礼父祖たちが新世界に初めて足をおろした、その堅固な礎となった石なのですから」（彼はなおも続けます）「今や繁栄するニューイングランド諸州ですが、二百年足らず前の様子を思い浮かべてごらんなさい。あくまでも人を拒む深い森には野蛮人や野獣が住み、天を突く木々にはさまざまな植物がからみついて、切り倒すにも斧の刃が幹まで届かない始末。獣たちのせいでますます森は近づき難く、その獣たちの皮をまとった人々は、互いを避けるか殺し合うかのどちらかでした。大地とて人々の役には立ちません。人の役に立つための力はまだほとんど発揮できず、自然の法則に従うだけの動物たちの繁殖と同じく、気の向くままに植物を育て、実を生むが、人の手が入ることはなかったので確たる方向性もない。誰のためでもなく無節操にたわわな収穫物がなり、秋の実りが腐ることで春がやってくる、つまり葉が木の根元で乾燥し、腐り、それが新鮮な樹液のもととなって新しい木の芽や蕾がふくらんでゆく状態だったのです。

異国における弾圧からの避難所を求め、ようやくここへたどり着いた人々を出迎えたのがこうした環境でした。清教徒の小さな一団が初めて上陸したのがまさにこの石の上。目の前に広がる光景がどんなに厳しくとも、そこへ安全に導いてくださった全能の神に彼らは感謝し、心と精神を一つにしてその恩義に報いる決意をした、ここがまさにその場所なのです。平和な入植地を築き上げるまでの困難を、彼らはキリスト教徒にふさわしい忍耐強さで一つ一つ乗り越えていったに違いありません。あたりは深い森に囲まれています。入植者に対する野蛮な人々の悪意を打ち消し、あるいはその力に対抗し、気まぐれな攻撃をもなだめなければならず、そうした窮境を脱しても、敬虔なる移住者たちは生きとし生けるものに与えられた最初の断罪のもとにあり、したがって〈額に汗して日々の糧を得なければならない〉定めにありました。ところがこれほどたいへんな状況にあっても巡礼父祖たちは落胆することなく上陸し、やがてニューイングランドの光景を一変させました。持てる技術のすべてを用いることで調和をもたらしたのです。人を拒絶する森は切り払われ、十分な広さの家々が建てられ、野獣は駆逐されて家畜の群が飼われるようになりました。とげや茨のかわりに作物が植えられ、やがて海岸沿いには次々に街ができ、湾は船であふれ、こうして新世界は旧世界同様に人が支配する場所となったのです」。これらの出来事は記念に値するし、それにふさわしい碑文を石にほどこすことで人々の記憶に永遠に残すべきだ、というのがウェスト氏の結論でした。

かつての植民地のすべてを見ておきたいと思ったのか、我が友は墓地となっている近くの丘へと私を誘いました。そこからは街と港の眺めがすばらしく、日暮れの時間だったので太陽が西の山々に落ちたばかりで、谷にはくすんだ色の影が落ち、一日の最後の陽の光が遠くの高台を光沢のある黄色に染め上げています。ほどなく私たちは丘をまわり込む道をたどって家へ向かうことにしました。「こうして楽しく遠出をしていると（とウェスト氏がしみじみ言います）いっしょにグリニッジへ行ったときのことを思い出すね、ルーシー。君もあのときのことは忘れていないでしょう」。私はもちろん忘れていない、と答えました。「明日の朝になれば（と彼が続けます）私も故郷の州に戻る手はずを整えなければなりません。思えばそこでも私はあなたの愉快な同伴を得ることができました。再び私の故郷へ私といっしょに来てくださるよう、あなたを説得することができれば、それこそ私にとっては望外の喜びです！」私はウェスト氏の言葉に仰天し、時間がかかったもののなんとか自分を取り戻して、それは品行を損ないませんか、とだけ応えました。彼の申し出に少なからず混乱している私を見てウェスト氏はなおも説明します。「どうやら誤解させてしまったようですね、ルーシー。今のままの私たちの関係であなたをお誘いするほど私は恥知らずではないつもりですよ。そうではなくて、ミス・ブルーア、むしろこれだけは信じていただきたい。あなたに対する私の評価と愛情は揺るぎないものです。その愛情はここ数週間のうちにすっかり熟し、しかも返ってくる望みがないわけではない――と言ってはいけないでしょうか。あなたの幸せは我が身の幸せを上回るほど私にとっては大切ですし、私が幸せになれるかどうかは一重にあなたのお心次第。人生のもっとも重要なつながりにおいて、どうか私のものになってくれませんか。私の気持ちをこんなに早くあなたに伝えるつもりはなかったのですが、明日には仕事で早々にニューヨークへ戻らなければならないものですから」。彼の瞳からは美しい涙があふれました。さらに彼は私の手を取って、推測が過ぎていたら許してほしい、と言いました。それに対して「あなたが重要な事柄についてお話しなさっていることは、私にもよく分かります」――私がそう返事をしたままそれ以上言葉を継げずにいると、彼が続けました。「もちろんこれは大事なことです。十分に考える時間もなく、お友達の方々の理解を得られないまま私と婚約してほしいとは思いません。あなたをはじめ、まわりの方々の賛同が得られるなら私は滞在を二週間延ばしましょう。そのあいだ私はニューポートの親類宅で過ごし、あなたは必要な準備をなさってください。明朝出発する前にあなたに関する私の望みをあなたのご両親にお伝えしましょう。もちろんあなた自身、この結婚の提案に反対でなければ、の話ですが」。私はなるべく落ち着いて答え、彼はまるで頓着せずに一つの話題から別な話題へと私を導き、いつしか私たちは私の未来に関連するほとんどあらゆる側面について語り合っていたのでした。

その晩は思いがけず帰宅が遅れてしまい、両親が私たちの身の安全を心配し始めているところでした。いつものように楽しく会話をしているうちに夜も更け、翌朝になるとウェスト氏は提案のとおり、私との結婚に関して父と話をした後、ニューポートへ向けて出発なさいました。

それまでの私は悲しみと不安にあまりにも慣れきっており、このたびのウェスト氏とのことが夢ではない、と自分を納得させるのに苦労したほどです。ウェスト氏が何くれとなく気にかけてくださるのは友情ゆえと思っていましたが、それが愛であったことを、今や私ははっきり悟りました。私への気持ちについて彼が父と会話を持ったことは分かっていましたが、二人のあいだの最終的な結論についてては何も知らされていませんでした。話をしよう、と両親が私を呼び止めたのはそれから一週間後のことでした。父は私にこう話しました。

「かわいい娘よ、おまえがこれまでに受けてきた教えに照らしても、父としての私の務めが娘の最大限の幸せを考えることにある、私がそう考えていることは明らかだと思う。その務めを私がどれだけ果たし得たか、それはおまえが判断すること。(おまえが私のもとを離れるまで――それは決して賢明とは言い難い行ないだったが――そして再び戻ってきて以来)私は常におまえの幸せを願ってきた、それもおまえの良心が目撃してきたとおり。そして(苦悩する私たちのもとへ幸いにも戻ってきたからには)おまえは子としての務めを私たちの最大の望みどおりに全うしてくれた、これは喜びをもって断言できる。さて、我らが友人、ウェスト氏が(出発前の短い時間の中で)おまえへの愛情と心配りを言明し、結婚に同意してほしいと言ってきたのは知ってのとおり。重要な申し出だし意外でもあったので、私は適切な返事を出すには時間がほしいとお願いした。数日考えたうえで同意の結論を得たならば、その旨を記した手紙を送ろうとも提案した。そして(と父は続けました)結論を出したので明日の配達で手紙を届けてもらおうと思う。若い紳士の要請におまえが応えることについて、私は何ら反対はしない。二人ともきっと幸せになれるだろう。実を言うと彼が滞在しているあいだから薄々気づいてはいたのだが、そのお人柄を考えれば私の承認なしに彼がこの種の事柄を進めるとは考えられなかった。その承認を私は喜んで二人に与えよう。二人の幸福を私は心から願っているよ。それだけが私の望みだ」。ここで尊敬する父は言葉を止めました。涙でそれ以上話せなかったのです。私もまた泣くばかりで返事ができませんでした。

以下は翌日ウェスト氏に宛てて配達してもらった父の手紙の写しです。読者のためにこの手紙を公開することは、ウェスト氏と父の同意の上であることは言うまでもありません。

一八一六年三月二〇日

親愛なる若い友人へ

幸運にもあなたと知り合う機会を得て以来、私はあなたを不義理ゆえに人から咎められることの決してない人徳ある若き紳士と考えてきました。私は常にあなたに敬意を払ってきましたし、娘とも気兼ねなく会話することを許してきました。ウェスト様、あなたも父となられれば今の私の気持ちがお分かりになるでしょう。あなたの美点を思い、それに強く説得されるようにして、私はあなたに娘を差し上げようと思います。その一方で世界には永遠に続くものなど何もないという私自身の信念から、娘をいつまでも手元に置いておきたいとも思ってしまうのです。しかしながらただ一人の子である私の娘とあなたとの結婚を、私は喜んで認めましょう。そして神聖なる神がこの世でのあなたの生を常に導いてくださいますよう祈ります。私の健康状態は決して良好とは言えず、したがってこの世界で残された時間は短いものですが、天国へ召されてこの世を離れる前に大切な娘が幸せな暮らしに落ち着くのを見届けることができれば、これ以上うれしいことはありません。あなたの庇護に娘をゆだねることの重要性を、どうかご理解ください。娘はたった一人の子供であり、老後の希望でもありました。妻としての娘の忠誠、夫として適切に行動するためのあなたの賢明さにはみじんの疑いも持っていません。その前提に立って、私はあなたの望みに従い同意を与えます。かくなる上はご都合のいいときになるべく早く我が家へおいでいただき、私にとって世界で一番大切なものを私の手からお受け取りください。

敬意をこめて、
ベンジャミン・ブルーア

（一語一句違わずそのまま書き写した）この手紙は水曜日に郵送され、次の日曜日にはうれしいことにウェスト氏がおいでくださいました。夕暮れ近く、私が窓辺に座っていると彼がやってきました。いつものように互いに挨拶を交わした後、私は彼にこう言いました。気持ちのいい晩なのでお気に入りの岩場へ散歩しに行くところだった、いっしょに行ってくれる者がいなかったのだけれど、ちょうどいい時においでくださいました、と。お辞儀をしながらウェスト氏は喜んでお供をいたしましょう、と応えてくださいました。美しい野原に沿って曲がりくねった小道を通り、海辺へ続くちょっとした木立を抜けて、私たちはいつもの岩の上に腰をおろしました。その瞬間の自分の状況と、人間として最も見下げ果てた人々のあいだで逃げ惑っていたときの自分とを比べ、感謝と喜びの涙がとめどなく流れました。私は素早く涙を拭きましたが、心配したウェスト氏が熱心に尋ねます。「いったいどうしたんですか？」私は応えました。「何でもありません」「涙というのは何でもないのに流れたりはしないものです。私はあなたの友人ではないのですか。いったいどんな悲しみが……」「悲しみではないのです」と私は微笑みながら言いました。「この秘密の岩場で過ごした長い時間は私にとっていつまでも大切なものとなるでしょう。その時間の一部を、私は今ではいなくなってしまった友人と過ごしました。だから心に浮かぶ思い出は……」「よく分かりますよ、ルーシー」と彼が応えます。「でも今は心配事や悲しい回想に別れを告げて、私たちの目の前に開けてゆく明るい展望に期待しようではありませんか。あなたが私のものとなる、その希望をもらい受けた以上、結婚の儀も遅らせる必要はないでしょう。気高い精神を持つあなたであれば、あまりに厳正な儀礼にはこだわらないはず。両者の選択が決まっているのに、求婚期間をいたずらに長引かせることはありますまい」。「形式や儀礼に強くこだわるつもりはありません」と私は返事をしました。「ですがそれらを無視することに、この場で同意するわけにもいかないでしょう」。ここでウェスト氏はニューヨークでのお仕事のため、すぐにも彼《か》の地へ行かなければならず、それでもなるべく早く戻るようにすると約束してくださいました。そしてこれからの彼の人生の目的は私をより幸せにすることだ、と断言した上で私を説得し、ついには翌週の木曜日に結婚式をあげることに、私を同意させたのです。

その晩遅く家に戻ると私は両親に件《くだん》の決意と、結婚式の日程について打ち明け、二人の承諾を得ることができました。――そしてその大事な日がやってきたのです。こうして私は敬愛する両親の立ち会いのもと、友人や知り合いに見守られながら、愛情のすべてを注ぐ男性と一つになることができました！

私たちは気質がよく似ており、互いへの愛はかたく、さらにうれしいことに、私たちが幸福になる見込みはこの不完全な生が許す限り最大限のものでした。相互の愛情が少しでも足りないと思えば、結婚した二人はたとえどんなに気性が良く、生活が豊かでも幸せにはなれません。どちらかが他の何かに執着するようでは、精神の不安定さが幸福を台無しにし、信頼関係を損なってしまいます。幸福は満足のうちに宿りますが、決して手に入らない長年の願いを精神がいつまでも追い求めているようでは、満足は決して得られないでしょう。真の友情こそはもっとも崇高であり、私たちを高めます。それは高潔で高尚な感情であり、常に精神を活性化させるのです。ですがその本来の純粋さにおいて友情を楽しめる人のなんと少ないことか。真の友情は魂をもっとも繊細に洗練させたものですが、そこに身勝手さや強欲、プライドや野心を紛れ込ませない人はほとんどいません。それゆえに友情は単なる――

――名前、
眠りに誘う魔よけ、
富や名声につきまとう影にすぎず、
心貧しき者はうち捨てられて涙するばかり。

繁栄の極みにある人々は追いかけられ、褒めそやされ、下にも置かぬ扱いを受け、称賛されます。取り巻きが彼らを囲み、どの顔もおもねるような笑顔を浮かべて彼らに敬礼を捧げます。ですが状況が変わったとたん「夏のあいだだけの友人たち」は彼らを見捨て、その態度の変貌ぶりに逆境はますます重くのしかかり、気持ちはますますすさんでゆくのです。本当の友情で結ばれた生涯の友は、私たちが享受できる最大の天恵です。秘密を打ち明け、気兼ねなくうち解け合うことのできる、つまりは「友人」と呼べる者がいなければ、その人は哀れとしか言えません。友人だからこそその寛大な胸に秘密を打ち明け、心配事を預けることもできるのです。友なき状況では世界は荒野、人は野蛮人にすぎず、そこには何の希望も見いだせません。そこにあるのは恐怖ばかりです。友人がいなければ存在を望む気持ちすら薄れるでしょう。東インド諸島やインドシナやインドの富をすべて集めたとしても買えないもの、それは特別な親愛の情を寄せる友人たちとともに分かち合う、本当の喜びなのです。

至福を広げればそれはいつも増え、
悲しみを分ければそれは穏やかに鎮まる

我が故郷の若者たちへの別れの言葉

最初に言ったとおり、女性読者のため、人生における重要な結びつき——つまりは出会いから婚約、そして結婚まで——を交わした男性とのいきさつを具体的にお話ししたところで、今度は我が故郷の大切な若者たちにいくつか忠告の言葉を残して、最後のお別れをしたいと思います。淫らで不品行な者たちが人をだまし、罪のない若者を罠にかける数々の手口を私は目撃する状況にいました。それを否定する者は誰もいません。惨めな人間のくずは、大きな港町をめざして国中のあらゆるところからやってきます。そこで寄り集まっては、疑いを知らぬ不案内な者たちを無垢と徳の道から誘惑しようと計画を練るのです。そうした輩はもっとも下劣な売春によって糧を得ながら常に新しい犠牲者を求め、相手を自分と同じくらい惨めな状況に貶めて喜びます。こうした不道徳な卑劣漢の数にかけては、合衆国にある同じ規模のどの町よりもニューイングランドの首都ボストンが勝《まさ》っているかもしれません。放蕩と混乱が巣喰うこうした悪の根城を好奇心に駆られて訪れた人々は、ウェスト・ボストン・ヒルのような場所は見たことがない、と言うでしょう。「真夜中の悪しき行ない」は一部特定の人々に限ったことではなく、むしろ逆で、黒人と白人、老いも若きもここでは一つの家族同然に混ざり合います。ああ、人間の本質の何たる堕落！　一般の人が見たらなんと衝撃的な光景かと思うでしょう。「より麗しい方の性」と呼ばれて礼遇された女性たちが、かくも自分たちを野獣以下の存在にまで貶めるとは！　そんな唾棄すべき行ないに走るにはあまりにも年が若すぎる、そう思ってしまうほどの年若い女性だけでなく、六十を過ぎた女性たちもいます。母親である彼女たちはその悪しき道筋を娘にもすすめる、いえ強制するのです！　なんてひどい、彼女たちに恥というものはないのでしょうか？

　心優しい読者の方々、あまりにも激しく色づけされたこの一幅の絵をみなさんにお見せする著者を、どうか責めないでください。これは正確な描写なのです。私は、私自身が目撃者となったもっとも確実な事柄に基づき、実証できることだけをここで述べます。ほかの多くの者たち同様、私もまた不実で神に見捨てられた、私と同性の女性たちの口八丁手八丁によって、知らないうちにまんまと悪の道に誘い込まれました。そのことも含めて、若い頃の三年間をこれらの浅ましい者たちと過ごしたことを、私は世間に公表しました。ではその卑劣な三年間は私に何の益ももたらさなかったでしょうか。悪から善が生まれることはないのでしょうか。そうです、いまだ罪というものを意識したことのない若者が、友人としての私の忠告を聞き、私が注意を促した悪徳から身を遠ざけてくれるなら、それは大きな益と言えましょう。私はそこで自分の過ちも無駄ではなかった、と初めて満足することができるはずです。

　ああ大切な若者のみなさん、私が不本意ながら見てしまった真夜中の恐ろしい交流を知れば、みなさんもきっと震え上がるに違いありません。このように公の場で描写するにはあまりに忌まわしい事柄が大半ですので、私がここで明かすのは、人間の感情に対してより衝撃の少ない行為だけといたしましょう。

性格は申し分なく、すこぶる健康な若者が、売春にからんだ詐欺まがいの行為によって誘惑され富を奪われ病気をうつされ、その悲惨な状況を作り出した張本人たちの卑しい小部屋から情け容赦なく追い出されるのを、私はこの目で見てきました。以後、その若者たちは虚弱な体を惨めに引きずりながら生活していかなければなりません。尊敬すべき家族を持つ十二歳にも満たない少女が、ボストン・ヒルの嫌悪すべき老婆によって両親のもとからおびき出され、見下げ果てた暮らしに身を捧げるようになった、そんな例をも、私はたくさん知っています。堕落した娼館の所有者たちの手で、修行中の者は親方から、子供は両親から、両親は子供から、甘い言葉で引き離されます。所有者たちはまた多くの場合、詐欺や強盗や殺人の首謀者ともなるのです！　お金のためならもっとも罪深い行為でさえ、彼らはいつでも進んでやってのけます。彼らの富は、そこで囲われている惨めな者たちが悪辣な売春行為を行ない、その報酬の上に築かれています。それこそがこれら破廉恥な女性たちの真実の姿、富への渇望は若さと美と無垢によって満たされます。サタンを崇める女司祭たちはそれらを地獄の主への日々の生け贄として捧げるのです！

その女性たちは、妻を夫のもとから誘惑し、夫婦の幸せを破壊して、最良の女性たちをやり場のない絶望へ突き落とします――彼女たちがその仲介者であることは疑いを得ません。たとえ疑う者がいたとしても、これからお話しする陰鬱な例、もの悲しい事実を知ればきっと疑念も消えるでしょう。それは私の故郷で起こったこと、個人的に知っている人たちのお話です。不幸な主人公の名はマリア。その友人であり仲間でもある人物から聞いたことです。とても信じがたい内容かもしれませんが、嘘偽りないことは私が保証します。彼女の話は以下のとおり――

マリアD.は私が知っている人々の中でもっとも美しく気だての良い女性でした。愛情あふれる最良の両親が手塩にかけて育て、人の気を引かずにはおかない優美さと美しさに恵まれ、天使セラピムのごとき純粋な精神と気質の持ち主でした。しかしそれらをもってしても、なお彼女を悲惨な運命から救うことはできませんでした。彼女のことを思い出すと心が血を流すように痛みます。気高い希望がうち砕かれ、明るい輝きと美しさが永遠に消え去り、幸福の物語がいかにして悲しみの哀歌に変わったか、それを語ろうとすることさえ私にとっては困難です。

彼女の両親は金持ちではなかったものの善良な人たちでした。彼らとて世間の荒波にもまれてはいましたが、それでもある種の純真さを保っていました。詩人が描くような、最近ではめったにお目にかかれない純真さです。優しい気持ちにあふれた善意の心がいかに貴重かは、貧しく謙虚な者のみが知るところ。金持ちで栄えている者は、そのような心のありようが存在することをかろうじて耳にする程度でしょう。彼らの純真さと善意、そして感受性が若きマリアの胸中に純化され宿っていました。それによって、開花しつつある彼女の美しさはますます引き立ち、頬はいっそうバラ色に、目は強い光を放って見る者の心を貫きます。舞踏会場に初めて現れたときの彼女のことは今でもよく覚えています。年の頃は十四歳。会場には静かなざわめきが走りました。「バラのつぼみのように美しい！」その形容はまったく当を得たもので、彼女の若さ、美しさ、純粋さ、そして気だての良さを一言で表していると言えましょう。明るく素朴なこの少女の表情には、人生のとば口に立つ者の心躍る期待感がありありと浮かんでいました。愛情深い両親に甘やかされ、大事にされているうちに子供時代は過ぎ去り、すべては気楽で思いのまま。彼女はいつも満ち足りていました。彼女を知っている、あるいは見かけた者は誰もが彼女をほめそやし、かわいがりました。毎日、毎時間、毎分が活き活きとした喜びと笑いに包まれていました。つまりそれまでの彼女は満開のアマランスの天蓋に守られた「人生という、ビロードのように柔らかな芝生」の上で戯れたことしかなかったのです。彼女の幼い夢は明るく果てしなく、祝福されて可能性に満ちていました。ああ、かわいそうなマリア。穏やかで喜ばしい朝がかくも一瞬にして暗黒の帳《とばり》におおわれてしまうとは！　そんな彼女にやがて恋人ができました。マリア同様、彼もまた若いさかり、人物も物腰も非のうちどころがありません。が、その心はマリアのそれと違って純粋で高質な徳の住処ではなかったのです。彼は確かにマリアを愛していました。というよりはその美しさの虜でした。が、彼女の心におさめられた宝の価値を、彼は正しく評価することができません。その心の純粋さ、繊細さ、貞節さ、寛容さ、そして感受性は、天使でさえも素直に称えたことでしょう。ところが熱心でほとんど哀れを誘うほどの告白の結果、彼女はこの間抜けを受け入れてしまったのです。常識ある徳の高い男性に幸せを授けるべく育てられたマリアは、こうして弱く、悪意ある堕落した男の惨めな妻となりました。法のもとに結婚した妻をどんな女性よりも尊敬し、大事にすると誓ったはずなのに、（そんな結婚の誓いを裏切って）すぐに彼はこの美しくも不運な女性をないがしろにし、恐ろしい娼婦たちと戯れるようになります。ニューイングランドの首都にとっては常に汚点である悪徳の娼館こそ、彼の一番のお気に入りの場所となったのです。人の中でももっとも穢れて惨めな者たちに囲まれながら、そこでこの思慮に欠けた残酷な男は、人をして尊敬に値する存在に高めるすべてを犠牲にしたのでした。

慈悲深い神さま！　今まで何度も目撃したこのような転落を、私は苦しみながらなお記憶し続けなければならないのでしょうか。かわいそうなマリア！　彼女のビロードのように柔らかな芝生はイバラやツルバラの生い茂る荒野に、アマランスの天蓋は冬の空の身を切るように鋭い突風に取って代わられました。混み合った舞踏会場で、マリアの姿は人々の視線を集め、彼らに喜びを与えました。彼女が迷路の中を縫うがごとく軽やかに踊っていると、人々は言葉もなくただ見つめるばかり。その同じマリアが社交界から遠く離れ、若い最中《さなか》にありながら一人寂しく、まるで踏みつけられた花のようにしおれていくのを、私は見ました。麗しい少女が父親の快適な家で、明るく幸運な惑星のように活き活きと暮らしているのも、私は見ました。マリアの快活な魂は洗練された仲間内でもひときわ輝き、その笑顔は強い生命力を感じさせました。その彼女が世界から隔絶され、かつては情熱的で勤勉だった夫に無視されて悲しみに暮れ、元気を失っています。その様子を目にした私の心まで、深く沈まずにはいられません。彼女の表情にほんのわずかでも翳りがあれば、彼がつぶさに気づき、理由を根気強く尋ね、必定《ひつじょう》の効果とともに優しく慰めた、そんなひところもあったでしょう。それが今、彼は彼女の蒼白で悲しげな顔、かつて輝いていた瞳が涙で濡れるのを見て一言も声をかけず、憐憫の情も見せません。かつてのように、同情あふれる胸に手をやりながら彼女の前で跪くかわりに、わき出す生命の泉すら凍りつくような寒々とした冷たい視線を投げつけます。そうして彼は侮蔑と嫌悪を胸に抱きながら家を飛び出し、彼女にだけ向けると厳粛に誓ったはずの愛情あふれる気遣いを、悪辣で不純な者たちに注ぐのです。彼は幸せになることもできたかもしれません。美しい妻が若い頃に夢想し、手にすることができると信じた結婚の喜びと清純さを、彼は彼女にもたらすこともできたはず。そうした純粋で穏やかな至福の思い出によって、死の瞬間すら輝かしくなるものですが、彼は放蕩と道楽と罪を選んだのです。徳高く天上界のごとき寝台のかわりに、彼は常習的な不道徳と娼館通いを好みました。そしてかわいそうなマリアは温かな気持ちで望んだ永遠の春のかわりに、終わることのない冬を生きました。そんな彼女ももういません。無情な夫が地上では与えてくれなかった心の平安を、彼女は天使たちに囲まれながらようやく見いだしたことでしょう。彼女の死に衝撃を受けて、彼は正気に戻りました。が、すでにこと切れた彼女の息を吹き返そうとしてももはや無駄。生き返ってくれさえすれば過去の怠慢を償い、これからは愛情に満ちた暮らしを約束する、そう繰り返してもあとの祭りです。彼にとって改心の決意は遅すぎました。――私の読者の一部にとってはそれがまだ間に合うことを、私は切に望みます。

ここで私が述べた、哀しみに満ちた不実の末路は幾千もの例の一つにすぎません。それらのどれも、結婚の平和と幸福に対する明らかな敵である堕落した娼婦たちとの、背徳の情交が原因と言えましょう。読者に忍耐をお願いしてさらに一つ、例をあげたいと思います。先ほどのものに劣らず心揺さぶられるお話です。しかもほとんどすべての場面を私自身が目撃しているので、それが真実であることは間違いありません。詳細は以下のようなことでした。グレイ夫人という女性が（彼女はとても正直で尊敬すべきニューハンプシャーの農夫と結婚していました）、まったく何の理由もなく、夫にその意図を一言も告げずに、家族を捨ててボストンへやってきたのは今から約五年前。優しく献身的な夫と、たいそう可愛がっていた三人の愛らしい子供たちをなぜ彼女が捨てたのか、理由は結局分からずじまいでした。それが犯罪がらみだったかどうかはともかく、確かなのは、彼女が街に着いてすぐに悪名高い男たちの一人に目をつけられ、拾われたことです。その男たちとはボストン・ヒルのマダムが常に雇っている怠惰で不道徳な輩で、付き人もなく歩きまわる不運な女性たちを見つけ出すことを生業としています。彼らは呪わしくも巧みに相手に取り入り、騙されやすさにつけ込みます。（こういう怪物には、若者たちよ、どうぞお気をつけあれ！）さて、件《くだん》の気の毒な女性はそんな卑劣漢の一人に捕われ、ヒルへ連れてこられました。そして最近結婚したばかりだという彼の妻に紹介されたのです。ですが彼がグレイ夫人を手元に置いたのはごく短いあいだだけ。彼女の「所有者」は次々に変わっていきます。最後には「ダンス・ホール」の所有者あるいは経営者と称する男の妻になりましたが、そこで彼女はニューハンプシャーで近所に住んでいた人物によって発見されます。その人物はさっそく悄然たるグレイ氏に彼女の惨めな状況を伝えました。グレイ夫妻は夫人が忽然と姿を消すまでは、結婚したその日から穏やかで仲むつまじく暮らしていました。ですから、かつて愛した麗しい妻の悲惨な境遇を知ったときのグレイ氏の驚きようと言ったらありません。彼は、妻がなんらかの致命的な事故によって永遠に自分のもとを去ったものと思い込もうとしていました。話の出所はしっかりしていましたが、それでもにわかには信じがたく、とにかく自分の目で確かめるため彼はボストンへ急ぎました。近所に住む友人たちに伴われて彼がやってきたとき、私はホールにいましたが、彼の妻はバーにいて客人にお酒をふるまっており、自分の夫には気づきもしません。彼がようやく尋ねます。「マダム、私の顔に見覚えはありませんか」。彼の耳にどんな返事が届いたのか、私には聞き取れませんでしたが、恐ろしげな悲鳴だけはいやでも聞こえました。ホールの経営者があらわれ、グレイ氏と口論を始めました。どちらもマダムが法に基づいた自分の妻であると主張して譲りません。が、グレイ氏の友人たちが満足のいく証拠を示すや、見物客(大半は船乗りでしたが)が経営者を脅し始めました。正当な権利主張者にマダムを引き渡さないと鞭打ちにしてくれるぞ、というわけです。経営者は、多勢に無勢と知るや黙従するのが賢明と悟ったのでしょう。こうしてグレイ氏は夫人を伴って部屋の隅へ行き、話を切り出しました。その様子たるや誰が見ても心動かされずにはいられなかったでしょう。あまりにも長い期間を経てやっと見つけ出した彼女の、その境遇の痛ましさに対する驚きを伝えた後、グレイ氏は彼女の突然の失踪によって彼自身と家族がいかに心を痛め、苦悩したかを告げました。彼女の言語道断な行動のおかげで、彼はもちろんのこと彼らの罪のない子供たちまでが、どれだけの不名誉を被ったか、それを切々と述べました。「突然消えた母親を求める子供たちの泣き声が、どんなに私の心を突き刺したことか。惜しみなく愛した母親が自分たちのもとから去っていったことを、子供たちは理解できなかったのだよ。君が一日も早く無事に戻ってくるよう、みんなは今でもずっと祈り続けている」。ここから先は、耐えきれないほどの哀しみがグレイ氏から言葉を奪い、気の毒な彼はただ涙にむせぶばかり。見下げ果てた彼の妻は恐怖のせいで身じろぎ一つせず、黙っています。やがてグレイ氏が気を取り直して次のように言いました。結婚による契約に際しての、もっとも厳粛な誓いに則り、自分は彼女に対して常に愛と尊敬を捧げることを務めとし、実際にそうしてきたつもりである。だが彼女は罪のない家族の平和と幸せを捨てたばかりか、取り返しがつかないまでにそれを破壊して、夫婦や親子の愛情を求める家族の思いを裏切った。したがって自分としては彼女を運命の手中にゆだねるしかない。この悪徳の娼館で残りの人生の惨めな日々を暮らすがいい。かつては幸せだった家族を捨ててそれを君が選んだのだから。そう言ってグレイ氏とその友人たちは去っていきました。

その後の数ヶ月間、神にも見捨てられたこの女性が、自ら夫や友人たちにもたらした苦悩を思い、悩み苦しまなかった、というのはあまりにも不公平でしょう。世間がグレイ夫人を責めるのは簡単ですし、その恥ずべき行動を咎めるのも無理はありません。ですが常に犠牲者を求める悪辣な怪物どもの一人が、あのように不埒な奸計を立てなければ、彼女とてここまで堕落せずに済んだはず。彼女は危険を顧みず軽率にも一人でボストンを訪れ（ボストンには彼女の妹が住んでいたようです）、そのことを夫に相談もせず、知らせもしませんでした。彼女がボストンに着いたのはすでに夜遅く。噂によると彼女は妹の住処を探そうとしたようですが、尋ね歩くのは自分がよそ者であることを表明しているようなもの。常に獲物を求める忌まわしい怪物どもにとってはそれだけで十分です。そのうちの一人が、途方に暮れる訪問者を妹の家へ案内しようと、ヘビのような狡猾さで彼女を言いくるめたのでしょう。彼女は慎重さを忘れてそれを受け入れ、知らないうちに不法行為が繰り返される悪の館へ連れていかれました。そこでは忌まわしい誘惑者たちが考え得る限りの技巧を凝らして彼女を貶め、世間から尊敬すべき人物と見なされるためのあらゆる事柄を、彼女は犠牲にせざるを得ませんでした。傷ついた夫のもとへ戻ることは、もはや彼女の本意ではありません。子供たちへの愛情が寸分たりとも薄れたわけではありませんが、もはや自分が母の名に値しないことは、彼女自身が一番よく分かっていました。親として自らが守るべき子供たちの、大切な平安を壊してしまった張本人として、彼女の心は張り裂けんばかりに痛み、精神は絶えず苦しめられました。夜の眠りでもぞっとするような夢に苛まれ、つまるところ彼女にとって人生は重荷以外の何ものでもなくなったのです。こうして彼女は自らの存在に終止符を打つという恐ろしい決心をしました。私がそれを妨げることがなければ、彼女はその決心を実行に移していたことでしょう。夜の十時か十一時頃のこと、彼女は住処をそっと抜け出し、私が後をつけていることも知らずにケンブリッジ橋までやってきました。料金所のそばにある階段をおりて一番下まで行くと腰をおろし、これからお怒りになるだろう神さまに対して熱心に自分の魂の正しさを訴え始めました。そう、彼女が苦しむことによってのみ、神さまは満足なさったかもしれませんが、彼女はその苦しみに辛抱強く耐えることを放棄しようとしていたのです。帽子とショールを脱いでそれを自分の足下に置き、死を覚悟して川に身を投げようと立ち上がったとき、私は彼女の腕をつかみました。決死の計画をとにかくあきらめるよう、私はあらゆる理由を考え出しました。そして説得の末に、ようやく彼女は私といっしょに家へ帰ったのです。

優渥《ゆうあく》なる天の神よ。誤った方向へのほんの一歩が女性の名声を台無しにする、というのが世間の大半の意見です。貞淑という名の称号を一度でも手放せばすべてが失われる、とも言われています。そうであれば悪しき怪物どもの放縦さは、なぜ罰せられないまま放置されるのでしょう。強盗や殺人者と同じように彼らとて侮蔑と憎悪の対象と見なされてしかるべきです。こうした手合いは社会の害悪。彼らこそは、個人や家族の平穏な暮らしを踏みにじる張本人です。疑うことを知らない罪なき女性が両親のもとから誘惑され、高い値段をつけた者に受け渡される、それを知ればどんなに頑なな心も同情を禁じ得ないでしょう。罪の意識とそれに伴う恐怖と後悔によって、女性の心は引きちぎられ、哀しみは希望によって癒されるにはあまりにも深く、未来に目を向けようにも、彼女を待ち受けるのが恥辱と侮蔑と非難ばかりとなれば、その陰鬱な展望に彼女は身をすくめるしかありません。無邪気だった過去を思い出せば、現在とのあまりの違いにますます気持ちが落ち込みます。傷ついた夫や激しく苦悩した両親は、かつて幸福な未来への夢を託したはずの妻や子がすっかり健康を損ね、名誉を失い、言葉にしがたい悲惨さの餌食となっているのを見るでしょう。その悲惨さをもたらしたのはいったい誰か。すでに何度も描写した、そう、罪のない獲物を夜な夜なつけ狙う悪辣な怪物たちです。ボストン・ヒルの破廉恥なマダムが彼らを雇い、食事を与え、服を着せてやっていることは、私がいやというほど知っています。卑しいかな、ほんの数ペンスのために彼らはもっとも近しい親戚ですら平気で犠牲にするのです。そんな唾棄すべき悪人たちこそ、永遠の恥によって汚名を着せられてしかるべきではないでしょうか。

親愛なる若者のみなさん、私がみなさんに語りかけるのもこれが最後でしょう。この冊子のことは一種のノロシと思ってください。今お話ししたような、取り入る技巧に長じた悪人に誘惑されそうになったとき、あなたがどんな危険に身をさらそうとしているのか、どんな恐ろしい結果が待ち受けているか、それを警告するためのノロシです。悲しい経験を通じて彼らの悪辣なやり口を知ってしまった者が親切な忠告を与えようとしている、どうかそのことをあなた方が受け入れてくださいますように。時と場所によってはこの忠告がみなさんの人生を破滅から救うこともあり得るのです。大切な友人の方々、あなたが健康と名誉と生活を大いに尊重するのであれば、これらの危険な浅瀬、不潔な港を避けてください。そこではこれまでに何千という船が難破しています。幸福な港をめざして安全な航海を続け、その舵を取るあいだにも、娼婦たちの偽りの光に惑わされてはいけません。楽器が奏でる甘い音色、美味なご馳走が豪華に並べられたテーブル、泡立つお酒、そして派手な衣装に身を包み香水をふりかけた「作りものめいた美女たち」。これらは疑いを知らぬよそ者をおびき寄せるためだけに存在します。油断した水夫を騙すため、荒涼たる沿岸に偽の明かりが灯されるのと同じように。こうした虚偽の誘惑も効果なし、となれば、無垢な者たちを誘拐すべく、今度は下劣な夜の悪人たちが犠牲者を捕えるために手下を放ちます。彼らは友人の家にかくまってあげよう、とおためごかしを言っては、罪のない獲物を穢れた娼館へ連れ込み、そこで主《あるじ》に引き渡します。哀れな犠牲者は説得により、あるいは強制によって悪への改宗者とされてしまうのです！

若い友人のみなさん、このお話がどんなに恐ろしいものか、それは百も承知です。ですがこれは間違いなく真実の筆によって書かれたもの。ウェスト・ボストン・ヒルの一部はかくも穢れており、そこに棲む者たちはかくも卑しく、罪のない若者を欺くために彼らはかくも嫌悪すべき奸策を弄します。私自身がこの目で見たことしかここには描いていません。ヒルに住んでいるあいだに目撃したすべての悪質なやり取りをあまねく詳細に伝えれば、読者のみなさんはあまりの長尺に耐えきれなくなるでしょう。すでに書いたとおり、人間はここまで卑しく堕落することができるのです。ですが私はそうした悪を避けてもらうためにも、それを白日のもとにさらすことを自分の大事な役割だと考えました。ぞっとするような人間の腐敗を記録したのも、多くの穢れなき若者が同じ卑しさに身を落とさぬよう、あたら若さを犠牲にして不運なグレイ夫人と同じ運命をたどらぬよう、彼らを救うためと思えばこそ。一度貶められれば、愛情にあふれ、尊ぶべき親類縁者、知り合い、そして友人たちまで、嫌われ者となった当事者が被る動揺や苦悩、それに不名誉に巻き込まれます。そう思えば悪の実践を思いとどまる者も増えるのではないでしょうか。

親愛なる若者のみなさん、ここにもう一つだけみなさんに披露したいお話があります。とても陰鬱な内容ですが、実話であることに変わりはありません。まずは活き活きとした若い青年を想像してみてください。彼は健康に恵まれ、生命力にあふれています。穢れを知らず、悪とも無縁。きらびやかな想像力を駆使して詩人が描くような優美さと気品にあふれ、物腰は穏やかで優しい気質、とあれば彼が賞賛の的になるのも当然でしょう。さてこの愛すべき若者は、子供にやや甘いところがあるものの、立派で心優しい両親に育てられた、大事な一人息子でした。彼の父母は幼いときから息子の心の鍛錬を怠らず、良き導き手の忠告と道徳的な克己心にきちんと従うよう教育し、やがて彼が仲間たちの手本となって尊敬を集めるような、立派な人間になるだろうと期待していました。ところがみなさん、もう少しだけおつき合いください。というのもここで別な人物を想像していただきたいのです。これもまたみなさんには真剣に考えていただくに値する人物、その男はぞっとするほどやつれ果て、杖を支えによろめきながら公道を歩いていきます。ぼろぼろの服は汚物と寄生虫にまみれ、両足は震え、顔には死の影が宿っています。若き日の活力や健康はすっかり損なわれ、どうやら移り病の餌食でもあるようです。かつての彼の尊敬すべき友人たちも今では彼を避け、同情もなく、軽蔑し、それでも赤貧の彼はその友人たちに施しを求めるしかありません。かつて放蕩と悪行に耽るため、無分別にお金を使ったことを彼は心から悔いています。それだけのお金があれば今の彼はどんなに助かることでしょう。さて、この哀れな人物は誰だと思いますか？　そうです、みなさん、誰あろう彼こそは最初にご紹介した愛すべき若者。謙虚で若さにあふれ、多くの勇ましい徳ゆえに尊敬され、高く評価されたあの若者です。優しくて寛容な両親の期待と愛情を一身に受け、輝く未来を約束された、同じあの男性なのです。

読者のみなさんはきっと驚き、こう思っていらっしゃるに違いありません。「あまりにも激しい境遇の変化！」「健康で快活で尊敬もされていた身の上から、弱々しく惨めで貧しい境遇に、これほど急激に転落することがあるのだろうか？」優しい読者のみなさん、どうかもうしばらく私とおつき合いください。実はもう一つだけ、さらに悲惨な例をお教えしましょう。安楽で豊かで尊敬された暮らしぶりから、もっとも痛ましく哀れな状況へ、この突然の悲惨な変化がなぜ起こったか、事情を細かくご説明すればきっとお分かりいただけると思いますので。

まずはボストン・ヒルを思い浮かべてみてください。そう、混乱と放蕩の揺りかご、悪の巣窟ボストン・ヒルです。私が先ほど描写した惨めな人物、彼のような浅はかな若者を日々捕えるべく計算された、あらゆる悪の源でもある場所です。この悪名高いヒルが示し続ける胸が悪くなるような景色について、ほんのしばらくで結構ですから真剣に考えてみてください。少しでも品位があれば嫌悪のあまりその恐ろしい様子から思わず目をそむけ、こんなふうに叫ぶでしょう。「ああ、人間がここまで堕落しうるとは!」服らしい服も着ずに薄汚れて惨めな女性たち。彼女たちは穢れた住処から十人、十五人と手に手を取って、娼館から娼館へ泥と汚物にまみれながら歩いていきます。深夜の乱痴気に快楽を見いだす愚行の申し子たちよ、このように嫌悪すべき遊女たちのどこがそんなに魅力的なのでしょう。彼女たちのせいであなた方は健康と財産と名誉を失うというのに。その好色ぶり、気まぐれな猥褻さ、慎みのなさ、それともいつも口をついて出てくる下品な悪態の言葉?　あるいは人種を問わずもっとも下層な卑劣漢すら分け隔てなく遇するところ?　ああ、それが何であれ、徳と無垢の小道から誘惑されて圧倒的な絶望に放り込まれる若者(その中には私がお話ししたばかりの不運な若者の陰鬱な例も含まれています)が大勢いる、というのは実に深刻な事実です。親愛なる若者のみなさん、立派な未来はひとえに穢れなき名声を獲得し、それを維持し続けることによって得られるもの。私はあ

な た 方に懇願しているのです。身の毛のよだつような罪へと一歩一歩駆り立てる、恥知らずな卑劣漢どもにどうかご注意ください。用が済めば彼らはあなた方をあっさり見捨て、あなた方は自分の無分別な軽信を悔いるばかりとなるのですから。

大事な若い友人のみなさん、徳と無垢の小道からはずれた者にはどんな致命的な運命が待ち受けているか、それをあなた方が(私のように)悲しい実体験によって味わわずに済むこと、それだけが私の切なる願いです。そして本当の悔悛者からの忠告をあなた方が頭《こうべ》を垂れて受け取りたい、と言うのであれば、どうか徳を大事にするように、とだけ言わせてください。徳とは本質的な価値、良き功績、絶対不可欠な責務です。意思で得られるとは限りませんが必要かつ不変。偏狭でも一時的でもなく、崇高なる神の御心と同じくらい広がりがあり、普遍的です。感覚的な様式ではなく、不朽の真実。権力に依存するのではなく、あらゆる権力を導くもの。徳は名誉と評価の礎、自然におけるあらゆる美と秩序と幸福の源泉。徳は理性ある人間のあらゆる資質・素質に価値を与えます。人は徳にこそ絶対的に従位し、それが欠けている者は忌まわしい奇形同様、呪われたも同然でしょう。

徳の効果は私たちの存在の特定の段階、特定の状況に限られるものではありません。むしろあらゆる時間、あらゆる状況で効を奏します。私たちが誇りとしがちな、今現在の資質や才能はこの世での生が終われば消えてしまうでしょう。しかし徳だけは私たちが次に進むであろう未来の段階でも勲章となり品位の証となります。美や才覚は衰え、博学は霧散し、芸術はやがて忘れ去られます。しかし徳だけは永遠に残るのです。徳は私たちをあらゆる理性的な創造物につなぎとめ、あらゆる階級の優れた天使たちとの交流を可能にします。徳のおかげで私たちは英知に富んだ善良な人々からの愛と賞賛を得ることができ、そのおかげで彼らは私たちの仲間や友人になってくれるのです。ですが何よりも大事な点は、徳によってこそ神その人が私たちの友となってくださること。私たちの精神は徳によって神さまと同化し一つになることができます。徳を有する者だけを、その全能の力は守ってくださいます。私たちがそうであるように、優れた天使たちもまた序列を超え、徳によって結び合わされます。この世でもそうであるように、あらゆる世界で徳は変わらぬ権威を持っています。一つの存在が秀逸さや完璧さに近づけば近づくほどその徳はいよいよ増し、影響力も強くなります。つまりこれは全宇宙の原理であり、聖なる神が最初に審判のよりどころとするもの。徳は人それぞれに固有であって、だからこそ人は徳によってこそ、その魅力を増すのです。

徳の大切さがお分かりいただけたでしょうか。親愛なる若者のみなさん、徳を積むことがどんな結果をもたらすか、お考えください。理性的な精神の持ち主であれば徳を重んじることに如くはありません。魂の一つの傾向が、現実世界での偉業や才能よりも好ましく、この世のあらゆる宝よりも価値があるのです。賢明な者は徳を学び、それを損なうすべてのことを軽蔑するでしょう。覚えておいてください。熱心に思考し、希望に値するもの、それは徳。そう、それだけが名誉、栄光、富、そして幸せに結びつきます。徳を確かなものにすればすべて安泰ですし、徳を失えばすべてが失われます。

大切な若い友人のみなさん、人生の四季のうちで今こそ徳を磨く最良の季節、将来の幸福と名誉のためにはそれが不可欠です。今こそ人生において種を蒔く時期、蒔く種の種類によって収穫も変わってくるでしょう。神さまの助けをいただきながら、あなた方の気質は今まさに形づくられようとしています。運命はある程度あなた方の手にゆだねられたとも言えるでしょう。衝動のままに欲望や情熱に従うことを覚えれば、その傾向は一生続きます。それで生涯の道筋が決まり、一生の結末が定まってしまうのです。この大切な時期をどう過ごすか、神さまはあなた方を信用するからこそそれをあなた方にゆだねたのであり、その信用は望みうる最高のものです。この世と永久《とわ》の国、その両の場所での幸福がそれで決まります。季節が移ろう中、どんな作物が実るかは不変なる自然の法則によってすでに定まっているのと同じことです。人の一生も、そのあらゆる時期を善良に過ごすか否かによって、続く幸福が左右されます。若い頃、徳に満ちた暮らしをしていれば長じて大成し、栄華をきわめるでしょう。そして一抹の不安もなく、尊敬すべき穏やかな老年期を迎えることができるのです。ですが自然の道筋が通常からはずれれば道義にも歪みが生じること、これもまた植物の世界と同じ。春に花が咲かなければ夏の美しさはなく、秋の実りもありません。若い時期を向上心なくやり過ごせば成人しても軽蔑すべき存在となり、老年はひたすら惨めなだけ。人生を虚飾で始めれば、終わりはただ精神が苛立つばかりでしょう。

若い時期が人生でもっとも肝要であることを若者自身が認識すれば、彼らの幸福は約束されたも同然です。世界の劇場に入るとはすなわちドラマの始まり。さまざまな観客の視線にさらされ、その取り上げる役に応じて賞賛されたり非難されたり。ですが喜びや痛みは賞賛や非難とは無関係に、行動の原理に応じた内面の意識からのみ生じます。それがこの芝居の特徴です。というのも人は他人に扮することは決してできず、誰もが自らを演じなければならないのですから。

若さとは長くて多様な旅への最初の一歩。初めての道を通るのですから、危険や困難がたくさん待ち受けています。ですから自分がどこをどう進もうとしているのかしっかり見きわめ、未知の国を行く旅人と同じだけの注意を喚起しなければなりません。取るべき針路が正しいか間違っているか、名誉と喜びの道か、それとも不名誉と苦しみの道か、常に問いながら進むべきなのです。

時間がいかに速く過ぎ去るか、それとともにやってくる終わりのときについてはなるべく頻繁に考えるようにしてください。将来の幸せへの希望が何に基づいているのかを検証し、迫りくる発見と決断の日を迎える準備を整えようとすれば、私たちは自然と勤勉になり、より劣ったものに対する執着も弱くなります。人間本来の威厳と不朽性を意識すれば、これは決して辛いことでも不利益なことでもありません。現世でそのように振る舞うことは英知のもっとも優れた証明となり、死後の世界へ移ってからも変わらず幸福で、しかもそれを永遠に楽しむことができるでしょう。それでは今現在の幸せが損なわれるのではないか、と思うのは大間違い。私たちを創造してくださった慈悲深い神は私たちから何かをお求めになっているわけではなく、むしろ私たちの善良さを自ら深めてくださろうとしているのです。「敬虔さはすべてに有益である」――つまり信仰の規則に従って生活すれば多くの悪から逃れられるし、徳と無垢を有したまま生きていくこともできるのです。その報償は、理性的な精神の持ち主であれば十分に味わうことができるでしょう。こうした高尚な原理に基づいて生きる者が増えれば、この社会もいっそう幸福なものとなるに違いありません。不満の声はもはや聞かれず、さまざまな階層や階級の人々がもっとも強固で心地良い絆で一つに結ばれるはずです。現世での生活は、永遠の日々に約束されているいっそう輝かしく高貴な状態への楽しい序曲にすぎないのです。放埒で思慮がなく、気ままな人々はこうした熟考を非現実的で厳格にすぎると見なすかもしれません。ですが、それが真実の言葉であると気づいてそのことを認めるときが、すぐそこまで来ています。愚行の夢が終われば人生は不毛な無駄にすぎず、生とともに終わるあらゆる追求が無益であることに、人は気づくでしょう。ですが早い時期から英知に心をゆだね、その教えに従って行動した者は、決して損なわれることのない本質的な宝を手にします。狭き墓穴に近づくときも心は希望に満たされ、不朽の喜びにわき、「逆境のときにあっても幸福」でいられます。

親愛なる若者のみなさん、神聖なものに対する畏敬の念を忘れてはいけません。若い心に芽生えがちな奔放さや、他人の不節制な浮かれ騒ぎに同調して不道徳な愚行に走ってはいけません。信仰を軽率に扱うのは罪であるばかりか、そうした若者の顔にはもっとも唾棄すべき僭越さの様相が表れるでしょう。信仰を軽んじることは貧しい理解力の証となり、その人物の小生意気な浅薄さを明らかにします。最初のうちは半可通の知識をひけらかしても、結局それは他の多くの人々が崇敬しているものを、取るに足らないと主張しているにすぎません。信仰心を大切にするということは、同年代の若者以上に折り目正しく、いつも厳粛でいなければならないことと同義だと思うかもしれませんが、それは誤りです。まわりの人々を横柄で批判がましい視線で睥睨《へいげい》する、そんな思い込みも間違っています。本当の信仰の精神とは本来穏やかで融和的。人とよくなじみ、優しく明るいものです。信仰心の篤い人々の行動は常に気取りがなく、ゆとりがあります。表情を曇らせ、気持ちを苛立たせ、心意気をくじき、来世にふさわしい存在となるため現世のすべてを犠牲にする、そんな陰鬱で狭量な印象があるとしたら、それは実際とはほど遠いもの。実生活の義務からの名誉ある解放が、天国へ召されるための準備となり、両者をつなぐのが信仰です。どんな時と場合においても、そうした信仰を恥じるべきではありません。もちろん世界に対して不必要に信仰を誇示することは避けるべきではありますが。

では信仰による制約、快楽をめぐる思慮深い忠告とはどんなものでしょう。それは実に簡単、一言、二言でまとめることができます。快楽を追求することによって自分を、あるいは他人を傷つけてはいけません。そうならない範囲内であれば快楽は十分に正当なのです。範囲を超えたときにそれは罪となり、荒廃へとつながります。賢明な人物であればこうした制約に自ら従うはず。それは快楽をあきらめるのではなく、快楽を安全に謳歌することになるからです。短い期間に激しい快楽を味わうのではなく、もっと長い目で見てください。快楽を存分に楽しみ、かつより長きにわたってそれが持続する方法を、私たちは提案しようとしているのです。

大事な若者のみなさん、結論から申し上げましょう。私たちの人生の朝においては徳の道を歩くことが最高の英知であり、そうすれば私たちは夜の終わりを静かに微笑みながら迎えることができるでしょう。気が進まなくて、葛藤を経験することもあるかもしれません。ですが、それさえ乗り越えれば、魂は苦悩を知らない安定した世界へと安らかに飛び立つことができるのです。

徳をめざすのは年を取ってから、英知は老齢とともに自然に身につくもの、と思っているとしたら、それはとんでもない誤りです。判断力が多少おぼつかないのは若い頃にはありがちですし、それはしばしば許されます。が、心に宿る悪について世間は決して容赦しないでしょう。心は年とともに良くなっていくものではないはずです。人生におけるもっとも純粋で活気ある時期を悪に捧げれば、神さまにはその「残りもの」がいくことになります。それは神さまにふさわしい贈り物でしょうか。そもそも悪への犠牲を、果たして神さまはお認めになるでしょうか。

親愛なる尊敬すべき若者のみなさん、はじめに申し上げたとおり、私は道義に照らしたいくつかの考察を、思いつくままに書き連ねました。意図したとおりの善がそこから生み出されれば、私は義務を果たしたと言えるでしょう。私はまもなく故郷を離れ、おそらく二度とは帰ってこない身です。邪悪な傾向を持つ者たち——都市部に多く巣喰う惨めな者たち——が人を騙すときに用いる恥ずべき技巧の数々に、どうかみなさんは注意してください。その警告を発することこそ私の大事な役目。例としてここにあげた嫌悪すべき不正の数々は、一種の「**恐ろしいノロシ**」とお考えください。世間があなた方を一角《ひとかど》の人物と見なすために必要なものすべてが、ほんのかすかな悪との接触によって台無しになります。その悪の存在を私はあなた方に警告したいのです。

大事な友人のみなさん、思いの丈をこめた最後の「**さようなら**」を告げるときがきました。すべてのことにおいて神さまがより良い方向へみなさんを導いてくださいますように。それが私の切なる願いです。

あなた方の真の友人、
ルーシー・ウェストより

広告

ミセス・ウェストの冒険の第三部、最終章を購入して読みながら、まだ第一部と第二部は未読という方は、さっそくそれらをお買い求めください。というのもこの三部作は互いにとても密接につながっており、そのうちの一部だけを読んでも、読者はミセス・ウェストの人生の大事な部分を知らないままになってしまうからです。誕生、親元からの出奔、ウェスト・ボストン・ヒルでの六年間の生活、そして海上での冒険など、それらはこの最終章に負けないくらい刺激的で興味深いこと請け合いです。

ミセス・ウェスト（かつてのミス・ブルーア、別名ベイカー）の冒険の第一部、第二部はボストンのミルク・ストリートにあるN・カヴァリー書店にて、一冊、十冊、あるいはそれ以上の冊数が購入可能です。

ルイザ・ベイカー（別名ルーシー・ブルーア）の最新書に寄せる短い応答

Mrs. RACHEL SPERRY,
[An inhabitant of West-Boston Hill,]

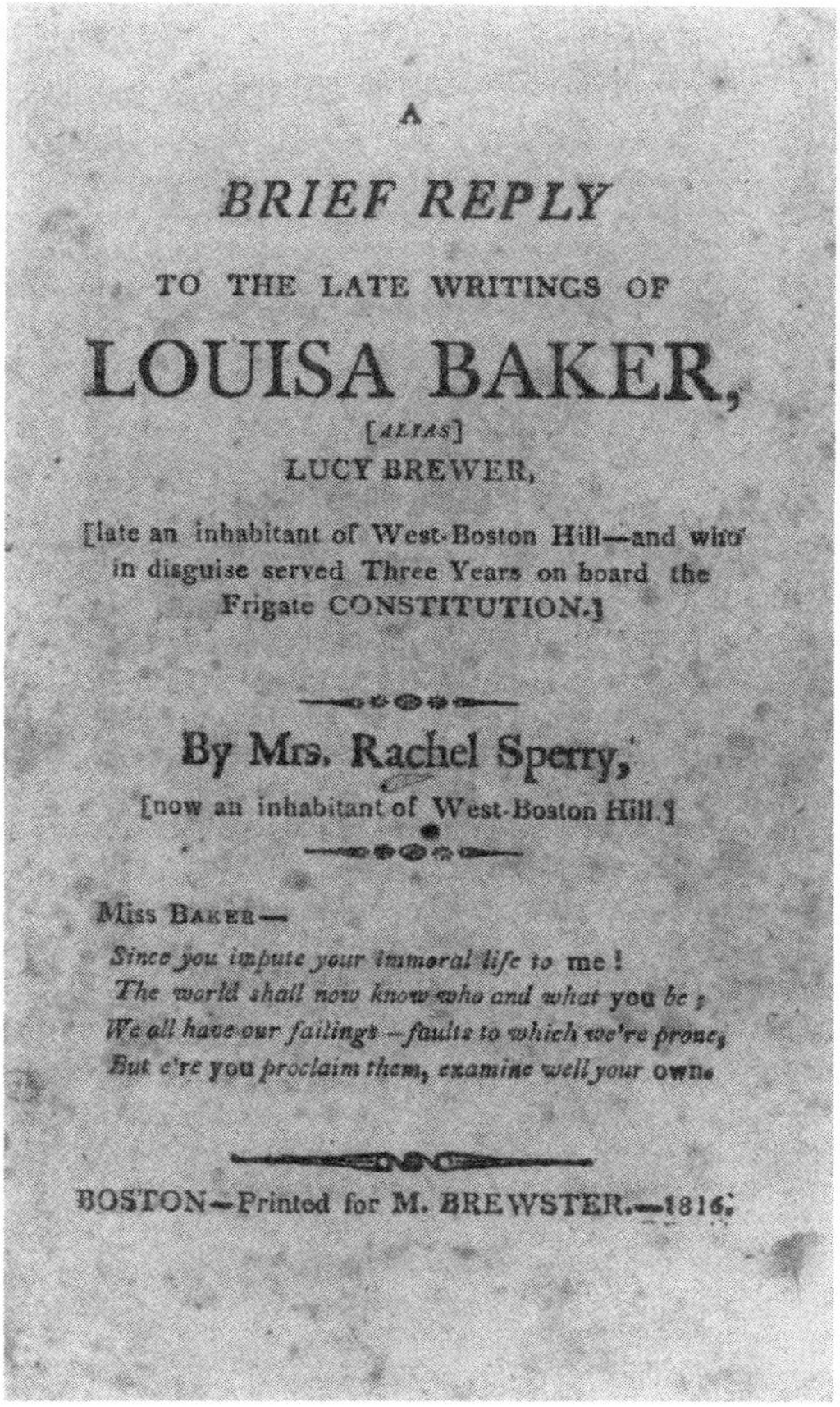
A

BRIEF REPLY

TO THE LATE WRITINGS OF

LOUISA BAKER,

[*ALIAS*]

LUCY BREWER,

[late an inhabitant of West-Boston Hill—and who in disguise served Three Years on board the Frigate CONSTITUTION.]

By Mrs. Rachel Sperry,

[now an inhabitant of West-Boston Hill.]

Miss Baker—

Since you impute your immoral life to me!
The world shall now know who and what you *be*;
We all have our failings—faults to which we're prone,
But e're you *proclaim them, examine well your* own.

BOSTON—Printed for M. BREWSTER.—1816.

▲『ルイザ・ベイカー（別名ルーシー・ブルーア）の最新書に寄せる短い応答』（1816年）の口絵【170頁】とタイトルページ【上】。先行する女水兵シリーズ三部作の人気に乗じてもう一儲け、というわけでおそらくナサニエル・カヴァリー・ジュニア、あるいは彼に雇われたライターが創作したもの。

短い応答

ルイザ・ベイカー、もといルーシー・ブルーア、そして今やミセス・ウェストなる名前を名乗る若い女性の小冊子が、この一年あまり世間を騒がせているようです。ですがこの女性の本当の名はベイカーでもブルーアでもウェストでもありません。そう、この「悔悛した」若い女性は自分の人生の驚くべき遍歴を公表し、後ろ指をさされることなく名誉を守りたいと言いながら、偽名しか使おうとはしないのです。自分以外の者は問答無用に非難しながら、彼女自身はもはやその特徴とも言うべきさまざまな欺瞞によって、鞭打ちを逃れています。彼女は「人生の伝記風スケッチ」と呼ぶものを世間に差し出しました。若者の無軌道ぶり、抵抗しがたい誘惑、そして時宜を得た後悔の記録は本当に驚くべきものです。もっともらしい話をときには体験談風に語りますので、彼女を知らない者がそれらを真実と思い込んでも無理はないでしょう。しかし世間のみなさま、ご安心ください。彼女の話にはいくつもの誤まりがあります。ミス・ボウエン（それこそ彼女の本当の名前）には、確かに自分の人生を伝記風のスケッチに仕立てて出版する権利があるでしょう。トランペットを高らかに吹き鳴らして自画自賛するのも本人の自由。ですが、他の者を犠牲にしてまでそれをやるというのは困ったものです。彼女自身が断っているように、彼女の性格には不快な点がいくつもあります。それをあげつらう気は私にはありませんでした。しかしそれも、私がもっとも不名誉な行為を行なっているという、謂われない糾弾を彼女から受けるまでの話。私とて欠点はあるし、ウェスト・ボストン・ヒルの住人です。糊口をしのぐためとはいえ、春をひさぐ女性たちが若者を欺くのを推奨したこともある、それは否定しません。土地の慣習にあまりにも染まってしまったことも事実です。しかし「悪魔には悪魔の取り分が」とのことわざもあるではありませんか。私と同じくらい積極的な役割を担いながら、人のことだけ「老いた醜女」「鬼ばば」「因業老婆」と呼ぶ小娘からの、これ以上の侮辱には耐えられません。こうして私は、マダム・ウェスト（今や彼女は自分をこう呼んでいるようです）の秘密を世間に事実として公表することにいたしました。彼女によって語られたのは、真実のほんの一側面であることをみなさまにご理解いただきたいと思ったからです。

一八〇六年の春、私は不運にも夫を亡くしました。夫を乗せた船がボストン沖で転覆し、夫は溺死したのです。三人の子供をかかえ、彼らを支える術もなく、私は途方に暮れました。子供たちは自活するにはあまりに幼く、生活費の足しになるお金も稼げません。こうした絶望的な状況に立たされていたときに知り合いが、ヒルへ引っ越してささやかな宿賃を払ってくれそうな人々を相手に下宿屋を始めたらどうか、とすすめてくれました。私たちは食べるのもままならない状況でしたので、一刻も早くなんとかしなければいけません。ですがヒルと言えば悪の温床、そんな印象がありましたので、当初私は友人の提案を実行するつもりはありませんでした。それでも貧しく惨めな生活から幼い子供たちを守るためにはそれしか方法がないと思い、ついに私は友人の説得を受け入れたのです。

このような哀しい事情から私はヒルの住人になりました。そこで私は相応にきちんとした人々だけを相手に下宿屋を始めました。はっきり申し上げましょう。下宿人のほとんどは女性でしたし、彼女たちはみな個室に住んでいました。口論や乱暴狼藉はどんな類《たぐい》だろうと厳しく禁じていましたが、夜になって彼女たちの部屋に誰がやってこようと、私には関わり合いのないことでしたし、気にするつもりもありませんでした。昼間、彼女たちは私が大量に抱えていた針仕事を親切にも手伝ってくれたりもしました。

あれは一八〇九年の秋か冬のこと、日も暮れかかっていた激しい吹雪の中、まったく惨めな状態で一人の女性(十七歳くらいの見当でしょうか)が台所か部屋つきのメイドに雇ってもらえないか、と言って訪ねてきました。私のところではどちらも不要でしたが、同性としてこのような悲惨な者を放っておくことはできません。私は彼女を一晩泊めてあげることにしました。温かくもてなして、少しでも元気が出るよう我が家でできる範囲内のあらゆることをしてあげました。下宿人の娘たちも(私は常々「他人の痛みが分かる人間になりなさい」と彼女たちに言っていました)迷い込んできたこの気の毒な逃亡者のため、進んであれこれ親切にしてあげました。

その晩(女の子たちがそれぞれの部屋に戻ったところで)私は決して無理強いするのではなく、彼女に持ちかけてみました。よりによって一番厳しい季節に、しかもこの見捨てられたボストン・ヒルで、こんなにも哀れな身の上になってしまったのはどういうわけか、事情を話してごらんなさい、と。彼女はことの詳細を語り始めました。それは小冊子の冒頭に書かれているとおり――不実な若者の偽りの友情を鵜呑みにしたばかりに、尊敬に値する女性として世間に認めてもらうためのすべてを奪われてしまったこと、しかも彼には結婚の意思がなかったのですから侮辱はもはや損傷に等しく、彼女の誤った信頼の結果は扶養のあてもありません。こうして彼女は、そんな卑劣なことをするはずがない、と信じていた男に捨てられました。それ以降彼女が被るであろう恥と不名誉、そして同じく傷ついた両親の憤慨を避けるため、彼女は居心地のいい家を後にする決心をしたそうです。そして真夜中、一人の知り合いもいない土地で避難所を求めます。疑いを持たれることなく友人たちのもとへ帰れるその日までそこにとどまることができれば、というつもりだったようです。ところが街にやってきて二日、雇ってくれそうな家は一軒もなく、知り合いもお金も、必要な衣服すらほとんどなかったとのこと。ここで彼女はついに泣き出し、とぎれとぎれの言葉で、平和な家と親切で優しい両親のもとから離れた自分の愚かさを責め始めました。彼女は、プリマス郡マーシュフィールド、あるいはその近くに住む裕福で立派な両親の一人娘だそうで、本名はエリザ・ボウエン。ですが友人たちが捜しにきたときのため、ルイザ・ベイカーと名乗っていました。

このかわいそうな娘が哀しい身の上話を語る無邪気な様子から、その内容が偽りであるとは思えませんでした。悲嘆の重みで今にも沈んでしまいそうな彼女を前にして、私の目からも涙があふれました。ですが卑しいかな、彼女はそれを「偽善の涙」などと言うではありませんか。純粋な善意の気持ちからそのとき私は彼女にこう言いました。苦しみはこれでおしまい、お友達のもとへ帰るときが来るまで私を母、この家を避難所と思いなさい、と。ですが「老いた雌鳥とヒナたち」（これは私と私の下宿人たちを呼ぶのに彼女が好んだ表現です）が不名誉な立場にあり、それを疑わせる事柄はすべて隠そうとした、というのはまったくのでたらめです。私の娘たちはいつもと何ら変わることなく友人たちの訪問を受けていたし、若きお転婆さんはそれを好きなだけ観察することができたのですから。

数ヶ月後、彼女は外出もままならなくなり、そのため私も相応の出費と労力を強いられました。彼女はそれをいささかも弁償しないつもりだったようですが、ちょうどいい案配に彼女の意図を知らせてくれる者がいました。そこで私はあらかじめ手を打つことができたのです。もちろん、両親のもとへ帰ろうとする彼女を引き留めるため、彼女が不実にも書いているような強制や脅迫はいっさいありません。彼女の病が私にもたらした出費と労力をそのままにして私のもとを去る、その不当さを彼女に示唆した、それだけのことです。

「このときから（と彼女は書いています）老いた醜女と彼女に劣らずずる賢い生徒たちは、それまで隠し通していた重要な秘密を少しずつ明かすようになっていきます。美徳と無垢の小道から私を誘い出し、彼女たちの市場にふさわしく教育し直すために、最大限の努力が払われました。ああ、この恥辱は一生消えることはないでしょう。彼女たちの悪巧みは完全に成功し、私は彼女たちが望んだとおりの女に成り果てたのです」。まったくもってそのとおり。エリザ・ボウエン、彼女ほど娼婦としての騙しの技を驚くべき速さで磨いていった下宿人はいませんでした。彼女が「色気づいた若者をつかまえて、一文無しでベッドから送り出す方法」に長けていたことは、この街の多くの傷ついた若者が証言するでしょう。ご安心ください、彼女を「美徳と無垢の小道から誘い出す」のにほとんど苦労はいりませんでした。世間の目から見ればその犠牲はあまりにも大きいと言われるかもしれません。ですが、それは「悔悛と後悔に身を捧げた」彼女にとってはいとも易々と払える犠牲だったようです。

「こうして私は（と彼女は書き連ねます）ヒルに建つ悪しき娼館に住む嫌悪すべき娼婦たちの仲間として三年間を過ごしました。真夜中の浮かれ騒ぎに誘われて、あまりにも頻繁に訪ねてくる無知な若者を欺くためのよこしまな手練手管や彼女たちの性格、そして習性を私はいやというほど知りました。そのいくつかの場面はおいおいご紹介するとして、若者には次の忠告を与えましょう。少しでも彼らの役に立てば、との思いをこめて」――エリザがもう少し早く悔悛しなかったことはまったく残念。そうであれば哀れな若者の多くが、今では後悔著しい娼婦のために飛び込んだ、恥と不名誉な暮らしを知ることなく生きてゆけたのでしょうけれど。「よこしまな手練手管」には気をつけよ、と彼女は言います。それはそうです、その手練手管によって彼女自身、何百もの若者を欺くことができたわけですから。ヒルには近づかないように、とも言いますが、彼女こそ彼らをヒルへおびき寄せる積極的な役割を果たしました。「嫌悪すべき娼婦のなかま」であった彼女が今やシェイクスピアもどきの韻文を使って脅迫します。

「私がこれから暴くのは私たちの隠れた悪徳、

暗黒の夜の行ない、忌まわしい行為、
共謀された災いと奸計、
それは聞くだに哀れを誘うおはなし」

エリザ・ボウエンの本当の気質、彼女が本当の悔悛者なのかどうか、それについてはヒルに住んでいた頃の彼女をよく知る者に聞くのが一番でしょう。仲間うちでも彼女ほど「嫌悪すべき娼婦」はいませんでした。「真夜中の浮かれ騒ぎ」に誰よりも興じ、「災いと奸計」を率先して共謀し、夜毎ダンスホールに通いつめ、獲物の獲得にかけてはぬかりなし。「尊敬できる人物と見なされるためのすべてを自ら犠牲にした以上、今さら友人たちから良き評判を享受できるとは、考えるだけでも無駄なこと」と書いているものの、彼女が両親に会いたいと言ったことは二年以上ものあいだ、一度たりとてありませんでした。ボストンまで友人が捜しにきたけれどその後の消息まではたどれなかった、とも書いていますがそれは嘘。ダンスホールで知り合いに見つかり、それが両親にも伝わって近所の何人かが彼女を捜しに遣わされましたが、彼女は私の家の個室に隠れて彼らをやり過ごした、これがことの真相です。

「しかし三年もこの厭うべき娼婦たちと同じ屋根の下で暮らすうちに〈と彼女は続けます〉、私はそのみすぼらしい生活がすっかりいやになり、なんとしてもそこから抜け出したいと思うようになりました。そしてほどなく恰好の機会がおとずれ、私は何も知らない〈優しい庇護者〉から逃れることができたのです。男ものの服を着ることによって。

ボストンの道をいくつか歩きまわってみたところ、私が女性であることに気づく者は誰もいません。やがてフィッシュ・ストリートで戦艦の乗組員を募集している家に迷い込んだ私は、フリゲート艦コンスティトゥーション号に乗船する水夫として登録することになりました」

この件《くだり》でも現代のアマゾネスは必ずしも事実に忠実ではありません。実は彼女は同性の仲間たちの「みすぼらしい慣習」がいやになったのではなく、若い男と恋に落ちたのです。彼はフリゲート艦コンスティトゥーション号に乗船することになっていました。ですから彼女が「なんとしても抜け出したい」と思うようになったのは、「なんとしても」彼についていきたかったからに相違ありません。発案者は男の方でした。男の服を用意し、入隊担当者にはニューヨークからの従弟として彼女を紹介したようです。前日に除隊したばかりと主張することで彼女は通常の検査を逃れ、船上でも彼がほとんどの任務を引き受けたので、彼女も仲間に疑われることなく水夫として航海を続けることができたのでしょう。実際、ミス・ボウエンが女性であることを知っていたのは彼だけでした。もちろん公平を期するため、私は彼女が受けるべき賞賛を惜しむつもりはありません。戦闘において彼女はなかなかの剛胆さを発揮し、マスケット銃に弾をこめて発射することにかけては仲間に負けない腕前だった、とも聞いております。そのことを教えてくれたのは、彼女といっしょに船に乗り、下船してからは私の家に足繁く通い続けた例の男性でした。

「私は何も知らない優しい庇護者から逃れることができたのです（と彼女は書きます）。男ものの服を着ることによって」。彼女はいつも私を尊敬しているようなことを言っていたので、そんな手を使ってコソコソ出ていくとは思いもしませんでした。突然いなくなったものですから、ヒルに建つ悪辣な娼館にでもつかまっているのではないかと案じ、私は彼女を懸命に探しました。が、杳《よう》として行方は知れず。コンスティトゥーション号に乗船したことを思いつくくらいなら、月の上でも捜しに行ったことでしょう。私が「庇護者」かどうかはともかく、彼女を見つけていれば必ずや引き留めたに違いありません。というのも彼女はその年の下宿代九十ドルを未払いのままいなくなってしまったのですから。これについては数日前、ニューヨークにいるという彼女の夫に請求書を出させていただきました。（悔悛の君《きみ》からは、一セントたりとも払ってもらえる見込みはないと思ったからです。）とにかく過去の事柄については、彼女にもう少ししっかり思い出してもらわないといけないようです。

　コンスティトゥーション号の最後の航海から戻ったミス・ボウエンは軍服のまま仲間の水夫たちとしばしばヒルに繰り出し、まったく疑われずに海上の冒険を披露したり乾杯のさかずきを酌み交わした、と書いています。これも間違い。確かに変装は見事なものでしたが、見破った者がいました。かつての仲間の一人、ミス・コリンズです。ミス・コリンズは翌日私のもとへやってきて教えてくれました。前の晩にコンスティトゥーション号の仲間数名と連れだって、水夫の恰好をしたエリザ・ボウエンを見た、と。ですがそのときにはにわかに信じられず、私はミス・コリンズの見間違いだろうと思い込んでしまったのです。

　後悔著しい彼女は、ニューヨークから戻る途中も私を巧みに騙したこと、そのときの様子を（明らかに満足げに）語っています。去年の夏、水夫の恰好をして私の家で一夜を過ごしたのがたしかに彼女だとするなら、私はすっかり騙されたことを認めないわけにはいきません。ですが彼女と会ったのは三年ぶり、海の気象にさらされて彼女の顔の色つやもすっかり変わっていました。私が彼女を見て分からなかったとしても、なんら不思議ではないでしょう。もちろん下宿人の女性たちがいっしょにいれば、彼女もそんなに易々とは成功しなかったに違いありません。

罪を悔いる放蕩者は自分の作品の第一部と第二部を、街に住む若者たちへの厳正な警告と、ウェスト・ボストン・ヒルやその住人の恐ろしげな描写とともに締めくくっています。私もまたエリザ・ボウエンと同様、ヒルの厭わしい光景には賛同できません。いえ、その気持ちは彼女以上に強いでしょう。というのも私は、彼女ほど顕著な役割をその中で果たしたことはないのですから。私がヒルの特徴ともなっている多くのいんちきなやり取りの擁護者と思われているとすれば、それは心外というもの。ですが、大きな商業都市や街にそうした場所が存在することは無垢で無防備な者たちの安全にとって、実は重要であるとも思っています。ヒルのような、ある種の階級の男性が足繁く通える場所がなければ、ボストンの状況は悲惨なものとなるでしょう。女性の住人が暗くなってから出歩く危険も増すに違いありません。港町につきものの安楽な暮らしを送る者たちをヒルから追い出しても、彼らは街のより上等な地区に移るだけ。どんなに穢れなく尊敬すべきご婦人であっても自らの家で冒瀆にあう可能性が高まり、夜の外出は命の危険を伴うものになってしまうのです。——必要あって夜分遅く一人で出歩けば疑いの目を向けられ、相応の扱いを受けるでしょう。水夫や兵士などヒルの常連客は相手を求めて公道をさまよい、老いも若きも女性とあらば彼らの罵声や悪態を受けるのは必至。いつの時代も大きな街や都市では、住民の健康を損なう恐れのある、あらゆる害や穢れを囲い込むための適切な場所を確保することが必要でした。公益のためにもすべての大きな街や都市には、享楽的な生活を好み、人々にとって有害であると思われる者たちのための場所を作るべきです。今のところヒルとその住人は(ミス・ボウエンはひたすら悪として描きましたが)街全体のために欠かせない、と私は思います。もちろん「悪に言い訳は無用」、淫らさへの誘惑は決して推奨されるべきではなく、悪を治癒するには、悪しき行いに近づかないことの賢明さを説き、道徳的な教えに従うよう指導するのが一番です。人間の本質としてそれで済むならこれほど幸せなことはありません。ですが全人類を改心させるとなれば一日の仕事では到底足りるはずもなく、したがってそんな骨の折れることは免除してもらって、あとはそれが実行できると信じる方々にお任せしましょう。

「無垢な若者を欺く」事例は確かにたくさんあるでしょう。ですがよそ者の弱みにつけ込むような真似は、少なくとも私の下宿人たちには禁止しています。彼女たちはいつだって名誉ある取引を行なっています。紳士の方々は私にワインのデカンタをいくつも注文し、作為的に彼女たちを酔わせようとしますが、彼女たちはどんなに酔ってもその教えだけは守っているはずです。たとえ例外があったとしてもそれは私の承認なく、知らないところで行なわれたこと。ミス・ボウエンが描いたような悪辣で破廉恥な輩は大勢いるでしょうが、ヒルの住人全員の行動が私の責任と思われても困ります。そういう人々は家のまわりを離れることが少なく、仲間うちだけで行動し、私の敷地内に立ち入ることはもちろん、下宿人たちとの交流も禁止しています。彼らのような嫌悪すべき者に、無垢で疑いを知らない若者たちが誘惑されたとすれば、それはそうした家に近づくのがいけない、としか言いようがありません。

ミス・ボウエンは「真夜中の浮かれ騒ぎ」についてあれこれ語っていますが、彼女ほどダンスホールが好きな者はいませんでした。そこで彼女はずいぶん多くの時間を過ごして、仲間に後れをとることなく（偽りの化粧や洋服によって）若者の誘惑に精を出し、彼らの小金を巻き上げることにも熱心でした。それが今や徳のある生活のもっとも声高な推奨者になったわけです。彼女を知らない者にはそれで通るかもしれませんが、私は騙されません。

ミス・ボウエンが本当に悔悛し、徳深い生活を送る大切さに目覚めたのであれば、ヒルを後にしてなぜ彼女はすぐにでも両親のもとへ帰らなかったのでしょう。彼らは二年以上も娘からの音沙汰なく、たいそう傷ついていたはずです。なぜ彼女は男装して戦艦に乗り込み、女一人、四百人の男たちの中に入って、正体が暴かれるかもしれない危険を冒したのでしょう。船をおりた後もなぜ彼女は両親のところへは帰らず、あれほどの嫌悪をもって描くヒルを水夫仲間とうろつきまわったのでしょう。（そして両親のもとへ帰り、暖かい歓迎を受けた後も）なぜ彼女は再び彼らを置き去りにして制服を着込み、南へ旅立っていったのでしょう。なぜ彼女はニューヨークで士官の制服にわざわざ着替え、それを着たまま立派な家族の前に現れて「B少佐」などと名乗ったのでしょう。なぜ彼女はボストンへ再び戻ってからはヒル好みの傾向を発揮して偽装の技を試し、大嫌いなはずの場面をいくつも目撃しているのでしょう。なぜ彼女はお気に入りの新しい制服を着てボストンの往来を闊歩し、水夫仲間を捜しにフィッシュ・ストリートへ足を向けたのでしょう。これらはみな「変装の技を試すため」だったのでしょうか。それとも彼女がコンスティトゥーション号に乗り込む手助けをした、例の若い男性をできれば見つけ出したかったからでしょうか。「自分の仕事が恥ずべきものであることをはっきり自覚した」と言いますが、これらの行動は私にはとても奇妙に思えます。

「不道徳な生活の致命的な影響について（とミス・Bは書いています）若者に警告しようとすれば、私の誠実な改心を疑う人々が私を嘲り、あれこれ詮索を始めるでしょう。それは分かっています。私自身が六年間も悪徳に耽ったのです。そんな私に若者を教え諭す資格があるのか、そんなふうにいぶかしむ人がいても不思議ではありません。ですがそうした人々も満足するよう、私はここで厳かに宣言します。ヒルに住んでいるうちに、私は自分の仕事が恥ずべきものであることを強く自覚しました。そして自分の生き方が誤っていたことを心の底から後悔し、悔悛したのです。その結果、放蕩者は友人や嘆き悲しむ両親のもとへ戻ったのです」

私は（エリザ嬢の厳かな宣言にもかかわらず）彼女の「誠実な改心」を疑う者の一人ですし、したがって彼女が「なぜ若者を教え諭すことができるのか」疑問に思います。お手本となるような人生を歩んできた者が教え諭す方がずっといいでしょうし、効果的なはずです。私の話からもお分かりのとおり、ヒルに住んでいた頃の（通称）ルイザ・ベイカーを知っている者であれば、彼女からの指図はいっさい受ける気にならないでしょう。

第二部で彼女は「蔑むべきヒルに住む娼婦の、偽りの誘惑に愚かにも屈してしまった」若者の堕落と不運な死について語っており、それを読む者は心動かされずにはいられません。その様子はまったく痛ましい限りだし、意図した効果があればいいとは思います。ですが、実はそこにつけ足すべきいっそう陰鬱な話があるのです。とても深刻な内容の、彼女自身も関わっていた話。そう、彼女は自分が関与した、犯罪にも近い事件への言及は巧妙に避けています。その一方で、私がどんなに傷つき、また私の家の評判がどんなに悪くなろうとも、彼女は私の家族のあらゆる秘密を暴き立てて良しとするのです。そうであれば私も彼女の例に倣いましょう。私もまた、とある話を読者の方々に具体的にお伝えしようと思います。それはある意味で彼女自身の悪行を目立たせることになるかもしれませんが。

一八一一年の秋のあるとき、ヒルに住む三、四人の女が(その中にはミス・エリザも含まれています)モールで晩の散歩をしているとき、若い紳士(彼はフランス人で、アメリカへ来てまだ二日しかたっていません)とごいっしょすることになりました。とても優しそうな男性で、おぼつかない英語で彼女たちを誘う態度から、彼女たちも悪い人ではなさそうだと判断し、むしろつき合うに値する人物、と思うようになりました。悪賢い彼女たちは、無邪気なこのよそ者を欺こうと、即座に計画を立て始めました。何も知らないこの紳士は、女性たちをとても社交的と思い、ぜひとも家まで送らせてほしいと懇願し、淑女たちも(申し訳程度にためらいながら)それを承諾しました。若い紳士は彼女たちとほんのしばしの時間をともにしただけですが、その話しぶりや態度から彼がエリザの得も言われぬ魅力の虜となったことは明らかでした。彼はエリザにばかり注意を向けます。これで役割分担が決まりました。残りの女性たちは、ずる賢いエリザへの彼の執着を煽るべく最大限の努力をするのです。こうしてにわかにエリザは若き女主人、ほかの女性たちは朝晩の散歩に必ずお供としてついて歩くそのメイドとなりました。そしてボストン・コモンのまわり、あるいはビーコン・ストリートに建つもっとも優美な邸宅も彼女の父君のもの、州会議事堂でさえ彼らの夏の家として建てられたことがほのめかされたのです！　騙されているとは露知らず、しかも英語ですから若きフランス人が完全に理解したとは思えないものの、どうやらこのレディはたいへんな資産家であると、彼がそう思い込んだことは間違いないでしょう。

女性たちは彼を家中でもっとも立派な部屋に案内します。そして嘘の発覚を防ぎ、また賞与を確実なものにするため、相変わらずエリザのメイド、あるいは彼女に仕える奉公人の演技が続けられます。一人が彼女の髪をとかしたりカールしたりするあいだ、別な者は彼女が手を洗うための洗面器を掲げ持ち、さらにもう一人が扇であおぐ作業に専念、といった具合です。この悪賢い浮気娘に対する若きよそ者の執着がすっかり強くなっていることは、彼女に向けられた彼の関心を見れば明らかでしょう。もちろん彼女の富に対する畏敬の念も高まるばかり。彼自身裕福で立派な人物でしたが、自分は彼女の足下にも及ばない、と彼はそんなふうに思ったに違いありません。本来ならば、お邪魔しました、とばかりにそそくさと帰るところですが、エリザは彼に巧妙に取り入り、彼との同席を彼女自身も望んでいる、と彼に思わせます。

ここでエリザの「メイド」が時機を見計らって（もちろんエリザはそのために退出します）若き紳士

に特別な事情を説明し始めます。何軒もの豪華な邸宅を所有する父君の唯一の嫡子であるにもかかわらず、彼女の女主人がなぜこのように質素な暮らしを強いられているのか。このフランス人を惑わせ、驚かせた作り話は以下のとおりでした。「麗しの姫君さまの父上は国中で屈指の資産家ですが、ムッシュ・ジェローム・ボナパルト（皇帝の弟！）が数年前にこの国を訪れたとき、姫君さまの莫大な富と人柄の立派さに惹かれて求婚なさいました。ところが姫君さまは（ご両親の同意や忠告に逆らって）その求婚をお断りになったのです。姫君さまの父上は（常にフランスびいきでいらっしゃいますから）それを愚行、不服従と見なして不快に思い、即座にもっとも質素なこの家への蟄居を申し渡しました。お付きの者はもちろん私たち三人だけ。そして姫君さまのお目にかない、父上の死後も莫大な富と財産を立派に管理できるような、高貴なフランス人を見つけるまでは、戻ってきてはいけない、とおっしゃったのです。あなたさまが姫君さまをご自宅まで送りたいと申し出たときに（と言葉巧みにこのすれた娘は続けます）姫君さまが承諾なさったのも、そんな事情があればこそ。フランス人と結婚しなければ財産は継がせない、との父上さまのご意向ですから、あなたさまがフランス人でいらっしゃるのを知って、もしや、と希望を託されたに違いありません。あなたさまこそは幸運なお方、姫君さまと父上さまとの待望の和解をもたらすために神さまがおつかわしになった運命の方ではなかろうか、と。私の推測が当たっているかどうか、それもすぐに分かるでしょう。というのも姫君さまは先ほど私におっしゃいました。これまで何十人ものフランス人からの求愛を退けたものの、あなたさまとの結婚を避ける理由は一つもない。というのもあなたさまのお姿には愛情を深める不思議な何かがある、と。

つまり富と愛情をお望みならば、あとはすべてあなたさま次第。そしてあなたさまが結婚を希望され、姫君さまもそれに同意なさるのであれば結婚の日取りは一日、いえ一時間たりとも遅らせないのが賢明でしょう。予測のつかない事態が持ち上がり、立派な財産のみならずこの世でもっとも愛すべき女性を失う羽目にならない、とも限りませんから」

虫も殺さぬ風情のエリザがここで再登場。まんまと騙されたフランス人とのあいだで、あっという間に段取りが決まります。結婚式はその日のうちに執り行われることになったのです。さっそく神父が呼ばれてやってきました。新郎は妻に優しく、道理に合った願いはすべてそれを尊重し聞き入れること。そんな誓いが立てられ、しかるのちに神父は二人を夫と妻として宣言しました。お断りしておきますが、言うまでもなくこの神父は娘たちの一人が変装したものにすぎません。

ここまで順調に計画を進めたエリザは、続いて騙されたカモになるべく早く荷物を運び込むよう提案します。その晩のうちにポーターが手配され、間抜けな新郎の所有物はほとんどすべて偽りの花嫁の家に運ばれていきました。ところが女性たちにとって不運なことに、この悪事は翌朝発覚してしまいました。フランス人の友人たちによって、彼女たちの計画は阻止されたのです。巡査立ち会いのもと、彼の財産の大半は本来の所有者のもとに戻されました。

読者のみなさま、これがヒルに住んでいた頃のエリザ・ボウエンです。今や彼女は「誠実な改心」をみなさんに信じていただき、その一方で私が人間の中でもっとも見下げ果てた存在である、との烙印を押そうとしています。本当に改心したのであれば、それは彼女の両親にとっても喜ばしいことでしょう。というのも私が知る限り、「恥ずべき仕事」はたいていの場合悔悛どころか、早すぎる死を呼び寄せるのが常ですから。

誠実な改心であるかどうかはともかく、小冊子の出版によって影響を受けた人物が一人だけいます。そう、彼女がまんまと手に入れた夫殿です。聞くところによると彼はニューヨーク出身の一角《ひとかど》の紳士、ただし本名はマダム・ウェストが主張するウェストではなく、ウェブである、とか。彼女がそれほどまで偽名にこだわるのは一般の人々の目を欺き、彼女の正体を決して特定されないためでしょう。彼女が「恥ずべき仕事」についたのはすべて私のせい、などと不当にも主張しなければ、私とてわざわざ骨を折って彼女の本当の姿を暴く必要などありません。いずれにしても私はことの真相をすべてみなさんに明らかにしました。あとは公平なるみなさんがご自身でお考えの上、ご判断くださいますように。

アルマイラ・ポールの驚異の冒険

ALMIRA PAUL,
A YOUNG WOMAN, who, garbed as a Male, for
of the last preceding years, actually served as a comn
Sailor, on board of English and American armed vessel

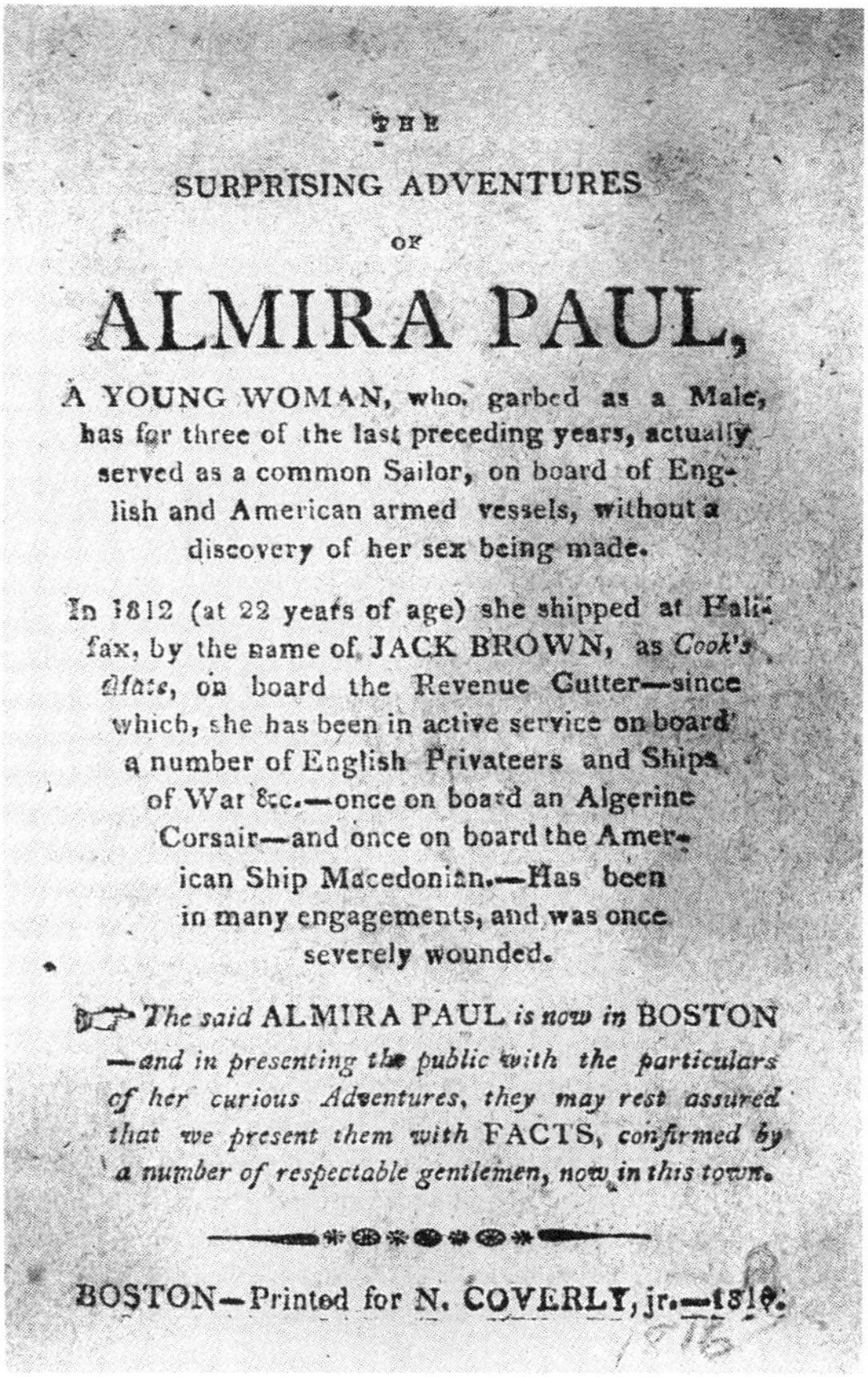

THE

SURPRISING ADVENTURES

OF

ALMIRA PAUL,

A YOUNG WOMAN, who, garbed as a Male, has for three of the last preceding years, actually served as a common Sailor, on board of English and American armed vessels, without a discovery of her sex being made.

In 1812 (at 22 years of age) she shipped at Halifax, by the name of JACK BROWN, as *Cook's Mate*, on board the Revenue Cutter—since which, she has been in active service on board a number of English Privateers and Ships of War &c.—once on board an Algerine Corsair—and once on board the American Ship Macedonian.—Has been in many engagements, and was once severely wounded.

☞ *The said* ALMIRA PAUL *is now in* BOSTON *—and in presenting the public with the particulars of her curious Adventures, they may rest assured that we present them with* FACTS, *confirmed by a number of respectable gentlemen, now in this town.*

BOSTON—Printed for N. COVERLY, jr.—1816.

▲『アルマイラ・ポールの驚異の冒険』(1816年)の口絵【192頁】とタイトルページ【上】。おそらくナサニエル・カヴァリー・ジュニア、あるいは彼に雇われたライターが創作したもの。アメリカ稀覯本協会所蔵。

アルマイラ・ポールの驚異の冒険

私は一七九〇年、立派な両親のもとにノヴァスコーシアのハリファックスで生まれました。十五歳でウィリアム・ポールなる船乗りと結婚して二人の子をもうけ、一八一一年までは幸せに暮らしていたのですが、一八一二年二月二十日、英国の私掠船スワロウ号に乗船した夫は、不運にもアメリカの私掠船との戦闘中に死亡。家計を助けるには幼すぎる子供二人をかかえ、支援してくれる余裕のある友人もなく、私はにわかに経済的な困窮に直面しました。優しくて面倒見のいい夫の死が、取り返しのつかないものとしていよいよ胸に迫ってきます。夫は家族のためにささやかながら賃金を稼ぐと同時に、国の権利を守るため殊勝な努力のさなかに命を落としたのです。夫はアメリカ人に殺されたのですから私の惨めな状態は彼らのせいであり、女性というだけで、すぐにも夫の復讐を果たせないことがとても残念でなりませんでした。

私は家族を養う道を必死で探りましたが、やがて八方ふさがりに陥るや一つの決心しました。夫の復讐を果たせるかもしれない、と同時に切迫している経済的困窮を和らげることのできる立場に自分の身を置こうと。そのあいだの数ヶ月、子供たちの世話は母に任せ、私は友人たちにも知らせずに亡き夫の衣服を着込んで変装したのち、コックの助手として英国のカッター船ドルフィン号に乗り込むことにしたのです。私は男のふりをするのが大層うまく、私がそのじつ女であることには誰も気づきません。唯一聞かれたのは、これまで船に乗ったことはあるか、ということだけ。私はないと答えました。正体が暴かれる危険を少しでも減らすべく、私は体をしっかりと締める下着を買って常にそれを身につけました。また、たまたま事実が発覚した場合のため、本来の女性の服も必ず手元に置くようにしました。

一八一二年の六月、ドルフィン号が出帆し、私は与えられた仕事につきました。読者の方々はお分かりのとおり、台所仕事は決して初めてではありません。すぐに私は腕のいいコックとして乗組員仲間に知られるようになりました。夜の見張りの義務はなく、日中は料理長の言うことさえ聞いていればいいのですから、ほかの乗組員同様、私も楽しく過ごすことができたはず。ですが、最初の二週間はひどいものでした。というのも初めて海に出る者にありがちなように、私もひどい船酔いに悩まされたのです。やがてそれもおさまりますと、いつしか私は以前よりもさらに元気になり、食欲も増しました。乗組員の誰にも負けないくらいしっかりと、割り当てられたものを食べたり飲んだりするようになったのです。

士官たちはすばらしく、船は立派で気象も良好。乗組員からは何一つ文句が出ない航海でした。もちろん「臆病なヤンキーども」(船に乗っている者全員がアメリカ人をこう呼んでいました)になかなか遭遇しない、という文句だけはずいぶん聞かれましたが。そこへ八月十九日緯度四十一度四十二分、初めてヤンキーのフリゲート艦を発見、しかも別の英国フリゲート艦がそれを追走中です。おんぼろ艦を何隻か持つだけの未熟で未経験なヤンキーたちが、同じ大きさの我が国の船に立ち向かう——そんな危険を冒すほどアメリカ軍も愚かではないと私たちは思っていました。アメリカのフリゲート艦が捕まるのは時間の問題でしょう。我が国の艦船(ゲリエール号)は私たちのすぐそばを通り過ぎながら、船首にスウィッチェルと呼ばれる飲み物の入った小さな樽を掲げました。糖蜜と水を混ぜたその飲み物はヤンキーどものお気に入りで、掲げた樽は彼らへのもてなしの合図でした。やがてうれしいことにゲリエールが敵艦(コンスティトゥーション号)に追いつきました。銃弾が届く距離です。それなのに次の瞬間、ゲリエール号が間切りながらジグザグに進み、それをヤンキー船が追いかけるではありませんか。私たちが無念と失望のうちにそれを眺めたのは言うまでもありません。「これは何かの間違いだ(と我が船長が唇をかみしめながら言いました)。イギリスのフリゲート艦が、マストヘッドに星条旗を掲げたモミの木製のヤンキー船から逃げるなんて、そんなことがあるものか」。やがてコンスティトゥーション号がゲリエールに追いつき、すぐにも開戦せよと言わんばかりに挑発します。射程距離に入ったところで最初に撃ったのはゲリエールでした。舷側砲が発射されたのです。午後六時、ピストルの弾が届くところまで距離が縮まると、双方ともに必死の戦闘が始まりました。すさまじい連続砲撃が十分、十五分と続いたでしょうか。もっとも老齢の乗組員さえこれほどの闘いは見たことがない、と驚いたくらいです。私たちは全員この戦闘を見ていました。士官たちは双眼鏡を手にしながらヤンキーどもの星条旗がおろされるのを、今か今かと待っています。しかし十五分足らずのところで屈辱的なことが起こりました。ゲリエール号のミズンマストが、続いて十二分から十四分後にはメインマストとフォアマストが折れ、バウスプリットだけを残して帆柱や帆桁がスパーもろともに船外に倒れたのです！　コンスティトゥーション号は攻撃をやめ、ゲリエール号のわきに着けて降伏せよと迫っています。こうして三十分足らずのうちに英国艦船の中で最上のフリゲート艦が完全に破壊されたのです。我が船に乗っている者全員にとって、これほど無念なことはありませんでした。しかも相手はヤンキー軍。彼らの海洋技術や勇気さえ、私たちから見れば蔑むべきレベルです。なのにコンスティトゥーション号はほとんど無傷で、すぐにも整備が行なわれ、出帆するでしょう。同じように攻撃されてはたまらないので、用心のため私たちは針路を変えて進むことにしました。この瞬間から私のヤンキー評価は変わりました。そして死んだ夫の復讐をする機会がすぐにやってきたとしても、それを果たすことができるかどうか、自信をなくしてしまったのです！

カッター船に乗り込んで六週間が過ぎようとした頃のこと。ジョージア諸島沖を航海中、私たちは英国戦艦に遭遇しました。他船を多く拿捕してそれらに人員を配置したため、その船自体の乗組員が不足しているとのこと。私の他に十二人が補充のためこの船に乗り込むことになりました。私たちが乗船した戦艦はその後すぐにアメリカの私掠船ダート号を捕らえ、三日後にはフランスのフリゲート艦フェアプレイ号に遭遇して交戦すること十五分。弾丸が耳元をかすめる接戦でしたが、私と同じ状況に置かれた女性なら怖がるところ、私はかなり平静を保つことができたと思います。戦闘中に五人が死亡し、そのうちの一人は裳帆長でしたが、彼が倒れたとき私は彼のすぐ隣にいました。瀕死の重傷であることに気づいた私は思わず彼のポケットに手を滑り込ませ、彼の呼び子を抜き取って胸元にしまい込みました。今でも私はそれを持っています。短いながらも激しい闘いを経て、結局私たちはそのフランス船を捕らえることに成功し、私を含めた乗組員数名が船に乗り込んで、バルバドスへ向かうよう命令を受けました。

バルバドスへ着くと今度は、八日後に出航予定の英国スループ帆船シーホース号へ移る命を受けました。この船でも料理長の助手としてなじみの仕事につきましたが、私の直接の上官にあたる料理長は、それまでに仕えたどの料理長とも違う気質の持ち主でした。下劣で悪辣、非人間的な要素がすべてこの男の中に凝縮されているかのようです。些細なことでも、あるいは理由がなくとも彼は私を平手打ちにしたり、情け容赦なく殴りつけました。それが彼にとって最大の喜びであるようでした。こんな悪漢の意のままになるとは女性（しかも母親でもあるのですが）にとっては我慢ならない状況だろう、と多くの読者はお考えでしょう。私に対する彼の態度は酷烈さを極め、やがて私は彼こそ最大の敵《かたき》と思うようになりました。そう、私から夫を奪い、私を絶望の淵に叩き落としたアメリカ人を敵と思う気持ちはすでに薄れ始めていました。夫の運命は戦争の運命でもあります。その戦争に夫は自ら飛び込み、自らの権利をかけて敵である外国と闘ったのです。そして公平で公正な戦闘の結果、夫は命を落としました。私の場合は事情が違います。私は愛国心に駆られ、国の大義のために奉仕することを選んだのです。若かった私は苦労を知らず、海の上での生活にも不慣れでした。それでも私は常に水夫にふさわしい態度を心がけたので、乗組員仲間は私が女性であるとは微塵も考えず、戦闘においても私を臆病者と呼ぶ者は一人もいません。同国の士から相応の良き扱いを受けたいと望むのは当然であり、その資格があると自分では思っていました。ですがそうはならず、むしろ私に対する料理長の卑怯な態度はそんな望みを完全に打ち砕いたのです。やがて私は彼を殺してでも復讐したい、という恐ろしい決意に至りました。そこへ折良くチャンスがやってきたのです。ある晩、彼は船から身を乗り出してバケツを洗っていました。長いこと温めていた計画を実行するのに絶好の機会、それをみすみす逃すわけにはいきません。私は彼を軽く蹴り上げ、こうして彼はバケツもろとも船の外へ放り出されました。掌帆長さながらに長く尾を引く叫び声が響きます。ところが十五分近くサメに取り囲まれながら、彼は私の期待、いえ切望に反し、乗組員仲間に助けられ、救助されてしまったのです。甲板に転がるや彼は、宵の水浴びはどこかの性悪な悪党がいきなり蹴り上げてきたせいだ、と騒ぎ立てました。私はみなと同じように驚いてみせ、うまくいけば誰からも疑われずに済むはずだったのですが、不運なことに掌帆長がことの次第をすべて目撃していたようです。彼の糾弾を受けて私もそれを認めざるを得ませんでした。話は士官たちに報告され、私は船内通路にくくられて鞭打ちされることになりました。それを知ったときの私ほどひどい気持ちを味わった女性はいないでしょう。男のように鞭打たれ、打ちのめされるのはともかくとして（もちろんそれとて想像もできないほどの恐怖でしたが）それ以上に恐ろしいことが待ち受けていたのです。背中を剥き出しにされるわけですから上半身は裸、つまり鞭打ちによって私の正体は暴かれ、二重の意味で罰せられることになります。ですが神さまのおかげで、心配していたほどひどいことにはなりませんでした。シャツまでは脱がされずに済み、しかも上半身の素肌には例のきつい胴着を着けていたおかげで、鞭の痛みは和らぎました。裸の背中に鞭を受けるよりずいぶん楽でした。こんな危機的な状況にあってもなお女性であることを隠し通せたのは喜ばしいこと、私はヒロインにふさわしい気丈さでこの罰に耐えたのです。

一時は不幸な事態に思えたものが、結局数本のミミズ腫れで済んだのは本当に幸運でした。ところが数日後、それよりいっそう深刻な事故が起こったのです。海上での生活を始めて六ヶ月、そのあいだ陸《おか》に上がったのは数えるほどしかなく、船の上で暮らしながら海にもすっかり慣れたと思っていました。女性といえどもここまで冒険ができ、困難に耐え、危険にも立ち向かえる、しかも女性であることに気づかれもせずに——これはうれしい発見でした。マストの先端では自分の身軽さを試したくて、ヤードの上を歩いたり、索具から索具へ飛び移ったりしていました。ところがこうした不遜な遊びに興じていたあるとき、足がすべってメイン・ヤードから甲板へと真っ逆さま。この身の毛もよだつような転落によって私の頭蓋骨にはひびが入り、顔にもひどいケガをしました。気を失ったまま私は甲板下へ運ばれ、外科医が診察をしてくれました。手の施しようがない、というのが最初の診断でしたが、やがて穿孔手術によってどうにか一命を取り留められるかもしれない、ということに。こうして私は激しい苦痛を伴う手術を受け、それから七週間、ときに呻きやうわごとを発しながらベッドに縛られる生活を送ったのです。

甲板を歩けるまでに快復したところで私は任務に戻りました。ですが頭に受けた大きな傷のせいで意識はいつまでも混濁し、感覚もおぼつかず、それ以後、船に乗っている者は誰もが私のことを「がたぴしジャック」と呼ぶようになりました。もちろん本名ということにしていたジャック・ブラウンからついたあだ名です。どうなっているのか、と読者の方々は思っていらっしゃることでしょう。重傷でベッドについているあいだ、外科医をはじめとする人々にどうやって私の性別を隠し通したのか、と。発覚を避けられたのは、ひとえにシャツの下に着込んでいた例の肌着のおかげだと思っています。それから体の他の部分にケガをしていないかどうか、それを医師たちがもっとよく調べようとしなかったことも幸いしています。私は意識を取り戻してすぐに自分の置かれた状況を悟り、外科医をはじめとするまわりの人々に、ケガをしたのは頭だけだから他の部分は調べる必要がない、と主張したのでした。

航海の途中、私たちはロジャーズ指揮官率いるアメリカのフリゲート艦プレジデント号と遭遇し、舷側砲を浴びるように受けた結果、乗組員二名が死亡、三名が負傷、帆と索具にかなりの損傷を受け、つまりは被害甚大でしたが、指揮官の巧みな舵さばきでなんとか逃げきることができました。船はほとんど沈没寸前、そこで修理のためすぐにもセント・ジョンズ港に入ることになりました。

セント・ジョンズ港にはイギリスの私掠船スクーナー、フローラ号が出港を待つばかりとなっていましたが、航海のための要員確保に手間取って、出るに出られない状態でした。そこで指揮官が五名の水夫を我が船から募ることにしました。自ら進み出た者には賞与と報奨金が与えられるが、誰も申し出なければ人選は強制的に行われ、その場合はなんの賞与も出ないとのこと。読者のみなさんもお察しのとおり、これは暴君にも等しい料理長から逃れるチャンス、この機会をみすみす逃す手はありません。私のほかにちょうど四名が名乗りをあげ、私掠船に自ら乗船する意思を表明しました。

私は普通の水夫として乗り込みました。皿を拭くぼろきれのかわりに甲板用のモップを手にしたのです。ですが短い期間に私ほど船乗りとしての腕を上げた者はいないでしょう。私は船員として必要な技術を完璧に修得し、女性の能力は決して男性に劣らないことを世界に証明すべく、熱心にたゆまぬ努力を重ねました。その結果、私は船の索具名まですべて記憶し、私にこなせない仕事は一つもなくなりました。

フローラ号は地中海を進み、十月十日にはジブラルタル付近で大型帆船の接近を確認。どうやらアメリカの一等私掠船のようです。急遽私たちはアメリカの国旗を掲げましたが敵は帆に風をはらませてどんどん近づいてきます。逃走の速度を上げるため私たちは船を軽くすることにしました。弾丸の一部、予備の円材、甲板上あるいは甲板下の余分な積み荷、それらがすべて海に投げ捨てられました。それでも敵は追跡の手をゆるめず、午後三時半、ピストルの弾が届くところまで距離を縮めるや狙いを定めていきなり発砲を開始しました。帆や索具にかなりの被害が出ました。私たちはまだアメリカの旗を掲げたままです。一方、敵の旗は上がっていませんが、私たちはアメリカ船に違いないと思っていました。そして私たちの旗が逃走のための偽物であることを見抜いた上での攻撃と考えたのです。午後四時、敵のバウスプリットが私たちの針路を妨げ、私たちはしばらく前に降伏の印として旗をおろしたにもかかわらず、敵兵たちがフローラ号にライオンのような猛々しさでなだれ込んできます。

彼らは短剣、ピストル、短刀、つるはしなど、あらゆる武器を使い、信じられない激しさで乗組員全員に襲いかかりました。ここで初めて敵の正体が分かりました。なんと敵はアメリカ船ではなく、アルジェリア船籍、十八砲装備のブリグ型帆船だったのです。アルジェリアは我がイギリスとは同盟関係にありましたが、私たちがイギリス船籍であることを今さら伝えても信じてはもらえません。甲板におろされたアメリカの国旗を指さしながら、彼らは私たちを徹底的に攻撃し続けます。傷を負わなかった我が船の船員は一人もいません。私もサーベルで左腕を斬りつけられ、骨まで届く傷を負いました。野蛮人は私たちがもはや抵抗できないと知ると、全員に手かせ足かせをはめて甲板下に幽閉しました。こうして戦利品とともに船はようやく港へ向かったのです。五日後にアルジェに到着、ここで幸運なことに英国領事の訪問を受け、私たちが英国君主の配下にある者として認められ、すぐさま釈放の運びとなりました。

負傷した私は私掠船をおり、しばらく陸《おか》にとどまって傷が癒えるのを待ち、それからカディスへ出発しました。そして今度はそこでロッテルダムへ向かうイギリスの商船に乗り込みました。激しい嵐に何度も巻き込まれた長い航海でしたが無事ロッテルダムに入港し、続いて数週間後、船はイギリスのブリストル、そしてポーツマスへ。ポーツマスでは船員が全員交代、私の給金は一人前の船乗りにふさわしく結構な額になっていたので、このへんで少しくらいなら陸《おか》の生活を楽しんでもいいだろう、という気になりました。私は仲間の水夫たち数名とともに彼らの知り合いの家に下宿しました。女主人は有名なトラファルガーの闘いで夫を亡くした未亡人で年の頃は三十九歳、とても気だての良い女性でした。下宿人の大半は船乗りで女主人は彼らが快適に過ごせるよう努力を惜しまず、もちろんそれに見合う下宿代を得ていました。私もまた彼女と同じ女性であることに、彼女は微塵も気づいていない、その確信がほしかったので、私は彼女と知り合ってほどなく彼女に結婚を申し込みました。彼女は条件つきで承諾し、私が次の航海から戻ったところで私たちは夫と妻として結ばれることになりました。ポーツマスの女性たちが私の性別に疑いを抱いていないことの証明はこの出来事にとどまりません。夜ともなれば私は乗組員仲間と出かけ、きれいな女の子たちと時間をともに過ごしました。そこでも「がたぴしジャック」は誰よりも人気者だったのです。

ポーツマスで六週間ほど遊んだ後、私はジャマイカ行きのメリー＝アン号に乗船、ジャマイカに到着するも船主の商売があまりはかどらなかったらしく、続いてマルティニク、そしてリヴァプールへ向かい、そこで私は下船しました。再び給金で懐が暖かくなっていたので、寛容な船乗りなら誰でもそうするように、私はお金が尽きるまでリヴァプールにとどまることにしました。リヴァプールは気晴らしには恰好の場所、水夫を対象にした下宿の大家、女主人、そして女の子があふれています。彼らは特別な友情を示してくれますが、もちろんそれもお金が続く限り。お金がなくなれば哀れ、ジャックは愛からも同情からも見放されてしまうのでした。もちろん水夫がお金を使うことについて私は誰かを非難する立場にはありません。私もリヴァプールに来て三日とたたないうちに、お金よりも女の子に困らせられた、それが正直なところなのですから。彼女たちは私のことをめったにないほど気前のいい男、と呼んでいました。なぜなら彼女たちは私からお金をせびるものの、私はそれと引き替えに彼女たちに可能な好意を求めるようなことを決してしなかったからです。

リヴァプールで二ヶ月近く過ごしたのち(そのあいだ愚かにも私は稼いだお金の大半を使い果たしてしまいました)、私は子供や友人の待つ故郷へ十八ヶ月ぶりに帰ろう、と真剣に考え始めました。ハリファックスへ直接向かう船はなかったので一度デマララに入港し、そこからニューヨークへ出航する船に乗りました。大英帝国とアメリカのあいだには幸いなことにすでに平和が訪れていたので、ニューヨークからハリファックス行きの船が出ているだろう、と考えたのです。デマララへは無事に入港しましたが、思った以上に停泊が長引き、しかも不運なことに彼《か》の地《ち》特有の不健康な気候のせいで、私は病いに倒れてしまいました。私は病院に入院し、船は出港、病気がひどくなるにつれてこれ以上女性であることを隠しておけないのではないか、と思うようになりました。ですが幸運なことに私を担当したのは黒人の看護婦、私は彼女に次のように語って聞かせました。こうして病いと闘いながらも、私は生まれつき虚弱な体質で、だから特別の肌着を身につけなければならず、彼女を含めた誰であろうとそれを脱がそうとすればたいへんなことになる、だからどうか手を触れないでほしい、と。この指示を看護婦は忠実に守り、彼女はリネンを取り替え、ベッドを整え、回診する医師が処方する薬を私に飲ませることがもっぱらの仕事となりました。危険な状態が何週間か続き、その後も高熱のせいで体力をすっかり消耗してしまい、そのため快復にはずいぶん時間がかかりました。不快な天候のデマララをあとにして港を出ることができたのは、それから二ヶ月後のことでした。

病気の治療でお金をほとんど使い果たしましたが、一文無しで帰ることだけは避けたかったので、私はもう一度懐を潤すため海に出ることにしました。乗船したのはハバナ行きの英国ブリグ型帆船で、ハバナからはリヴァプールに戻りました。そこでは昔の女友達と多く再会し、彼女たちも「ジャックの帰還」をほがらかに喜んでくれましたが、苦労して貯めたお金をまんまと盗まれるようなことはもうありません。そうなると私の「男らしさ」の評価はぐっと下がったに違いないでしょう。もちろん悪賢い彼女たちはあれこれ画策します。愛を肴にしたり、おだてたりしてなんとか馴染みの酒場へ連れ込み、ギニーを一、二枚、無理にでも手放させようと試みるのです。が、そうはいきません。頭は少々いかれ気味ながら、これまでに私はあまりにも多くのことを見聞きしてきました。港でカモにされるほどうぶではなくなっていたのです。

二週間ほど陸《おか》の生活を続けたのち、ジブラルタル海峡を通過する予定のブリグ型帆船に乗ったのですが、とても長い航海とひどい天候のせいで船は損傷がひどく、ジブラルタルに停泊して修理をすることになりました。乗組員はそこで賃金を精算し、下船させられ、それでも当面ヨーロッパへ戻る船はなく、私はまたしても陸《おか》での生活を強いられることになりました。水夫仲間とはそれなりに楽しく過ごしました。もちろん例の上着とズボン下を肌身につけたまま、女性であることが分からないよう細心の注意を払いながら、でしたが。そんなある日、小さな手こぎボートで水遊びをしていると、港から数マイルほど沖に出た、風下へ約五マイルのところに、イギリスのブリグ型帆船とおぼしき船が順風を受けて航海しているのを見つけました。誰もがジブラルタルには飽き飽きしていたので、これは故郷へ帰る恰好のチャンスです。すぐにブリグ船に向かって舵を切り、声が届くところまで接近するや、どこから来てどこへ向かうのか、などと質問しました。するとはっきりとした英語で乗組員が、船は巡航中であり、しかも人手が足りない、という返事がかえってきました。私たちは一刻も早くジブラルタルを出たかったのでそれ以上詮索せず、しばらく相談した後、乗船して仕事につくことに同意したのです。ところが甲板に上がってみてすぐに私は、乗組員の大半が、バルバリー沿岸に住む人特有の野蛮な表情であることに気づきました。案の定、彼らは土着のアルジェリア人でアメリカ船を襲うために巡航しているのでした。乗組員の中に英語を話す者がおり、彼によるとにかく人手が足りないらしく、しきりに私たちに巡航への参加を促します。賄い長がいないというので私がそれを引き受けました。他の仲間たちもそれぞれに役割を分担して、とにかく私たちはこの船の乗組員となったのです。

それから三日後、船はアメリカの私掠船を発見し、追いつめてそれを陸へ乗り上げさせました。乗組員は棄船し、船を海へ戻すのが困難と考えたアルジェリア人たちは、運べるものはすべて自分たちの船に運び込んだ後、私掠船に火をつけました。五日後、私たちはアルジェリア人駆逐の任を受けたアメリカの小艦隊に遭遇。指令を出すのはデカトゥール指揮官「実在する米国海軍士官でトリポリ港の戦い（一八〇一年）の英雄」です。ヤンキーの星条旗をみとめるや、野蛮人たちはそれぞれの持ち場につき、最後の弾丸一発までこのブリッグ船を守ってみせる、と息巻きます。敵の船の一隻などはブリッグ船の三倍の大きさであるにもかかわらず、です。マケドニア号が接近し、愚かな蛮人たちは応戦の準備。ところが数発の交戦の後、マケドニア号の舷側砲による攻撃が始まるやブリッグ船はひとたまりもなく降参するしかありませんでした。

アメリカ側は報酬をしっかりと船倉におさめ、乗組員を全員捕らえましたが、幸運なことに私は（自分の状況を正直に士官たちに伝えた結果）自由な身分でマケドニア号への乗船を許されました。二つの悪のうち、とにかくより悪くない方を選んだ、と言えるかもしれません。自分が正真正銘の英国人であり、自ら進んでアメリカ船に奉仕することを選ばなければ、私は捕虜として捕らえられたままいつか必ず女性であることを知られたでしょうから。もちろん同じ言語を話し、習慣や風習もよく知っている人々と航海するとは言え、この新しい環境は決して快いものではありませんでした。たしかにヤンキーたちの勇気、航海術、そして能力は私が考えていた以上のものでした。それでも穏やかな気持ちで彼らを友人と考えることはどうしてもできません。夫の死によって受けた傷はいまだ癒えてはいなかったのです。しかもこのままアメリカ船で働いているとそれだけで不便が生じます。最大の問題は家族や友人のもとへ帰れなくなる、ということです。機会が訪れ次第、私はなるべく早く故郷へ帰還しようと決意をしました。まずはヤンキー船からなんとか逃れること、そう考えていた矢先、恰好のチャンスが訪れました。私は他の乗組員数名と、小さなボートで偵察を命じられました。だいぶ行動が自由になったところで、私はボルティモアへ向かうアメリカのスクーナー漁船にうまく乗り込み、働きながら四十五日の航海の末、無事に目的地へ着くことができました。

相変わらず貧乏のままでしたが、ようやく私はヤンキーの土地に安心して足をおろすことができたのです。とにかく子供や友人に会いたくてたまりませんでした。一刻も早くハリファックス行きを手配してもよかったのですが、貧しさと空腹にあれほど苦しめられた場所へ無一文のまま帰る、そのことがやはり私を逡巡させせました。船や港で身につけた技術を使って仕事につき、下宿代もそれで賄いました。ところが働き始めて三週間ほどたった頃、アメリカの小艦隊が地中海からもうじき帰ってくる噂が耳に入りました。どの港に入港するかは分かりませんでしたが、マケドニア号の乗組員に見つかれば脱走犯として咎められるのは必至。それを避けるため、私は仕方なく女性の恰好に戻る決心をしました。三年間も男性を装い、その大半の期間を、女性であることを悟られずに水夫として海上で過ごしたわけですが、こうして私は慎重を期し、少なくともしばらくのあいだはジャケットとズボンをガウンとペチコートに取り替えることにしたのです。

ですが女性に戻った以上、知らない人々の中できちんとした仕事につくのは至難の業でした。家事ならきちんとこなせますし、慣れてもいます。ですがまったく別な能力を要求される職種に三年も従事した結果、より繊細な手つきに合った仕事をするには、私はいささか不向きになってしまいました。三年ものあいだ、私は海でも陸《おか》でも水夫とばかりつき合ってきました。（もちろんそのあいだ、私が女性であることに気づいた者は一人もいません、それは自信をもって断言しましょう。）私は彼らの習慣や行動にすっかり慣れ親しんでおり、したがって女性に戻ってからも彼らとつき合い続けることはやぶさかではありませんでした。こうした理由から、私は自ら進んで、臆面もなく売春が横行するフェルズ＝ポイントの住人になりました。不道徳な生活のきっかけは残酷きわまりない誘惑だった、などと、正直さに欠ける多くの女性のように言い訳をするのは不条理というもの。いいえ、そうではなく、「がたぴしジャック」は自ら犠牲を払う決心をしたのです。（ボルティモアの）フェルズ＝ポイントにある娼館に部屋を借り、こうして私はせっかく稼いだお金を苦労の甲斐なく簡単に遣ってしまう男たちを、咎めるのではなく誘惑する身となりました。

ボルティモアには六週間滞在しましたが、一ヶ所に長くとどまることに慣れていない私は、その後小さなスクーナー船に乗ってニューヨークへ移り、パウルズ・フックにある家に数週間ほど間借りしました。言うまでもないかもしれませんが、ここでもまじめな仕事について日々の糧を得たのではありません。もっとも惨めな暮らしを選び、私同様、神さまに見捨てられた人々と共に過ごすのを好んだのです。とはいえ、ふと正気に戻る瞬間もありました。私の仕事は恥ずべきものでしたが、自分が二人の無邪気な子供の母親であることは、決して忘れたことはありません。親として彼らが幼いうちに徳を重んじる大切さを身をもって教えなければならない。私は本心からそう思っていたのです。

ニューヨークで暮らし始めて五週間が過ぎた頃、私は友人たちのもとへ（貧しいことに変わりはありませんが）三年ぶりに帰ろうと決心しました。ニューヨークからハリファックスへ直接向かう船はしばらく出ないので、まずはボストンへ行くようすすめられました。ボストンからならハリファックス行きの船も簡単に見つかるだろう、と言うことのようです。そこでまずはニューポート（ロードアイランド州）まで船で行き、そこからボストンへは乗合馬車に乗りました。

ところがボストンからハリファックスへ向かう船はほとんどありません。仕方なく機会が到来するまでボストンにとどまることにしました。フィッシュ・ストリートでメイドの仕事を見つけて数週間働きました。が、港々に女あり、それを自慢にする男たちの目にとまり、私は彼らのすすめでボストン・ヒルの住人になりました。再び私は（読者も当然お分かりでしょう）自ら進んで姉妹の連帯の中でももっとも顕著な特徴を持つ仕事についたのです。ところが私もご多分にもれず、同業の女性たちと同じ轍を踏んでしまいます。家主に莫大な下宿代を要求され、そうこうするうちに未払い額がふくらんで、とうとう投獄されてしまったのです。あれから数日、今でも私は牢屋の中にいます。

ボストン刑務所、一八一六年七月十六日。

伝道を目的とするボストン女性協会の設立と発展に関する短い報告

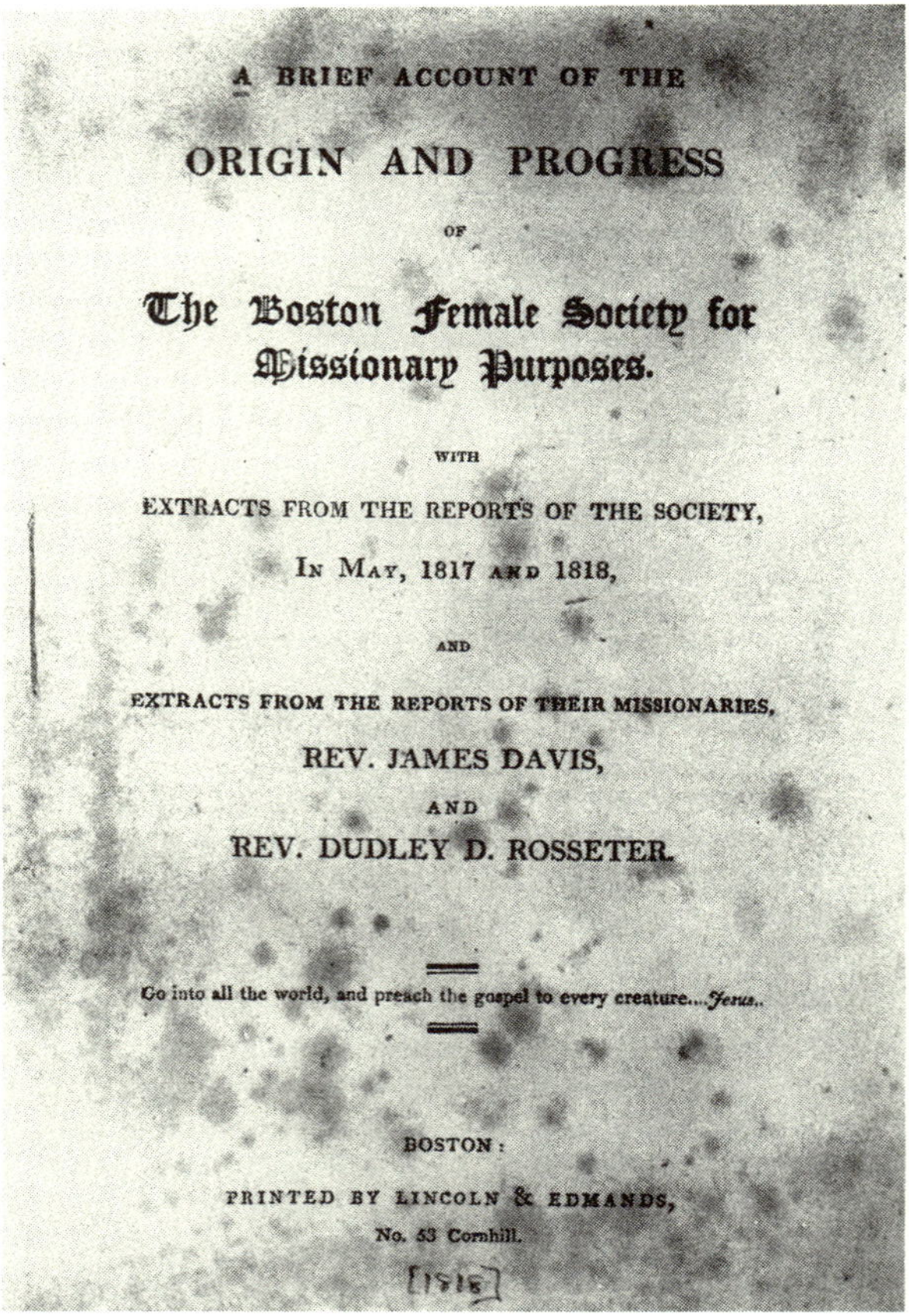

A BRIEF ACCOUNT OF THE

ORIGIN AND PROGRESS

OF

The Boston Female Society for Missionary Purposes.

WITH

EXTRACTS FROM THE REPORTS OF THE SOCIETY,

IN MAY, 1817 AND 1818,

AND

EXTRACTS FROM THE REPORTS OF THEIR MISSIONARIES,

REV. JAMES DAVIS,

AND

REV. DUDLEY D. ROSSETER.

Go into all the world, and preach the gospel to every creature....*Jesus.*

BOSTON:

PRINTED BY LINCOLN & EDMANDS,

No. 53 Cornhill.

[1818]

▲『伝道を目的とするボストン女性協会の設立と発展に関する短い報告』(1818年)のタイトルページ。アメリカ稀覯本協会所蔵。

短い報告

「伝道を目的とするボストン女性協会」は一八〇〇年十月九日に設立されました。当初の設立者はバプティスト教会と会衆派教会に属する婦人十四名で、最初の二年間、その少ない寄付金は「マサチューセッツ会衆派伝道協会」支援のために用いられました。その後バプティスト伝道協会が設立され、各人がそれぞれの宗派に寄付すること、両宗派とも礼拝の場としての集会を共有し、従来と変わらぬ活動を行なうことが同意されました。集会は毎月第一月曜日に開かれます。

年によって金額に差が出たものの、寄付金は伝道を目的とする以下の用途に費やされました。すなわち——

新約と旧約聖書、その他の宗教書物の購入。それらは貧窮している区域を中心に、両宗派の国内、国外における伝道活動に際して配られます。

国内外の伝道を問わず、協会は会則により自由な資金の寄付を保証されています。これは聖書冒頭の言葉に従ったものです。協会員は二百名近くにのぼります。個人や関連機関からの寄付は合計三〇〇ドル、設立当初からの協会への募金は三八二五・三九ドル。そのうち二二一九・六九ドルがバプティスト派、一五〇五・七〇ドルが会衆派、一〇〇ドルは両派の信者の個人的な寄付によります。

協会の存在を知れば喜んで支援し、貢献したいと思う女性がこの地域には大勢いると思われます。今後はより大勢の方々に協会を知ってもらい、宗派を問わず奉仕活動または寄付を行い、協会を支える人々が増えることが望まれます。現在、協会員の多くは「神の行いを広める女性たち」ですが、誰かの役に立ちたいと願うそれ以外の人の参加も増えています。人のために善を行なえば自らの魂が祝福される、と語る者もいます。

▼以下は一八一七年五月、事務官からの報告の抜粋。

「ここ数ヶ月、協会の関心はもっぱら私たち自身の街の現状に向けられてきました。日常とは必ずしも結びつかない事柄について私たちは努力を重ねてきましたが、ようやく自らの足下を見つめるようになったのです。（身近なところからこそ奉仕活動は始まると言われています。）ある階級の住人は貧困のせいで身なりがみすぼらしく、そのため人々が集まる礼拝の場に来ることができません。あらゆる悪に身を投じ、福音がもたらされる場にまったく興味を持たない人々もいます。教会へ行けばたいていの場合出費が伴います。そこで私たちは新たな計画を立てて、その実効性を試すことこそ自らの義務と考えました。本日が最終日となる一年の収入を、私たちはすべてこの計画に注ぐことにします。私たちの両宗派は（まずは実験的に数ヶ月のあいだ）前記の人々を訪問し、彼らに働きかけます。この重要な任務につく私たちを神さまがお認めになり、ご加護を与えてくださいますよう……この試みによって真実の善が生まれることを、私たちは心から期待します。今は冒瀆と不協和のうちに生きる住人たちも、やがて福音書の柔和な言葉を声高に繰り返し、祈りと賞賛の声が聞かれるようにならんことを。

　これらの労苦によって豊かな実りを得る者が一人でも増えれば、それだけですばらしい報酬です。ですがどんなに働きかけようとも、全住人が一致して神の教えから距離を置き、永遠の命にふさわしい者が一人もいないとすれば、私たちは潔く他の対象に向かうでしょう。イエス様の僕《しもべ》である私たちは憤然と立ち去り、やがて彼らの悪の証言を行うことになるでしょう。

　前回の集会に出席した方々は記憶していらっしゃると思いますが、もう一つ大きな問題があります。それに関してはかなりの議論が行われました。すなわち悪と愚行の道に迷い込み、善人としての名誉も名声も失った不幸にして哀れな女性たちが、伝道によって改心し、正しい生活を送るようになったとしても、その後彼女たちはどうなるのでしょう。立派な地位や立場にある人々の大半は危険を感じ、彼女たちを家族のもとへ連れ帰ろうとはしません。女性たちを家庭に受け入れるにはその改心を信じなければなりませんが、彼女たちとのつながりが（そもそもそうしたつながりがあったとしても）きわめて薄いものである以上、そこには無理が生じます。一方女性たちを放置しておけば苦しみが増し、その結果彼女たちは再び罪に陥らないとも限りません。いったいどうすればいいのでしょう。そこで提案されたのが救護院です。救護院を設立するには相応の努力が必要となります。ですが同情すべき女性たちはそこを避難所としながら適性に合った仕事をすることができます。労働によって得られた収入は彼女たち自身の支援に充てられます。彼女たちの悔悛が誠実であると分かるまで、彼女たちには宗教的な指導や健全なアドバイスが与えられるでしょう。こうして彼女たちは正直で恥ずかしくない生活を自ら送れるようになるに違いありません。この目的のために寄付をしたいという心ある協会員のため、フタに差入口のある箱を用意することが決定されました。ささやかな出発かもしれませんが、神さまはいずれ十分なものを与えてくださるでしょう。もちろん当協会だけでこのように大規模な事業を行えるとは思っていません。善意ある高潔な方々の思いやりとご支援を心から切に願うものです。福音書の影響が決して好ましく受け取られていない地域において神の御言葉を広めるため、すでに数千ドルの寄付金が集まっています。信仰と美徳に厚い友人たちがこうした事業に喜んで貢献するであろうことは、あながち的はずれな推測ではないはずです。不幸な女性たちのうち我が街の出身者はごく少なく、むしろ国中から、ときには外国から流れ着いた者がほとんどです。この悲惨な状況は公的な危機、美徳を行う理由は公的な理由です。善が行われればそれは共同体全体のためになるでしょう。ヨーロッパにはこのような施設が数カ所あり、そのいずれも多くの人々にとっての天恵となっています。激烈さを増しながら流れ込む悪の急流を妨げ、さまよい人を再び父なる神の家へ導くことは、善良なる精神にとっては本当に満足のゆく仕事となるに違いありません。

私たちは同種の協会に対して、祈りをともにするよう依頼し、手紙による返信を呼びかける案内状を送り、その返事が九十七の協会から戻ってきました。ほかから得られた情報も合わせたところ、祈りにおいてはたいへんな数の人々が心を一つにしていることが分かりました。都会の女性たちはそれまでの趣味の時間を喜んで割き、田舎の姉妹たちも同様に今月の第一月曜日（神の祝日）には集会に向かうことになっています。その日は数千人のキリスト教徒がいっせいに集まって、慈悲深い神さまに嘆願の声を向けるでしょう」

ボストン、一八一七年五月五日

▼一八一八年五月、報告からの抜粋。

「我らにかざされた神の良き御手のおかげで」私たちはまた一年を無事に過ごすことができました。去年の五月に報告が行われたとき、私たちは他の伝道者たちに社会への奉仕を呼びかけ、彼らからの返事を待っているところでした。六月十六日、デイヴィス氏が街に来てくださり、同じ週のうちにさっそく活動が始められました。十月にはロセッター氏が来てくださいました。お二人とも今日までほとんど休むことなく活動を続けています。

もっとも期待を集めている企画は、礼拝を定期的に開くこと、そして街の北部にある黒人地区に学校を建てることです。そこでは無知と堕落がはびこり、恐ろしい悪の随行者たちが常に住人たちにつきまとっています。骨の折れる作業の結果、状況は明らかに改善され、希望をもって改宗した女性もすでに一人あらわれました。ここに住む不幸な人々は、貪欲で野蛮、そして残酷な手段によってこの国に連れてこられたことを忘れてはいけません。慈善と博愛を要求する権利を持つ人々がいるとすれば、アブラハムの子孫に次いで彼らもまた、権利を主張できるはずです。

ボストン、一八一八年五月四日。

▼以下は協会に提出された、数回にわたるデイヴィス氏の報告からの抜粋。

罪人を迷いの道から連れ戻す人は、その罪人の魂を死から救い出し、多くの罪を覆うことになると、知るべきです。——ヤコブの手紙第五章二十節

智恵ある人は多くの魂をとらえる。——箴言第十一章三十節

目覚めた人々は大空の光のように輝き
多くの者の救いとなった人々は
とこしえに星と輝く。——ダニエル書第十二章三節

「私は協会のための奉仕活動を一八一七年六月十九日から始めました。三ヶ月が過ぎましたが、すでに街の六つの地域で説教を行いました（週に八回から九回、これは活動のかなりの時間を占めます）。礼拝にも何度か参加し、三百から四百世帯を訪問し、数百冊の小冊子と数十冊の聖書を配りました。気にかけてもらったというだけで、目に涙して感謝の気持ちを表す者もいます。会話と祈りの後、心からの感動に動かされて「神のご祝福を」と口にする者もいます。ウェスト・ボストンのサウスアーク・ストリートでは宗教的な指導が驚くほど欠乏しており、人々は神への畏れをまるで知らないかのようです。教会へ通うことなく、破滅への広き道を、速度を増しながら突進している人々の数は、その近郊だけで千人を上回るでしょう。そこにこそサタンの席がある、と正しく言うことができるかもしれません。そこでは恐ろしい不信心がはびこり、考えられる限りの忌まわしいことが行われ、人の心の堕落が行動となって表れます。罪の汚水溝から腐敗の種が街中に広がっているようです。神の祝日であるにもかかわらず二十五から三十もの店が朝から晩まで営業を続け、強い酒が制限なく売られています。大勢が酩酊し、聖なる安息日に浮かれ騒ぎ、賭事をし、けんかをしたり冒瀆的な言葉を口にしています。あまりにも不快なので具体的には描写しませんが、不正で放埒な行為が通りのそこかしこで見受けられます。昼間、通りにはいろいろな肌の色の者が若者から年寄りまであふれかえり、その多くは酔いつぶれて街角で眠り、そのあいだにもひどい騒音、ひどい混乱があたりを包みます。安息日の晩は一週間のうちでもっとも多くの人が集まってくる日です。街のあらゆる地域から何百人もの若い男性がやってきては、暗黒の世界の言語に耳をさらし、あらゆる悪罵が飛び交います。それは長いこと魔王の僕《しもべ》として仕え、完全に堕落した心と連動することに慣れきった精神の力が、考えつく限りの穢れた言葉です。若者たちは一種の学校に入ったとも言えるでしょう。彼らはあらゆる道徳的、宗教的抑制を嫌悪し、両親の権威や指導を完全に無視するよう教育されます。もっとも顕著なのは、その学校では神への思いはすべて消し去るよう仕向けられることです。あらゆる犯罪に従事し、家族やまわりの人々にとっての不名誉、社会の悪厄、絶望的な世界の住人となるべく、彼らは訓練を受けます。若者たちは何週間にもわたって一晩中飲み騒ぎ、朝の光がのぼって多くの人々がベッドから起き出す頃、部屋の扉を閉める生活を続けます。夜のとばりがおりると職種も千差万別な若い男性が、裕福で上等な暮らしぶりが一目で分かる服を着込み、通りの一方から他方をねり歩き、それぞれのやり方で、見捨てられた者や娼婦たちを奨励し、支える手助けをしています。ほんの狭い地域ながら、恥と分別をまったく失った女性たちがそこには三〇〇人は住んでいると思われます。こうした生活は健康を損ない、悲惨と困窮を招くばかり。病気のせいで私設救貧院に行く者が跡を絶ちません。何百もの黒人が怠惰な生活習慣に甘んじ、さらに何百もの人々が街のあらゆる地域に入り込んで盗みを行う機会を狙っています。あらゆる食品や物品がここではわずかな金額で売り買いされます。堕落した彼らは姿を隠すのにちょうどいい闇の訪れとともにいろいろな場所へ入り込み、衣服などを盗んでは質に入れたり売ったりします。子供たちは家から家へ物乞いにまわり、幼いうちに怠惰の習慣を身につけます。両親や身内を支えるための施しを集めるあいだも、彼らが目撃するのは、不正が当然と思わせずにはいられない事例ばかり。それが子供たちに及ぼす影響ははかり知れず、結局彼らも荒廃した生活から抜け出すことができません。寒さが募り嵐が訪れる無情な季節とともに、服や食べ物も満足に手に入らない黒人たちの苦しみが増します。その時期、彼らはあらゆる悲惨さを経験することになるのです。敷布や毛布もなく、ベッド一つない部屋の床に四、五人が寝起きする場合もあり、その中には病気で自分を支えることすらできない者も含まれます。こうした人間の悲嘆と苦しみを前にして、私は心動かされずにはいられません。彼らは救貧院へ連れていってもらうか、死ぬか、二つに一つなのです。しかもこうした状況の人々は他の通りにも大勢います。街中で二千人は下らない、という予測もあるほどです。

早急に彼らの助けとなり、改革を実行に移し、悪を善に正す必要に駆られた私は、この通りの東側の区域で信仰のための集会を開くことにしました。最初は何人かを説き伏せて参加させました。それから一週間後、今度は通りの南西の区域で集会を開きました。参加者の数は増え、わずかながら心を開いた者もいたようです。こうした集会は何度か続けて開かれ、かけがえのない不滅の魂が明らかに祝福を受けた、と思われる事例もありました。とある娼館の住人が死んだとき、私はそこに呼ばれ、祈りをあげてほしいと頼まれました。家には最悪の種類の人々があふれていました。礼拝に集った人の数は多く、式は厳粛に執り行われましたが、その最中、家の別な部屋では神の神聖さを汚す冒瀆的な言葉を発した中年の娼婦がおりました。彼女は同様の無謀さで何度か礼拝を妨げようとしましたが、やがて気持ちが落ち着くと自分の部屋でも礼拝を行なってほしいと言い出しました。また、由緒は正しいものの経済的に困窮した家族が、そこに住む住人の性格を知らずに悪の巣窟へ引っ越してきた事例もありました。十四、五歳ほどの年長の娘は分別があると思われていましたが、数日のうちに彼女は下劣な中でももっとも下劣な世界へ誘い込まれ、家族から引き離されたそうです。言葉遣いはすっかり不敬を極め、行動も不謹慎になりました。彼女は自分のよりどころである家族を捨て、あらゆる抑制をふりほどき、両親に従うことを拒否して破滅の一歩手前まで来ていました。厳粛なる宗教的な礼拝の場に立ち合いながら、彼女は大いなる堕落の様相を露わにし、神への畏敬を無視することを心に固く決め、その結果挑みかかるように無礼を働くのでした。大げさに笑ったりふざけたりしていた彼女に私たちは何度も話しかけ、何度も彼女を叱りつけました。彼女の母親に状況を伝えましたが、母親は娘のところへ行って泣き崩れるばかり。忠告が繰り返され、彼女を取り戻すためのあらゆる手段が講じられました。そしてとうとう罠がはずれ、若い少女は逃げ出すことができたのです。愛情深い母親であるみなさん、どうか、どうか考えてみてください。もっとも優しい配慮の対象である愛する娘が、邪悪な者たちの策略にひっかかり、人間の姿をした野獣どもの悪辣な欲望の犠牲者となり果てるとしたら、あなた方はどうしますか。心は苦悶で張り裂け、瞳からは涙が果てしなくこぼれ落ちることでしょう。私は家々を一軒ずつまわりました。いろいろな状況でともに祈るよう頼まれたからです。何人かは涙ながらにそれまでどうやって生きてきたか、その道筋を語り、悔悛の決意を表し、その場所から出ていく強い希望を伝えてきました。意思に反し、そこにはびこる悪徳について何も知らないまま、詐欺と奸計によって連れてこられた者もいます。確実にヒルを離れて改心すると思われる何名かについては、彼らを当面かくまって援助する方法を考える必要があるでしょう」

そうした者の誠実さが十分な確信に基づくのであれば、場所を提供してもいい、とおっしゃる尊敬すべき方々も数名います。おかげで私たちも大いに励まされます。悔悛者たちは慈悲深い方々の意図を知って、新しい生活をとても楽しみにしているように見受けられました。

▼デイヴィス氏の別な報告。

「主の安息日、日曜日に信仰の集会を開いてほしいという希望が寄せられ、この目的のため大きな集会場が設定されて、二〇〇から三〇〇もの人々が集まりました。扉のそばに立ったままの人もいましたが、誰もが熱心に聞き入り、何人かは深く心を動かされた様子です。その多くが当惑と驚きと感嘆の表情を浮かべていました。晩になって、病に倒れた一人の女性のため彼女の部屋で礼拝が行われました。その一週間を通して彼女は自らの罪とそれによる危険を深く認識し、彼女に降りかかるであろう怒りについても畏れを抱いたようです。いっしょに祈ってほしい、と何度も私を部屋に呼び、救済されるためにはどうしたらいいかと質問しました。次の日曜日、集会場で礼拝が行なわれ、夜は先ほど言及した女性の部屋で祈りが捧げられることになりました。家にいたのはとある男性で、続いて女性たち数名、そして黒人も何人かやってきました。ですが何か困ったことが起きた場合、援助と保護を頼み、本当の意味で信頼できそうな者は一人もいません。例の男性とその奥方が部屋に入って席に着きました。礼拝の中程で男性が退出すると、奥方がひっきりなしにひどく不遜な言葉を投げつけてきます。恐ろしい呪いや冒瀆の言葉を発し、部屋を出ていきながら誓いを立てます。もしも私がもう一度階段を上がってきたら私の首をへし折る、と。礼拝も終わろうとしていた頃、彼女は床に伏す女性の枕元に立って彼女を罵倒し、きわめて残酷なことを言い募りました。そして家を出てどこかへ消えろ、と脅迫まがいに彼女に命令したのです。次の日曜日の朝、つまりその事件から一週間後、奥方は突然難儀な事故に見舞われ、火曜日には帰らぬ人となりました。心穢れた者たちに対して神さまは毎日お怒りになっています。彼らは必ずや短命のうちに一生を終えるでしょう。罪人が神さまの手に落ちること、これはまことに恐ろしいことであります。

日曜日にホールで集会を開くようになって数週間が過ぎた頃、晩にも礼拝を行なうことになり、大勢の人が集まりました。ある夜、若い男性が（彼はチャールスタウンの海軍工廠《こうしょう》から来たという噂でした）が、帽子も取らずにホールに入り、大声で話すなどして集会を邪魔するので、彼はその場で指名され注意を受けました。その週のうちに彼は死亡しました。翌日曜日の晩、別の水夫が集会にやってきて同じように妨害を始めました。四、五日後、彼もまた永遠の眠りにつきました。神の力はまことに偉大。畏れを知らぬ、救いがたい敵は震えるがいいでしょう。神はおっしゃいます。私の怒りの火は燃えさかり、その炎はもっとも卑しい地獄まで届くだろう、と。

不幸にも見捨てられた女性たちには、近いうちに別な住処へ避難できることが密かに伝えられています。いつになったらヒルから抜け出せるのか、と繰り返し尋ねてくる者もいます。ヒルを出たいという彼女たちの気持ちは切実です。ある女性は夫が死んで無力な子供たちをかかえ、絶望的な状況に陥ったそうです。しかしながらこれまであまりにもひどい生活を送ってきたので、家族や親類に会うなどとは、考えただけでいたたまれない。だから残念ながらヒルからは出られない、と。部屋を借りようとして街中を探したこともあったが、どこへ行っても断られてばかりいたそうです。母親が娼婦であり続けることによって、子供たちが嘲られるのが辛い、と彼女は言います。聖書がほしいという彼女の言葉に偽りはありませんでした。現在の生活、そして永遠の命のため、話すべきことをすべて話した後、聖書を十分に活用すると約束させた上で、私は彼女の手に聖なる本を持たせてやりました。

別なある日、通りを歩いているときに、私はバイオリンを持った黒人に会いました。バイオリンはわきに置いて魂の問題について考えてみた方がよくはないか、と私は彼に話しかけました。彼は「こうして私は生活費を稼いでいるのです」と応えました。キリストに心を寄せ、死の準備をすることの大切さを説いたところ、彼はこう言います。「今さら聖職者におでましいただかなくとも、私は仕事をしながらいろいろな階級の人たちに励まされてきました。彼らは子供を舞踏会に参加させ、そのためにレッスンも受けさせます。いや自分たちがレッスンを受けることもありました」。彼は自分の思い込みを盾に取っているようでした。賢明で善人であると評判の人々から精神的な指導を受け、彼らの奨励を得ていることで、自らを正当化しているのでしょう。

一方、水夫の数は多く、ある意味でとても重要な階層でもあります。あるとき私は彼らが多く集まる集会に出てみました。神の言葉やお導きに真剣に聞き入る者もいたので、その何人かに私は聖書を渡しました。感謝をもって彼らはそれを受け取ります。彼らの興味を引きそうな適当な小冊子も何冊か配りました。集会を開いてほしいという声は街のあらゆる地域で聞かれるようになりました。それまで一度も集会に通ったことがない者は、精神的な善を高めることができるので、とても満足している、と言葉を寄せてくれました」

▼一八一八年九月七日、デイヴィス氏の結論の言葉。

私は協会のために十四ヶ月働き、朝の礼拝、断食のための礼拝、日曜日の礼拝、そして説教を含め、四七四もの宗教的な集会に参加しました。一、四〇〇の小冊子、三〇〇の新約、旧約聖書を配りました。聖書の何冊分かの代金として七ドル受け取っており、それはすでにマサチューセッツ州の聖書協会におさめました。日曜学校では大人、子供合わせて九十人の指導にあたり、八*人の不幸な女性たちをそれぞれの家庭にかえしたり、救護施設に送りました。健康と体力が続く限り家庭を訪問をして人々の相談に乗り、病にある者、死の床にある者のため、しばしばともに祈りました。私が奉仕の場とした通りの名前については、はっきりしているものが二十六あります。が、多くの小道や広場は名前の分からないものがほとんどです。

集会に定期的に通う者のうち、希望を胸に暗闇から光へ向き直った者は十*七人。彼らが絶望しているときも私はとくに注意して頻繁に話しかけ、救いを得るためにはどうしたらいいか、絶えず問いかけるよう心がけました。キリスト者にふさわしい慈悲の精神から判断して、彼らは間違いなく改心し、真実を受け止め、それを愛するようになったと言えましょう。彼らもまた聖なる福音がもたらす自由のうちに存在するようになったのです。神をはじめとする天上界より生まれしすべての者は、神の御業により信仰を通して救済へ至ることを、私たちは確信しています。

＊ここで帰還あるいは改心した者は、次に続くロセッター氏の報告で言及される女性たちとは別である。またこうした変化を見せた者の大半は、（貧しいながらも）立派な階級の出身であることは、記載しておくべきだろう。

▼ロセッター氏の報告からの抜粋。

「伝道に従事しながらこの街に十二ヶ月間暮らして、私は哀しいほどさまざまな人間の悲惨さを目の当たりにしてきました。そのたびに私の心はひどく痛みます。ああ、もっとも純粋にして高潔な喜びを味わう能力を持って生まれ、永遠の命を授かる理性的な存在が、かくも野蛮な生き物、いやそれ以下のものに堕することができるとは。

この地域で奉仕活動を始めてから私は一、八九六世帯を訪ね、旧約聖書を五十四冊、新約聖書を六十八冊、祈祷書を四十五冊、そして小冊子を一、三八九部配りました。呼ばれて訪れた病人六十七人、死の苦しみにあった者十九人、三十二の葬式に参列し、断食と祈りを三つの季節にわたって続けてきました。サウスアーク・ストリートをはじめ十の通りで日曜ごとの集会を開き、三十六の通りで説教をし、祈りのための集会には十一回参加、学校は八校訪れました。ウェスト・ボストンと街の北部にある日曜学校にも参加しました。

日々の巡回では多くの場合とても親切に迎えられますが、冷淡に扱われたことも何度かあります。そんなときでも私が去る頃には彼らの態度がすっかり変わっている、これはうれしいことです。涙ながらにぜひもう一度訪ねてほしいと言われることもしばしばありました。彼らと話をしながら私は、邪悪な者たちに日々怒っておられる、完璧にして崇高なる恐ろしい神を常に思い起こすようにすすめました。悪の計り知れない罪深さを知り、主イエス・キリストに受け入れてもらうためには、信仰と改心が圧倒的に必要かつ重要であることを、彼らの心に印象づけるよう努めたつもりです。

驚くほどの無知と愚かさが多くの人の心に巣喰っています。彼らは自分に魂があることも知らず、そのままでは天罰が下る自らの運命についてもまったく認識していません。一文字たりとも読めないばかりか、それが宗教を顧みないことへの言い訳になると考えている節があります。来《きた》るべきすばらしい救済については、とても誤った展望を持った者もいます。彼らはわずかばかりの祈りと慈善行為で、自らが救われるものと勝手に思い込んでいるのです。

病気で死にかけている者を訪ねると、快い場面にも痛ましい場面にも立ち会うことになります。栄光ある不死の世界への優しい希望を抱きつつ、天国へ旅立つ人々を見送ることが何度かありました。ですが、ああ、多くの場合はまったく逆です。神とともに生きたことも世界に対する希望もなく、愚鈍なまま、あるいは絶望したまま亡くなる者がなんと大勢いることか。あるとき私は酔ったまま火傷を負ってしまい、そのあまりのひどさに回復の見込みがない女性を訪ねたことがあります。意識はあるのですが、魂については何も知らないらしく、彼女は底知れぬ奈落へ落ちるのを待つばかり。これから永遠の存在になろうとしているにもかかわらず、その状態が幸福になるのか、悲惨になるのか、彼女はいっさい関心がありません。そうした者を見るのはまことに辛いと言えましょう。

サウスアーク・ストリートへは友人とともに行きました。不潔な部屋の隅にはベッドがわりのカンナくずが敷いてあり、そこには見るも無残な存在が横たわっていました。不正行為と病気の哀しい犠牲者です。彼女はすっかりやせ衰え、かつての姿を思い起こさせる面影はいっさい残っていません。その形相はまことに恐ろしく、彼女を見る者は思わず怯えずにはいられないでしょう。起き上がろうとするのですが、体力はほとんど残っていないようです。沈むように再び横たわり、彼女は叫びました。ああ主よ、どうかご慈悲を。神さま、私はどうしたらいいのでしょう。言葉では言い尽くせぬ哀しい光景でした。私たちは彼女に話しかけ、彼女をキリストの十字架へ向かわせようとしました。そこは必要なものがまったく欠如した状態でしたので、彼女をなるべく早く救貧院へ移すことにしました。それが実現してまもなく、彼女の嘆かわしい物語は終わりを迎えます。救貧院に着いて一時間のうちに彼女は何の希望も見いだせないまま果てました。残された仕事仲間には恐るべき警告となるはずでした。彼女のようになってはいけない、と。ですがそうした場面はあまりにも日常茶飯事なので、向惨めな者たちに望ましい効果を与えることはあまりありません。罪と悲嘆の住処をあとにすると、向かいにある集会所の扉の前には絶望した女性たちが何人か立っていました。友人が、たった今出てきた部屋を指さしながら彼女たちとの会話を試みます。このまま不道徳な生活を続ければどんな悲惨な末路が待ち受けているか、あの部屋へ行けばよく分かるだろう、と友人は言いました。しかし彼女らは私たちを嘲り、愚弄し、下品な言葉を返すばかりでした。

それからしばらくしてサウスアーク・ストリートを友人と歩いていると、同じ娼婦たちに出会いました。一人が「あれが牧師よ」と言うと、別な一人が聞こえないような低い声で「お説教してくれない?」と声をかけます。何と言ったのかと聞くと彼女はもう一度「お説教してって頼んだのよ」と答えました。そこで私は、彼女たちの魂への愛ゆえに厳粛なる真実を簡単に伝えることにしました。「あなた方がたどろうとしている道はまっすぐ地獄へ通じている」と。多くの言葉を重ねても効果はあまりないと思ったのです。私たちは、その厳粛な一文が彼女たちの心に深く刻まれることを願いながらその場を去りました。彼女たちは呆気に取られたまま、言葉をなくして立ち尽くしていました。

別な地域で家庭訪問をしていたある日、私は不幸な女性に会い、その身の上話に興味を持ちました。彼女はイギリスで生まれ、父親はそれなりに位の高い軍人でしたが、不幸なことにその父が放蕩の末に母親を捨て、別な女性と結婚しました。際して彼女は良き友人でもあった愛する母親の腕から引き離され、父親とともにアメリカへ連れてこられたとのこと。彼女は演劇の勉強をさせられたのち舞台に立ち、やがて女優としても名を知られるようになりました。こうして彼女は、神と人の定めに応え、若き日の道程をしかと導き、彼女の心に信仰と美徳の純粋な原理を植えつけるはずの、自らの父親によって破滅させられたのです。エホバの御前にて裁きの場に立たされたとき、自分の娘を堕落させたこの父親は、いったいどんなおぞましい言い訳をするのでしょう。このように彼女は惨めにも見捨てられた不幸な状態でしたが、最近になって集会で彼女の姿を見かけるようになりました。彼女はたいへん謹厳な面《おも》もちでしばしば涙にくれ、悪辣な暮らしを捨てて徳の道へ戻りたいと強く願っているようです。どこかの家族に引き取ってもらい、正直な生活を送りたいと、とても強く望んでいます。ですが手助けをしてくれる友人が一人もいない、とも言っていました。

これはウェスト・ボストン・ヒルの一部で起こっていることであり、したがって何らかの手段を講じることがこの上なく重要と思われます。汚染されたあのおぞましい下水だめのようなところで、なんの咎《とが》もなく行なわれている恐ろしくも後ろ暗い行為の数々は、どんなに私が言葉を重ねても状況を知らない者には想像しにくいことでしょう。身を切る悲惨さ、絶望的な死、そんな場面がそこでは日常的に繰り広げられています。希望が見い出せない苦しみは、どんなに優しく同情的な言葉でも和らぐことはありません。どんなに愛情のこもった手も、死の冷たい汗を青白い顔からぬぐい去ることはできないのです。人間的な感情はすべて消去されてしまっています。「獣のように生き、獣のように死ぬ」。今は人間性への冒瀆のような存在でも、かつては両親に蝶よ花よと愛でられて、もっとも暖かな愛情に包まれて大事に育てられた者も多いのではないでしょうか。無垢で純粋で愛らしい子が胸の中で眠るあいだ、親は愛する娘が幸せに巣立ち、老いるとともに支えとなり、慰めとなってくれる日を思い描いては、楽しく将来を夢想したに違いありません。

私は何週間かのあいだ、土曜日の午後を利用して友人とともにヒルにある家やホールを一軒一軒まわってみました。謹厳で心動かされる場面に出遭うこともあれば、同胞の極端な苦しみと嘆きを前に突き刺すような痛みを覚えたこともあります。人々が私たちのまわりに集い、私たちが伝えようとする言葉に真剣に注意深く聞き入ることもしばしばありました。彼らは自らの生き方を深く後悔し、これからは新たな道を進むと約束します。

私たちが集会所へ行くと、すぐに打ち捨てられた女性たちが八人、十人と私たちを取り囲みました。彼女たちの表情からは、私たちの話を聞きたい気持ちがひしひしと伝わり、多くは涙ぐんでいます。そのうちの一人は、もう一度自分を家に迎え入れてはくれないだろうか、と両親に懇願し、許しを乞い、悔悛と矯正を約束する手紙を書いたと言っていました」

▼別な機会を得たロセッター氏の報告。

「ウェスト・ボストンの状況に関して可能な限り情報を得ようと、私はこの二週間ほど勤めてきました。その結果を申し上げましょう。ウェスト・ボストンには、強い不安を訴えながら心から脱出を望む者が多くいます。家々をまわる私のあとを泣きながらつき従い、ヒルを出る手助けをしてほしいと繰り返し懇願する者もいるほどです。彼らの主張を鵜呑みにできないことは私にも分かっています。しかし私が日々目撃していることから判断して、そうした機会を与えられれば、多くの者が即座に喜びをもってそれを受け止めるに違いありません。すでに手段を与えられた者は一人を除いて全員が即座にヒルを後にしたことは、私のこの確信を裏づけるでしょう。ちなみにその例外的な一人は願いがかなわぬまま、衝撃的な死を迎えました。彼女は死の床にあって、自らの恐ろしい運命を警告とするよう仕事仲間に言い残しました。

ヒルを出た九人のうちの一人は、ヒルに住むようになってそれほど時間がたっていないようでしたが、女性特有の愛らしさや優しさが悲しいことにすべて失われていました。彼女は唯一の親である気のいい母の生活を破壊する、とまで言い放っていたそうです。しかし忌まわしい暮らしに倦み疲れ果てた彼女は、自らの恥と愚行の記憶が残るこの地を去って二度と戻りたくない、できることならば母親とも和解したい、と強く思うようになりました。とある女性のところへ行って助けを求めたところ、女性はこれを快く承諾し、さっそく母親を見つけ出して二人を再会させました。感動的な場面だったことは言うまでもありません。老いた母親は、悔悛するのであれば不幸な娘を許すつもりだ、と言い、こうして二人は友人たちの待つ故郷へすぐに帰ることになりました。少女のために必要な衣服が用意され、二人の旅費は私の友人が払ってくれました。私は見送りに出たのですが、二人を乗せた船は、夕暮れの中を出港しました。

罪の地から立ち去りたいと長らく言い続けた女性もいました。懇願するような口調で、私のための場所はまだ見つからないか、と私を見かけるたびに尋ねます。まだ見つからない、とやむなく答えるときには心が痛みました。彼女が行動を改めるようになったのは去年の冬頃からでしょうか。それ以降、敵の度重なるしつこい攻撃にも負けず、彼女は道を踏み外すことなく今に至っています。

信頼のおける敬虔なある男性から、ヒルを出たがっている不幸な女性が一人いることを聞きました。

彼女は彼に何度も依頼の手紙を書いたそうです。落ち着き先が見つかるまで彼女は自分の友人の家に泊めてもらおうと思っているが、彼からもその友人に頼んでもらえないか、という内容でした。私は彼と二人で彼女に会い、彼女と話をしました。過去の過ちについては本当に悔いている様子で、それまで何年にもわたって関わってきた嫌悪すべき悪徳の数々をできることならすべて帳消しにしたい、と心から願っているようでした。どこへでも行くし、どんな仕事でもすると彼女は言いました。同行した件《くだん》の紳士が、友人に打診して彼女を泊めてくれるよう算段をしました。とある女性から必要な衣服をもらい受け、こうしてその晩、彼女は醜行と売春が日常茶飯事の恥ずべきボストン・ヒルに、願わくば最後の別れを告げたのです。私の知る限り、それ以来彼女は謹厳で正しい生活を送っています。集会で見かける彼女はいつも真剣にして厳かです。破滅への広き道をかつてはともに歩んでいた彼女の妹も、同じ紳士によってしばらく前に助け出されました。彼女もまた良き行いを継続し、とても立派な家庭の一員として生活しているようです。

私が開いた集会についてですが、幸いなことに参加者は多数、狭いながらも会場には気持ちを引き締め、心して聞く人々があふれています。聴衆のあまりの多さに、参加をあきらめてもらった事例すら生じています。

三月には自宅で集会を開きました。最初の晩の参加者は二十五人、次は二十七人と増え、最近では席が足りなくなることもしばしばです。

礼拝のための集まりがとくに厳粛で、人々にも喜ばれるようです。聖霊の力を借りた我が主は、身を落として我らのうちに存在し、祝福してくださいました。私たちが把握している限り、慈悲の心をもって判断するに、改心の可能性がある者は二十人。その中には別な教会とのつながりを持った者もいます。また三十から四十人は、これからどうすれば救われるのか、不安げに尋ねてくる状態です」

所見

私たちの伝道に好意的でない人々は、これが不要であると主張し、教会なら街にいくらでもあるだろう、そのつもりになれば福音を聞く機会は他にもあるはずだ、と言います。これはある意味で本当でしょう。ですが真実の福音が説かれる教会の自由席は、日曜日には満席になります。すでに買い取られたり、借りられている信徒席では、たとえ空席があってもそうした人々が歓迎されることはまずありません。確かに別な機会には説教が行なわれるので、意思さえあればそれを聞くことも可能でしょう（あまりいい席は取れないにしても）。ですが彼らの大半にとってもっとも大きな問題は、彼らにその意思がないことなのです。ですからキリスト教徒が直接、あるいは誰かに頼んで彼らの家を訪ねることが必要になります。彼らが自分の堕落した惨めな状態と、不滅の魂の大いなる価値に目覚めるよう、あらゆる方法に訴えなければいけません。真夜中に近所の家が炎に包まれているのを見たとき、中の住人が眠っていたり半ば窒息しかかっているのを、来るべき崩落から逃げる意思がなかった、と考える者がいるでしょうか。彼に注意を呼びかけ、危険な状態にあると知らせることこそ私たちの義務でありましょう。

　私たちの教会の牧師はさまざまな役割を担っており、自分の務めを果たすことにまずは時間をかけなければなりません。どの宗派にも属さず、頼みとなる牧師を持たない住人が何千人もいること、これはすでに周知の事実です。住み慣れた自分の家あるいは近所で、見知った顔に囲まれながら、しかも余分な出費がいっさいない、そうした環境が整ってはじめて説教への参加者が増える――これもまた経験的によく知られていることです。

　そうした事柄に鑑みれば、この活動に反対するいかなる合理的な理由もないように思われます。隣人の幸せを願うのがキリスト者としての務めです。それを証明する多くの主張に加え、大切な魂を救済へ導くことによって初めて僕《しもべ》たるもの、主のお役に立つことができるのです。もちろんこの活動では、ほかの似たような事例と同様、失望も覚悟しなければなりません。慈悲への希望をあらわした者がすべて神さまの真の信徒になることは期待できないでしょう。「麦に混じる毒麦」はいつでも存在するのです。使徒たちですら騙されたことはありましたし、過去と同じく現在でも人間の堕落に変わりはありません。実際に「死を通過して生へ至る」ことができたのは、改心したと主張する者たちの半分にすぎないでしょう。それでも天国は天使たちの喝采でわき返っています。信じる者の心は喜びと賞賛の気持ちでいっぱいになるに違いありません。

しばしば牧師につき添い、あるいは伝道を支持してそれに貢献した何人かの立派な兄弟たちの親切と寛大さは、特筆に値します。街の北側にあるアフリカ人の学校を支え、「アフリカ人への慈善のため」故アビエル・スミス氏の遺産から三十ドルを寄付してくださった街の理事の方々には必ずや一票を投じましょう。また冬の到来まで学校を開き、春には再開できるよう協会を支援してくださった個人の方々の貢献にも感謝を忘れずに［日曜学校は冬のあいだも開かれます］。この学校へ通う大人たちは零落と悲惨さの中を生き、子供たちはそんな最悪の例を見ながら育ってきました。重要かつ長期的な消えない影響を彼らに及ぼすには、我慢強く継続的な努力が長きにわたって必要となります。同様の教育施設さえあれば黒人は白人と等しく向上すると信じるに足るだけの、十分な効果がすでにあらわれています。屈辱的な状況にありがちな彼らの倦怠や陰鬱さを払拭するには、適切な情報と奨励、そしてそれ相応の時間が必要です。それでもすでにほとんど間違えずに文字が読めるようになった子供たちや、聖書や賛美歌、教理問答の一部を暗記した者もいます。文字を書き、裁縫をする、その上達ぶりは期待以上のものです。学校の間借り代は主に教員が支払ってきました。

貧しい者も気後れせずに済むよう、小さな建物を礼拝の場として建てるか、あるいは借り受けることができれば、伝道にとってこれは大きな利益となるでしょう。使徒たちに福音書を世に出すよう命ぜられたとき、その前置きとして聖なる救世主はこうおっしゃいました。「あなた方は無償でこれを受け取ったのですから、無償でこれを差し出しなさい」。キリスト者はこの目的を遂行し、そのために計画を立てることを義務とし、名誉と思うでしょう。街の西の地域では宗教的な集まりを開くにあたって、いくつかの既存のホールが利用されていますが、礼拝を専門とする場所があれば妨害も入らないし、説教にもずいぶん好都合です。

先にあげた報告を熟読すると、さらに重要な事柄に思い当たります。醜行に満ちた人生に疲れ果て、仕事さえあれば自立のために働きたいと願う不幸な女性たちを受け入れるための施設、これがどうしても必要です。通りをさまよい、家から家へ物乞いし、すっかり手慣れた様子で巧みに盗みを働く子供たちにも同様の施設がなければいけません。彼らの罪については天まで届いていることでしょう。こうした忌まわしい行いをこの地から抹消しない限り、罪を嫌う神の審判は私たちにも下されるでしょう。

▼次の報告は友人によるものであり、多くの人々の熟考に値すると思われるので記載した。

「労役所、あるいは救貧院を設立して街の乱暴者を引き取り、雇用し、その後それぞれの街に帰すことを、多くの人々が必要と思うならば(実にそうあってほしいものですが)、個人の善意も大いに期待されなければなりません。ロンドンをはじめ、ヨーロッパの各地に見られる救護院と同じ施設を支援することは、もっとも適切な行為と考えられます。

宿のない子供を収容し、やがて厳格な条件にかなう主人や女主人に引き取ってもらい、年齢に応じて、将来も役に立つさまざまな仕事を彼らは覚えることができるのです。

これらを残らず実行すれば、懸念されている広範な悪もずいぶん中和されるでしょう。市民の所有物が脅かされることはなくなり、社会のより下層な階級の人々の道徳についても、新しい印象が得られるに違いありません」

▼以下を結論とします。

慈善活動に従事する者はあらゆる形で落胆させられ、反対にあうことを覚悟しなければいけません。ですが神のお力を乞い、全能なる助けに頼るときも、次に引用する聖書からの勇気づけられる言葉を常に忘れないようにしてください。「あなたがたは、たゆまず善いことをしなさい。飽きずに励んでいれば、時が来て、実を刈り取ることになります」

以下の部分（一八一八年十月一日ボストン・ガゼットより）は一つの証言として引用した。今まで描出した悪を予防するために、街の守り手である人々は適切な方法を講じるべき——そう考える敬虔な家長がいることは、これで明らかでしょう。

「新聞社の方々へ、

九月十七日の新聞で、仲間の市民に宛てた〈博愛主義者〉氏からの手紙を読み、私は大いに心強く思いました。（それを取り上げた貴社の評価もきっと上がるに違いありません。）ある特定の階層の道徳心の幸せさえも。を革新し、その恐ろしい害毒にいまだ触れていない何千もの人々の破滅を防ぐ、そのために何らかの手を打つことの重要性がその手紙には書かれていました。気高い心の持ち主が〈博愛主義者〉氏のような精神をあまねく人々に染みわたらせ、強い影響力を行使して、共同体の多大な利益となる活動を支えてくれることを、私は不安半ばながら期待してきました。しかし期待がかなうことはありませんでした。私はこれから栄えんとする一家の長でありながら、現在の慰めと未来の幸せは、私の心にからみつくヨリ糸のごとく頼りないもの、と思っています。そこで私は(他の多くの方々に比べればまったくおこがましい限りですが)、この無視すべからざる関心事について、すべての有徳の家長の方々に呼びかけようと考えました。かくなる上は、私たちの一人一人が動き出すしかありません。只今話題にあがっている事柄は公の熟考を要します。これほど社会にとって重要で、しかも街の運命を左右する問題がいまだかつてあったでしょうか。芸術を愛し優雅さをめざす教育を施しても、子供たちの道徳心が損なわれたのではどうしようもありません。ソロモンは箴言《しんげん》の第二、第五、そして第七章において、憎むべき者たちの不品行と狡猾さ、そして彼らによる巧妙な策謀を描いています。まさに同様の事態に、年若い子供たちが遭遇しようとしているのです。そうなってしまっては、私たちが新たな仕事を興せるよう、あるいは幸せな結婚ができるよう子供たちのために財を築いてもまったくの無駄です。彼らは健康を損ね、名声や財産や命さえも失いかねません。もちろん自らの、そして家族や友人ここ数年、悪名高い家々の数は増加の一途にあり、今では街のあちこちに点在している有様です。畢竟、子供たちはより多くの誘惑にさらされます。息子の身の安全や有徳さについて親がどんなに信頼しても、目の届かないところでは、彼らがどんな仲間とつき合っているのか想像すらできない場合が多いのではないでしょうか。若者の心は〈本物の信仰と、神を前にした罪への憎悪によってよほど強められているのでない限り〉、巧みな女性たちの、魔法のような誘惑に対してはほとんど無力です。そこに彼女たちの堕落した老獪な仲間が加われば勝ち目はありません。通りすがりの若者を悪の道に誘い込もうとする女たちは、ウェスト・ボストンばかりかいろいろな場所で見かけるようになりました。好奇心に駆られて巻き込まれる場合もあります。酩酊させるような誘惑の言葉が情熱を燃え上がらせ、判断力を失わせ、若者はつい易きへ流れてしまう。そうしたことの繰り返しによってやがて精神は無感覚となり、習慣が形づくられ、〈良き評判〉が失われていきます。出費をあがなうために不法な手段がとられるようになり、こうしてあらゆる種類の不正行為が繰り返されて、哀れな若者は自らすすんで捕らわれ人となるのです。その後、心引き裂く真実の公表によって、親の感情は萎縮するしかありません。

問題が、威圧するように私たちの前に立ちはだかっています。私たちはどうするべきでしょうか？愛する子供たちが直面する事態を、親ははっきりと自覚しなければいけません。と同時に、もはや何もせずにいることは不可能です。街の施政者と力を合わせ、こうした大罪〈それはやがて天の正当なる怒りに触れるに違いありません）を正し、予防するための適切な手段を考え、根気よくそれを実行に移すこと。それが今求められています。マサチューセッツの都市において、これらの恥ずべき行状が罪にも問われず放置されることは決してない――そのことを世界に立証しなければならないのです」

一人の父親より。

解説

罠かけるジェンダー

巽 孝之

1　「男装の麗人」の魅惑

男装の麗人には軍服がよく似合う。

歴史をふりかえるなら、十五世紀のフランスにおける百年戦争の折に、祖国救済のご神託を受けイギリスを相手に戦い、オルレアンを奪還した愛国少女ジャンヌ・ダルクの例はもとより、我が国でも、清朝王族の血を引く王女として生まれ、辛亥革命で滅ぼされた清朝復活のため日本軍の満州建設に協力した女スパイ川島芳子の例が、たちまち思い浮かぶ。少女漫画の世界でも、手塚治虫の描く『リボンの騎士』のサファイアや池田理代子の描く『ベルサイユのばら』のオスカルまで、男装の騎士、男装の兵士のキャラクターには事欠かない。二一世紀に入ると、ことはたんなる「男装」の水準にとどまらず、二〇〇四年四月にメディアを騒がせたアメリカ軍女性兵士によるイラク人男性捕虜虐待のスキャンダルが示すように、かつて男性兵士側の専売特許のように信じられていた性暴力が、まったく逆に女性兵士側の手で徹底的に行われるようになり、性差のステロタイプは根底から覆される時代を迎えている。戦争空間ほど性差の実験場にふさわしいところはないのかもしれない。

わたし自身、植民地時代のアメリカ文学を研究しているうちに、アメリカ独立革命時代に大活躍した男装のイギリス系女性兵士ハンナ・スネルの逸話に行き当たったことがある。十八世紀半ば、夫に裏切られ子供にも死なれたハンナが、すべてに絶望したあげく武器を取りジャンヌ・ダルクをも彷彿とさせる兵士と化し、結果的にアメリカ独立革命の気運を煽ったことは、宗主国と植民地のあいだの主従関係を揺るがすに至った史実のひとつだ。このとき女が男装する行為は、たんなるコスプレ的趣味嗜好にとどまらず、個人どころか国家全体の運命を左右し、何よりも雄弁に「独立宣言」の精神を体現するに至った。

まさにここに焦点を当て、ハンナ・スネルにも言及を欠かさないルドルフ・M・デッカー&ロッテ・C・ファン・ドゥ・ポルの手になる基礎文献『兵士になった女性たち——近世ヨーロッパにおける異性装の伝統』は、異性装の背後にいかに複雑な要因がからみあっていたか、そしてそれが文学作品に反映された場合、小説読者のほとんどが女性であったという条件も手伝って、いかに絶大な人気を博したかといういきさつを、徹底検証してみせる。げんに十六世紀から十九世紀まで好評を博した大衆的な絵草紙のうち「さかさまの世界」という共通項をもつジャンルにおいて、「召使いが主人を打つ」とか「男が馬を背負う」「魚が森に座る」といった構図とともに「女が戦争へ行く」という構図も必ず含まれており、それが読者への警告として風刺漫画風に描かれたのであった。

『兵士になった女性たち』のオランダ語版原型は一九八一年、その大幅な増補改訂版が一九八九年に刊行されているが、さて八一年版が「むかし陽気な娘がいた」というタイトルで、これは十七世紀以来のオランダで子供を中心に親しまれてきた歌の一節から採られている。この歌詞をよくよく追ってみれば、航海に出たいと渇望した「陽気な娘」が七年間も軍に所属し、ミスを犯したさいに罰を逃れようと自分の性別を白状、しかも船長の愛人になることすら申し出るという、充分すぎるほどに大人の歌なのである。

ではいったいどのような理由から男装の麗人、すなわち女兵士が生まれてきたのか？　デッカー&ファン・ドゥ・ポルは異性装の背後に三つの動機を見る。まずは家族や恋人に起因するロマンティックな動機、祖国を守りたいという愛国的動機、そして貧しいがゆえに男性の職業を奪い取るしかなかったという経済的動機。そこから出発する分析で興味深いのは、たとえば、同じ貧しさゆえの転身であっても、売春婦に身を落とすことだけは断じて避け、あくまで「女性の尊厳を維持する道」として選ばれたのが男装だったという調査結果である。さらに、娼婦が妊娠してしまい、社会的体裁から夫を必要としていたので男装者を利用し結婚したという、驚くべき記録も見つかっている。男装して兵役の契約金をかすめとった女性詐欺師の実例も、枚挙にいとまがない。

異装の文化史は、必ずしも性的変態の歴史ではなく、セクシュアリティの常識を利用しながらもその裏をかくことで成り立つ、高度に知的なサバイバルの歴史にほかならない。

そして、ここにお届けするナサニエル・カヴァリーの『女水兵ルーシー・ブルーアの冒険』こそは、こうした異装の文化史を知り尽くしたうえで巧妙きわまるひとひねりを加えた、アメリカ文学史上でもひときわ異彩を放つ作品なのである。

2 ボストニアン・ソドム

アメリカ文学のうちでも小説の歴史は、独立革命以後の時代を迎えて輩出する共和制作家ウィリアム・ヒル・ブラウンやスザンナ・ローソンやハンナ・フォスターらの感傷小説から始まった。これらの作家たちは、どんなに男たちに愛されようとけっきょくは哀れにも非業の死をとげていく悲劇のヒロインたちを好んで描く。ところが、それから半世紀のうちに、アメリカ文学史上最初の黄金時代であるアメリカン・ルネッサンスへ至る過程において、わたしたちはリディア・マリア・チャイルドの『ホボモク』(一八二四年)におけるメアリ・コナントやナサニエル・ホーソーンの『緋文字』(一八五〇年)のヘスター・プリン、それにハリエット・ジェイコブズの『ある奴隷娘の生涯で起こった事件』(一八六一年)における自画像のように、さまざまな闇の力に代表されるアメリカン・ソドムを呑み込みつつも——いや、さまざまな多元的価値観を呑み込んだからこそ——強く逞しく生き抜いていくヒロインたちが突如として出現するかのように感じるだろう。だが、それは決して唐突ではない。哀れな女性が一夜にして逞しき女性へ豹変するのが決して珍しくないことは、強力なインディアン捕囚体験記を残したハンナ・ダスタンや前述ハンナ・スネルの人生が如実に語っているところである。そして、哀れな女性が逞しき女性へ変容するというシナリオ以上に、当時の国家アメリカの自画像にふさわしいものもありえなかった。

このことを考えるために絶好のテクストが、共和制時代からアメリカン・ルネッサンスへ至るちょうどはざまの時期、すなわち通商制限をめぐるトラブルにより一八一二年に勃発した第二次米英戦争を背景にして出版される、ひとつの女性戦士体験記《フイメール・ウォリアー・ナラティヴ》のシリーズである。

歴史的にふりかえるなら、一八一四年には戦争終結が決まり、一五年初頭には、のちに第七代アメリカ合衆国大統領となるアンドルー・ジャクソン率いるアメリカ軍がニューオーリンズで大勝するも、ことボストン人に関する限り、ボストン産の栄光のフリゲート艦で「オールド・アイアンサイド」とも渾名されるコンスティテューション号が依然英国の攻撃にさらされやきもきしていたころで、それがようやく一八一五年の五月末、英国艦隊を逃れ無事帰還したため、町は歓喜の渦に包まれた。したがって、折しも高揚する愛国精神にあてこんで商売しようと考えたボストンの出版人が存在したとしても、まったくおかしくない。その名はナサニエル・カヴァリー・ジュニア(Nathaniel Coverly, Jr)。地方を巡回する印刷業者・出版業者・書籍販売業者の息子として生まれた彼は、すでにこの段階で、犯罪や戦争を扱った俗悪なる趣味のパンフレットやブロードサイドを三百種類も出版し、大いに利益をあげていた。案の定カヴァリーは一八一五年から一八年にかけて、真の著者は彼自身とも彼の雇った三文作家ナサニエル・ヒル・ライト(Nathaniel Hill Wright, 1787-1824)とも噂される異装物語『女水兵ルーシー・ブルーア嬢の遍歴』(*The Female Marine, or the Adventures of Miss Lucy Brewer*)をシリーズ化して出版する。

物語の全体は、ボストン近郊に生まれたルーシー・ブルーアが若い頃、手練手管のプレイボーイにだまされたあげく娼婦に身を落とすも、ひょんなことがきっかけで男装の兵士として生きていくことになる自分の数奇な人生を語る第一部と第二部、およびそれをもとに若者たちに人生訓を施す第三部、さらに彼女の世話をした売春窟の女衒レイチェル・スパリーがルーシーの真実を暴く証言、そしてもうひとつ、ルーシーの物語と対を成すイギリス人女性の物語『アルマイラ・ポールの驚異の遍歴』から成り立つ。反響は凄まじく、四年ほどのあいだに一九もの版が世に出て、当時、第二次米英戦争の時代にルーシー・ブルーアの名を知らぬものはいないほど、このヒロインは著名になった。シリーズがすべて植民地時代以来、ピューリタン回心体験記やインディアン捕囚体験記、奴隷体験記や殺人体験記を彷彿とさせる「体験記」(narrative)の文体、すなわちどこかたどたどしく、どことなく事実と虚構の区分がはっきりせず、にもかかわらず広く読者の心をつかんで離さない切実さをもって書かれているのも、成功の一因だったろう。ただし、くりかえすがこのシリーズは徹頭徹尾、カヴァリーあるいはライトによるフィクションであった。

その詳しいストーリーに関しては、編纂者ダニエル・A・コーエンの綿密なる序文「はじめに」で紹介されているのでそちらに譲るが、ひとりの読者として強烈に印象づけられたのが第三部であることは、強調しておこう。そこでは、この事件をきっかけに知り合ったウェスト嬢の兄がルーシーが女性であるということを見破り、彼女を伴ってプリマス・ロックへ遠出して植民地時代以来の愛国精神に思いを馳せ、とうとうプロポーズしたあげく、結婚するに至るという物語が展開されている。これらの後半部分では、じっさいのストーリー以上に、たとえばウェスト・ボストン・ヒルにひそむ売春婦たちがいかに青年たちをたぶらかし堕落させるか、あるいはその地区における悪徳がいかに老若男女、白人黒人の区別を超えてはびこっているかを、自らの経験と回心に基づいて読者に警告する教訓がその大半を占める。したがって、ウェスト・ボストン・ヒルで売春窟にいたルーシーが、とうとう「ウェスト氏」とめでたく結婚するというのは、あまりにも出来過ぎたご都合主義的なアイロニーとみてかまうまい。ただし、同じような教訓が世俗的説教であるかのように何度も反復されるので、第三部の結末に来る頃には、読者はそのおしつけがましさに辟易してしまう。

ところが、そのように徐々に退屈になっていく展開すべてがじつは著者の巧妙なる計算だったという事実が、『女水兵』への反響として添付される売春窟の女衒レイチェル・スパリーの証言によって一気に判明するのだ。彼女によれば、ルーシー・ブルーアはいまでこそ改悛して品行方正なる貴婦人のような口ぶりでウェスト・ボストン・ヒルの売春産業を罵倒しているものの、じっさいに観察してきた限り、ルーシーはいやいや売春婦に身を落としたどころか、むしろ喜々としてこの仕事に邁進したのであり、彼女がおぞましきもののように形容する「深夜の乱痴気（"midnight revel"）」（一五九頁）にしても、率先して参加していたのはルーシー本人だったという。また、売春窟を出ることになったのも、決して売春婦たちの「みすぼらしい生活（"wretched habits"）」（九一頁）に嫌気がさしたからではなく、ほかならぬフリゲート艦コンスティテューション号に乗船予定だった男に夢中になったせいだという。いずれにせよ、この女衒にしてみれば、せっかく助けてやりかくまってやった娘が、昔の仲間をさんざん罵倒するような裏切り行為に及んだうえに、哀れに思って同情したところ「偽善的な涙("hypocritical tears")」(六七頁)とさえ皮肉られたのだから、激怒するのも当然である。かくしてレイチェルはこの短い証言の最後で、ルーシー・ブルーアの本名がイライザ・ボウエン(Eliza Bowen)であり、彼女の結婚相手である由緒正しき紳士の本名がウェストでハンナ・ウェブであることを暴露する。要するに、ルーシー・ブルーアが自らの意志と美徳によって「闇の力」の支配するウェスト・ボストン・ヒルを脱出できたのだと主張しているとしたら、他方、まさしくその地域の中心に住み続けるレイチェル・スパリーは、あたかも「闇の力」から逃れたかのように言葉巧みに演出するルーシー自身こそ、誰よりも根深い闇の力の持ち主であることを証明してしまったことになる。

かくして『女水兵』シリーズは、のちにアメリカン・ルネッサンス以後、十九世紀末から二〇世紀初頭にかけてのアメリカ文学を彩る自然主義文学でいう暴露趣味的文学(マックレイカー文学)にも似た、とてつもないクライマックスを迎える。アメリカン・ナラティヴの伝統が、本質的に虚構であっても実話であり体験記であるかのごとく詐称する点に求められるとしたら、『女水兵』シリーズは、まさしくこのレイチェル・スパリーなる人格による疑似投書をもって、ルーシー・ブルーア自身の「実在」を力強く印象づけるだろう。

もちろん、このような女性闘士像は、すでに見たように十七世紀のハンナ・ダスタンから十八世紀のハンナ・スネルへ至る系譜において脈々と息づいている。男に捨てられた悲劇のヒロインは、ほんらいの性別を維持する限り、売春窟へ身を落とさざるを得なかったけれども、いったん男性のすがたへ異装してしまったあとは、国家を支える女性戦士として生まれ変わることができた。一元的にして純白の美徳が支配的だった共和制パラダイムが、多元的にして闇の力を開花させるロマン主義的パラダイムへ転形していく契機のひとつが、このテクストには確実に潜んでいたのである。

編纂者コーエンも「はじめに」でまとめるように、第二次米英戦争下で書かれた『女水兵』には女性の堕落という恐怖とともに、白人と黒人の人種的雑婚をはじめとする異文化混淆の恐怖をどのように生き延びるかという新しいモチーフが埋め込まれており、それはそっくりそのままホーソーンの『緋文字』に受け継がれていく。ただし、ここで改めて注目しなくてはならないのは、インディアン捕囚から逃れた前掲ハンナ・ダスタンの体験記の編纂者コットン・マザーから女水兵ルーシー・ブルーアの物語を書いたカヴァリー、それに姦通を経て女性の自主独立を図るヘスター・プリンのロマンスを完成したホーソーンに至るまで、女戦士の性格造型には誰よりも男性作家が絶大なる貢献を成してきたことだ。女性が男性並みに戦う物語が広く共感を呼ぶに至った背後には、ほかならぬ男性作家がいったん女性を演じつつそこに再び男性的要素を盛り込んでいくという、高度に性倒錯的な手順が踏まれていた可能性は忘却しえない。ひとは、そのような物語作法自体に、闇の力が支配するアメリカン・ソドムを見出すかもしれない。しかし、まさにそうした倒錯的な時空間を経由することがなかったら、多文化社会アメリカの自然が成立しなかったであろうこともまた、事実なのである。

3 罠かける文学――もうひとつのアメリカ的伝統

最後に、『女水兵』が属すべき文学ジャンルについて、アメリカ文学史に脈々と流れるひとつの伝統を指摘しておきたい。本書を読むのに肝心なのは感傷小説や女戦士体験記、ピカレスク物語といった水準以上に、アメリカ建国の父祖たちの代表格ベンジャミン・フランクリン以来のホークスの伝統、つまり俗に法螺話とも解される物語学的異装の伝統にほかならないからだ。

たとえば十八世紀、フランクリン自身がサイレンス・ドゥーグッドやポリー・ベイカーといった女性名を用いて健筆をふるい、その文学的異装によって多くの読者に勇ましい女性の実在を信じさせたのはよく知られるが、このように虚構を実話として粉飾する法螺話こそアメリカ人読者の歓迎するところであり、のちの十九世紀にはロマン派作家エドガー・アラン・ポーやリアリズム作家マーク・トウェインにも受け継がれ、事実と虚構の境界侵犯を実験する二〇世紀以降の現代文学では常套手段と化したと言ってよい。二〇世紀前半には自己の民族的出自を偽り日本人学僕ハシムラ東郷になりすまして風刺的コラムを書き続けたウォラス・アーウィンが人気を博したし、二〇世紀後半には、そもそも自己の性差を男性と偽ってヘミングウェイばりのマッチョな文体によるSF作品を書き継いだジェイムズ・ティプトリー・ジュニア、本名アリス・シェルドンのようなフェミニスト作家も登場、さらに自己の人種を偽りヒロシマ原爆投下の生き残りである日系アメリカ詩人アラキ・ヤスサダを名乗って話題作を発表したケント・ジョンソンらアメリカ詩人たちが一大スキャンダルを巻き起こしたことも記憶に新しい。

ここで批評家ブライアン・マクヘイルの分類基準を借りれば、たんに他人に一杯食わせたいというのが真正法螺話（genuine hoax）だとしたら、読者を試したり裁いたりするためのトンデモ本的法螺話（trap hoax）もあり、真偽の問題を美学的な水準へ高め芸術的効果を狙ったメタ文学的法螺話（mock hoax）もありうる。前記のアラキ・ヤスサダ作品はこの最後のカテゴリーに属すが、この分類はフランクリンからナサニエル・カヴァリーまたはナサニエル・ライトに至る文学的異装のレトリックにもあてはまるだろう。

性差から真偽まで幾重にも入り組んだ異装によって、『女水兵』は第二次米英戦争時代のアメリカを痛烈に風刺する最高の文学装置を仕掛けている。それがいかに巧みに仕組まれたものであるか、それがいかなる今日的意義をもつものかを、どうぞ心ゆくまで味わっていただきたい。

参考文献

Coverly, Nathaniel et al. *The Female Marine and Related Works: Narratives of Cross-Dressing and Urban Vice in America's Early Republic.* Ed. Daniel Cohen. Amherst: U of Massachusetts P, 1997.

Dekker, Rudolf M and Lotte C. van de Pol. *The Tradition of Female Transvestism in Early Modern Europe.* Tr. Judy Marcure et al. New York: Palgrave Macmillan, 1989.『兵士になった女性たち――近世ヨーロッパにおける異性装の伝統』大木昌訳（法政大学出版局、二〇〇七年）。

Fliegelman, Jay. *Declaring Independence: Jefferson, Natural Language, and the Culture of Performance.* Stanford: Stanford UP, 1993.
McHale, Brian. "'A Poet May Not Exist': Mock-Hoaxes and the Construction of National Identity." *The Faces of Anonymity: Anonymous and Pseudonymous Publication from the Sixteenth to the Twentieth Century.* Ed. Robert J. Griffin. New York: Palgrave Macmillan, 2003. 235-52.
石井達朗『男装論』（青弓社、一九九四年）。
宇沢美子『ハシムラ東郷——イエローフェイスのアメリカ異人伝』（東京大学出版会、二〇〇八年）。
佐伯順子『「女装と男装」の文化史』（講談社、二〇〇九年）。
白井洋子「軍事主義とジェンダー——『ベトナム』以後の米国軍隊と女性兵士」、加藤千香子&細谷実編『暴力と戦争』（明石書店、二〇〇九年）、二八八–三〇七頁。
巽孝之『アメリカン・ソドム』（研究社、二〇〇一年）。〔同書第六章と本解説に若干重なる部分があるが、それはこの拙著における『女水兵ルーシー・ブルーアの冒険』分析が同書の本邦初紹介にあたるため不可避であったことを明記する。〕
若桑みどり『象徴としての女性像——ジェンダー史から見た家父長制社会における女性表象』（筑摩書房、二〇〇〇年）。

●――――訳者紹介

栩木玲子 とちぎ・れいこ
法政大学教授。
訳書にティモシー・リアリー『死をデザインする』(河出書房新社)、ウィリアム・T・ヴォルマン『ザ・ライフルズ』(国書刊行会)、マーリーン・S・バー『男たちの知らない女――フェミニストのためのサイエンス・フィクション』(共訳、勁草書房)、バーナード・ジェイ『聖ディヴァイン』(青土社)など多数。共著に『The American Universe of English』(東京大学出版会)。2008年4月よりNHKで放送された『リトル・チャロ』の英語脚本を担当し、ラジオ『チャロの英語実力講座』のテキスト執筆と講師をつとめる。

亀井俊介/巽 孝之 監修
アメリカ古典大衆小説コレクション 12
女水兵ルーシー・ブルーアの冒険
Title: *The Female Marine, or the Adventures of Miss Lucy Brewer* © 1815-1818
Author: Nathaniel Coverly

2010年6月15日 初版第1刷

ナサニエル・カヴァリー 著
栩木玲子 訳
巽 孝之 解説

発行者 森 信久
発行所 株式会社 松柏社
〒102-0072 東京都千代田区飯田橋1-6-1
TEL. 03-3230-4813(代表) FAX. 03-3230-4857
郵便振替 00100-3-79095

装 画 うえむらのぶこ
装 幀 小島トシノブ

印刷・製本 中央精版印刷株式会社

ISBN978-4-7754-0041-8